公元787年，唐封疆大吏马总集诸子精华，编著成《意林》一书6卷，流传至今
意林： 始于公元787年，距今1200余年

青春不败，有勇气就会有奇迹

摩天轮少女纪事

胡伟红 ◎ 著

吉林摄影出版社
·长春·

图书在版编目（CIP）数据

摩天轮少女纪事 / 胡伟红著. -- 长春：吉林摄影出版社，2017.1
（意林追梦青春系列）
ISBN 978-7-5498-2869-2

Ⅰ.①摩… Ⅱ.①胡… Ⅲ.①长篇小说-中国-当代 Ⅳ.①I247.5

中国版本图书馆CIP数据核字(2016)第305121号

摩天轮少女纪事
Motianlun Shaonü Jishi

著　　者	胡伟红
出 版 人	孙洪军
执行策划	陈　凡
责任编辑	施　岚　胡晓路
特约编辑	宁　阳
图书统筹	陈　凡
绘　　图	莹　月
书籍装帧	刘　静
开　　本	700mm×1000mm　1/16
字　　数	210千字
印　　张	15
版　　次	2017年1月第1版
印　　次	2017年1月第1次印刷
出　　版	吉林摄影出版社
发　　行	吉林摄影出版社
地　　址	长春市泰来街1825号
	邮编：130062
电　　话	总编办：0431-86012616
	发行科：0431-86012602
网　　址	www.jlsycbs.net
经　　销	全国各地新华书店
印　　刷	北京中科印刷有限公司
书　　号	ISBN 978-7-5498-2869-2　　定价：23.80元

版权所有　侵权必究

如发现印装质量问题，请与印务部联系退换，电话：010-51908584

目录
Contents

寓言·华丽幻灭
001

第一章
起程·回到过去
005

第二章
巧遇·不祥之梦
021

第三章
占卜·目标出现
037

第四章
收获·新异能者
053

第五章
秘密·米小蕾
081

目录
Contents

第六章
惊魂·游戏厅
107

第七章
猜测·究竟是谁
135

第八章
成员·来自未来的战士
155

第九章
花海·惊险再现
171

第十章
绝望·走投无路
195

第十一章
真相·夜帝降临
221

寓言·华丽幻灭

公元 2109 年。

漆黑的天空仿佛一块厚重的铅板一样压在整座城市的上空，这注定是一个无眠之夜，虽然这座原本人口密集的都市几乎已经化为废墟。

在暗沉沉的天幕之下，远远可以看到因为飞行器坠落而燃起的火光，这是一片黑暗中唯一的亮光。

哦，不，还有偶尔划过天际的，奇异的七色光芒。

"报告队长，目标已经锁定。"

从联合特别行动队队长周启面前的大屏幕上出现的全副武装的行动队员们，即使透过脸上那层与肌肤完全贴合的防辐射薄膜，也能够看出一缕欣喜的神色。

周启眼睛里也露出一丝满意，但他冷厉的脸上却看不到任何波动。

"包围目标，实施 B 方案。"

这个简短的命令，引起了坐在周启身后的几位联合特别行动队指挥官的小小骚动。

"周，B 方案会不会太残忍了一点儿？"坐在周启右后方的金发碧眼的高大少校法瑞克轻轻皱了皱眉，"我们应该先试用 A 方案。"

"不行。"周启非常干脆地拒绝了这个建议，"目标极其凶残，为了确保将其彻底消灭，必须立即执行 B 方案。"

法瑞克似乎是想到了什么，他脑海中掠过曾经见过的，那惨不忍睹的场面，英俊的面容不禁有些抽搐。他没有再开口，显然是已经默认了周启的说法。

B 方案，以联合国科技署实验室最新开发的 C32 波粒光束炮同时贯穿目标的大脑和心脏，只有这样，才能保证那个在传说中拥有不死之身的夜帝彻底消失。

"上帝啊……请宽恕我们吧……"法瑞克从他们乘坐的主力飞船的舷窗看向外面犹如被墨染过一样的天空，喃喃自语。

为了消除极致的罪恶，采用如此恐怖的手段，也是迫不得已。

法瑞克的目光望向快要消失在天际，已经出发去执行 B 方案的行动队队员们的小型飞行器群，轻轻地叹了口气。

他仿佛看到了在这些小型飞行器驶向的方向，那栋被称为"地球标志"的千层摩天大楼的楼顶平台上，那个曾经给整个世界带来恐怖与黑暗的身影。

夜帝。

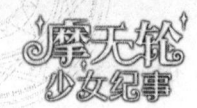

他身怀异能从而藐视世界联合政府，是声称要召集这个星球上所有的异能人士建立新帝国的头号恐怖分子，在过去的五年里掀起了无数的波澜，几乎成为了邪恶的代名词。

幸好，夜帝的狂言并没有能够煽动所有异能人士，世界联合政府为了消灭夜帝而成立的联合特别行动队里也有许多身怀绝技的队员。只是，夜帝的能力太过强大，无数次的围追堵截，要么是让他逃走，要么就是在一场激烈的对战之后伤亡惨重。

所以，这一次，无论如何也不能再让夜帝逃脱了。

特别行动队的小型飞行器编队很快包围了号称"地球标志"的千层大厦。

大厦顶部的天台现在仿佛变成了另一个空间，虽然这是一个阴霾四布的夜晚，但一团不该在这种天气下出现的浓雾却似乎有生命一样笼罩着整个天台。

在浓雾包围中的夜帝，带着些狂妄和不屑的目光扫视着站在他面前的两个人。

"你们是想要跟我同归于尽吗？"夜帝的声音冰冷中透着嘲弄，"你们应该知道那是不可能的。"

"妙娜，你还可以坚持吗？"谢洋侧过头，看着站在自己身边的身材高挑、明丽飒爽的女子，也是他深爱的妻子。

"没问题！"林妙娜的目光与谢洋的目光交会，一个有些了然和坚决的笑容出现在她的唇边，"亲爱的，我会一直跟你在一起的。"

他和她，是这个世界上唯一能够与夜帝抗衡的异能人士。在与夜帝无数次的交锋中，虽然不能战胜对手，但谢洋和林妙娜足以困住夜帝——用他们联手造出的"雾"。

夜帝的脸色忽然变了，他的第六感告诉他，某种他无法预料的威胁正在形成，虽然因为"雾"的缘故，夜帝无法判断这种威胁究竟是什么，但他已经敏锐地察觉到了不妙。

"你们到底在玩什么花样？"他开始变得暴躁，"你们无法杀死我！绝对不可能！"

谢洋淡淡地笑了笑，在他右耳中的微型耳机里传来了周启焦急的声音："1号，1号！B方案马上就要实施，你和2号必须尽快撤退！"

"不必了。"谢洋说完这三个字，切断了和主力飞船的通话。

他握住了林妙娜的手，眷恋的目光依依不舍地看着他的爱妻，直至手微微下滑到她的腹部。

算了……

林妙娜的另一只手轻轻抚了抚自己平坦的小腹，然后，和谢洋交握的手缓缓用力。

"雾"只能勉强困住夜帝，一旦他和她离开，夜帝势必逃脱，那么在这之前所做的一切努力和牺牲就都白费了。

C32波粒光束炮的威力不容小觑，但谢洋和林妙娜早已决定，即使牺牲自己，也要彻底消灭夜帝！

"开火！"

主力飞船上，周启终于还是颤抖着声音，下达了总攻击的命令。

一道道极光般壮丽的光束从围绕在千层大厦四周的小型飞行器上喷薄而出，直直射进笼罩着天台的浓雾。

随即，更加绚丽的光芒仿佛炸开的礼花一般照亮了天空。

那一瞬间，所有人的耳机中都传来了夜帝凄厉的吼叫——

"我会回来的！跨越一百年的时空，我一定会回来的！"

仿佛是一个恐怖的预言，即使那声音很快就消散了，但所有人的心中都没有任何获胜的喜悦。

真的会回来吗？

主力飞船上一片沉寂。

"报告，击中目标！"

"报告，目标已经消失！"

行动队队员们兴奋的声音让周启回过神来。

传说拥有不死之身的夜帝，真的就这样彻底消失了吗？

"周，我们……真的胜利了？"法瑞克有些茫然和不确定地问道。

周启缓缓站了起来。

"是的……"他艰难地说道，"目标已经消失……"

"可是那句话，"有人惊疑地问道，"他为什么说自己还会回来？跨越一百年的时空又是什么意思？"

"我……"周启刚想说"我不知道"，忽然被打断了。

"报告队长！"从耳机中传来的行动队队员的声音说不上是恐惧还是欣喜，"天台上，似乎还有生命反应！"

所有人"霍"地站了起来！

所有人都带着惊异、恐惧、怀疑等等复杂的表情看向大屏幕，围绕着天台的浓雾正逐渐散开，在那天台上还会有谁是活着的呢？

随着闹钟叮零零的响声,谢凌菲从床上弹了起来。

她茫然地环顾了一下四周:从右边的半掩着浅紫色底白色碎花的棉质窗帘的窗户外,初升的朝阳毫不吝惜地把它那灿烂的光芒洒进整个房间,正对着宽大的原木大床的书桌上摞着一叠厚厚的书本,昨晚睡下时忘记关掉的向日葵造型的台灯已经自动转入了微光状态,散发出淡淡的乳白色光芒。

揉了揉有些惺忪的睡眼,谢凌菲总算想起来,在耳边一直聒噪个不停的就是摆在左边床头柜上那个企鹅闹钟,她一边伸手撩开额前垂下的发丝,一边伸过手去在企鹅的脑袋上按了两下,房间里终于安静下来。

谢凌菲重新躺了下去,让整个人都陷在铺着水蓝色波纹床单的大床上。刚刚按掉闹钟的时候,她已经看到了现在的时间,清晨六点一刻。

该去晨练了。

已经全无睡意的谢凌菲怔怔地看着白色的天花板,上面凸出的米色旋涡花纹让她有片刻的晕眩感。

还是不太适应吧?

毕竟这和她原本的生活环境还是有很大的差距,更何况谢凌菲刚刚从那个不知名的梦境里惊醒。

混沌的梦境,在醒来的片刻就已经完全不记得梦中发生过的事情,这对于谢凌菲来说是非常少见的,也是现在让她皱起两道细长的眉,神色中露出一份惘然的原因。

她闭了闭眼睛,整理了一下自己还有些不太清醒的大脑,然后翻身坐了起来。

卧室和盥洗室紧挨着,谢凌菲坚持早晚都用冷水淋浴,尤其是今天早上,她似乎格外需要用冰冷的水流来让自己清醒一下。

洗漱完毕,谢凌菲果然觉得精神好了很多。刚刚在睡梦中挥之不去的心悸和不安已经消失,虽然还是无法想起梦境中的事,但谢凌菲决定不再纠结顺其自然。

也不是每一个梦,都会预示一个未来的。

换上纯白色镶水蓝边的运动衫和短裤,谢凌菲对着镜子照了照。

镜子里映出一个高挑纤细的身影,一头利落的短发,有几缕不听话的细碎的散发盖住了额头,也盖住了谢凌菲细长的眉毛,浓密纤长的睫毛下,是一双如同星辰般明亮深邃的蓝色眼眸,仿佛是最深幽的夜空,也仿佛是最纯澈的湖水。高挺秀丽的鼻梁让谢凌菲看起来似乎有几分异于亚裔人的血统,然而她却有着东方人古典的唇形,红润饱满的

第一章
起程·回到过去

双唇小巧得仿佛一颗刚刚摘下的樱桃。

有些不自在地拉了一下运动衫的领口，谢凌菲并不是很适应这种棉质面料的衣服，她白皙的脸蛋上透着健康的红晕，修长的手臂和双腿显示出良好的身材，虽然就身高比例而言，她似乎有些偏瘦，不过在大部分女孩子都以瘦为美的时代，谢凌菲的身材无疑会让无数人羡慕死的。

但她本人对此并没有太多感触，毕竟，她之前十几年所受的教育中，外型并不是判定一个人层次的重要因素。

当谢凌菲走到外面，整个人都沐浴在阳光下的时候，她闭上眼睛深深吸了口气，随即有些不满地皱起眉头。

这种充满了污染的、质量糟糕到家的空气，真不知道住在这里的人是怎么习惯的，谢凌菲的肺部现在就在向她提出抗议呢！

不过，这也是没办法的事情，无污染的纯净空气环境在目前还只存在于想象中，谢凌菲苦笑了一下，活动了两下身体，就开始了她每天清晨固定的晨练内容——五千米慢跑。

虽然空气质量不太好，但是一路上谢凌菲还是用充满好奇的目光观察着她经过的每一个角落：街边花坛里人工养殖的被化学肥料催开的鲜花、在路口摆摊叫卖报纸的商贩、匆匆忙忙赶早班车的上班族……

或许这是生活在这所城市里的人们再熟悉不过的风景，但一切对谢凌菲来说都很新鲜。

跑到一个路口的时候，谢凌菲停了下来。

根据地图的显示，她从这里过马路再右转，就可以绕一个圈子回到她住的小区了。

看了看斑马线对面的红色指示灯开始闪烁，谢凌菲活动了一下手臂，准备过马路。

站在她身边和她一起等绿灯的是一个七八岁的小女孩，穿着白色的泡泡袖衬衫和粉红色格子短裙，谢凌菲刚刚远远地看到她背着书包从临近马路的一栋居民楼里蹦蹦跳跳地走出来，她猜这个小女孩一定是要赶着去学校上早自习的——这个时代的学校对学生的要求似乎很严格。

因为这个路口很清静，既没有行人也没有车辆，所以对面的绿色指示灯还没亮起，小女孩就迫不及待地朝马路对面跑过去。

与此同时，一辆红色的轿车猛地从左边的斜坡上冲了下来，谢凌菲根本没有听到刹车声，她视线所及的范围里，那辆红色的轿车直直冲着小女孩撞了过去！

来不及喊"小心"，谢凌菲下意识地朝小女孩伸出右手，猛然合拢五指，同时迅速调转方向，推向那辆如同脱缰野马般的轿车。

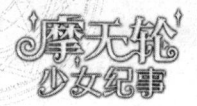

刺耳的摩擦声响了起来,那辆小轿车在距离斑马线不到一米的地方停了下来,车头部分仿佛撞上了什么,忽地瘪了进去!

小女孩这才想起了害怕,咧开嘴哇哇大哭起来。

那辆轿车的司机推开车门跳了下来,仿佛看到怪物一样盯着自己无缘无故瘪进去的车头,随即扫了一眼坐在地上的小女孩和快步走过去搂住她安慰的谢凌菲,大步走了过去。

"你跑什么跑啊?"司机站在小女孩面前,凶神恶煞般指着她叫道:"绿灯还没亮呢!你瞎眼了吗?你看看为了不轧着你我车子都坏了,你给我赔!"

谢凌菲愕然地张大了眼睛看着司机,她终于明白了以前她只在词典上看到过的词语:颠倒黑白。

第一章
起程·回到过去

司机显然对只会哭的小女孩没什么兴趣，他直接把目标转向了谢凌菲。

"喂，这是你妹妹吧？"司机问道，语气里带着很明显的威胁，"你怎么看孩子的啊？你家在哪儿？电话多少？我要找你们家长说说。"他回手指了指他的车，"我这车都这样了，你们得负责给我修啊！"

谢凌菲一手搂着那停止哭泣、但对着这样一个满脸凶恶的陌生男人，怕得有些发抖的小女孩，一边缓缓站了起来，注视着这个司机。

"为什么要我们负责？"她问道，"明明是你差点儿撞了她。"

"哟！"司机没有想到这个女孩子居然这样说，立刻瞪圆了眼睛，"拜托，是她不守交通规则！我这就是为了不撞上她！你们不负责谁负责？"

"姐姐……"小女孩抓紧了谢凌菲的手臂，她知道这个不认识的姐姐是好人，是要帮助自己的。

和司机那气势汹汹的样子相比，谢凌菲的口气很冷静。

"她也许有些急了，可是不遵守交通规则的人是你。"她静静注视着对面的男人，司机无端地觉得那目光中带着些迫人的压力。

"刚才红灯就已经开始闪烁了。"谢凌菲一边回想着对她来说十分陌生的交通规则，一边继续说道，"这个时候你应该放慢车速，因为前方有斑马线。可你根本就没有减速，如果……"她想要说，如果不是有我在，这个小女孩一定已经被你的车子撞飞出去了。

可是司机根本没容她把话说完就已经气急败坏地嚷了起来："你凭什么这么说啊？我明明就减速了！你哪只眼睛看到我没有减速？你说啊！说啊！"

"两只眼睛都看到了。"谢凌菲微微皱了下眉，奇怪还有人这么问问题。

"胡说！证据呢？她是你妹妹你当然护着她了！你说了不算！"司机说得理直气壮。他就是看准了这附近一个人都没有，不可能会有第四个人看到，况且这个路口并没有交通警察设置的监控设施，他才不怕被人抓到呢！

谢凌菲有些无措，她并不太清楚要如何用"证据"来说明一件根本就是事实的事情，这个跳着脚叫嚣的男人让她很厌恶，如果可以的话，她真的很想再出手一次，让他那辆车子彻底报废算了。

见谢凌菲说不出话来，司机更加得意起来，他一伸手就想去拉躲在谢凌菲身后的小女孩。

谢凌菲的目光倏地凌厉起来。

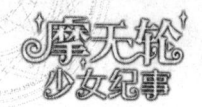

在她面前这样做，等同于挑衅！

右手仍旧护着小女孩，谢凌菲的左手已经握成拳，如果这个男人再上前一步的话，谢凌菲肯定他会被自己一拳打倒！

不过，这个司机很幸运。

在挨拳头之前，有个声音插了进来，让司机愣住了。

"住手！你撞人不算还要打人吗？"

这是一个低沉浑厚的声音，虽然还有着少年变声时期特有的沙哑，却还是让听到的人有如沐春风的感觉。

谢凌菲朝声音传来的方向转过头，于是她看到了一个大步朝他们走来的男孩子。

他的年纪看起来跟谢凌菲差不多，都是十五六岁的样子，半长的黑色头发仿佛是上好的丝缎般顺服地贴在耳后和脖颈上，他有一双极其深邃的黑色眼睛，如同黑色的水晶一样，有种让人可以沉醉的力量。与他那双眼睛不同的是，他脸部的线条十分明朗，薄唇有着好看的弧度，似乎只要轻轻一弯就会笑出来，如果不是那双眼睛太过深沉，有着健康的小麦色皮肤的他一定是一个非常阳光和开朗的男生。

他穿的也是简单的短袖蓝色T恤，浅灰色的运动长裤，白色的跑鞋，整个人看上去十分清爽，而且一看就知道也是一早出来长跑的。这个认知让谢凌菲第一时间对他有了几分好感，毕竟在这个年代愿意这么早爬起来锻炼身体的年轻人可不多。

可是，谢凌菲有些疑惑地看着这个男生走到他们面前，准确地说，是走到那辆轿车前面，仔细打量着被撞坏的车头，甚至伸手去轻轻地抚摸。

这个人在干吗啊？

司机已经沉不住气叫了起来："喂！你别乱碰我的车子啊！"

男生置若罔闻，仍旧静静地把手放在车头上，过了大概半分钟，他忽然收回了手，一脸严肃地转过头看着司机说道："你刚才说，是因为躲避这个小女孩，才弄坏了车子是吗？"

"对啊！"司机大声嚷道，"我可没有撞到她！"

男生微微蹙了一下眉，他的目光迅速地在谢凌菲身上掠过，谢凌菲敏锐地从中捕捉到了一丝疑惑。

"你的确没有撞到她。"男生抬头看着司机，"虽然我不知道是什么原因避免了这起事故，但是相信绝对不是因为你！"

"你说什么？"司机几乎要暴跳如雷了。

男生丝毫没有被司机吓到，他打量着车子，慢慢地说道："你的车子停下之前，时

第一章 起程·回到过去

速是 70 公里,而这条路从早上六点开始就限速 45 公里了,你已经违反了交通规则。还有,你根本没有踩过刹车,你的车头会变成这样是因为你高速撞到了……"男生停了一下,"我不知道你到底撞到了什么,也许撞到鬼了也说不定,不过你的车子完全是因为外力作用才停下来的,如果不是这样,这个小女孩已经被你撞倒了!"

"你……"司机的脸色变得好像大白天看到了幽灵一样,谢凌菲也诧异地瞪大了眼睛。

这个男生刚才明明不在这里,为什么可以把事情说得这么详细?

而且,那个判断真的太奇怪了。

谢凌菲不由自主地盯着那个男生看,车子的确是由于外力作用才停下来的,可是她相信,不可能有人发现这一点。

这个男生到底是谁?

司机显然被男生那一句"撞到鬼"吓到了,其实他原本就不明白怎么好端端的,自己的车头一下子就瘪了下去,只是刚才只顾着找冤大头修车,才无视了这么奇怪的现象。现在想一想,真的觉得一股凉气顺着后背爬上来。

"算老子倒霉……"司机不敢再争执了,他一边悻悻地拿出电话准备叫拖车,一边嘀咕着,"真邪门了……"

那个男生看着躲到一边儿去的司机,淡淡地笑了,果然,他的唇角只要轻轻一挑,就会笑得很温暖很柔和。

"谢谢大哥哥!"躲在谢凌菲身后的小女孩似乎也知道是这个大哥哥帮自己摆脱了困境,跑过去很认真地对着男生鞠了个躬。

"小妹妹,下次过马路要小心,就算绿灯亮了也要先看一下有没有车子,知道了吗?"男生蹲了下来,拍了拍小女孩的头,"快去上学吧!"

小女孩甜甜地笑了笑,又回头朝谢凌菲笑眯眯地摆摆手再见,这才恢复了一蹦一跳的快活样子,跑过了马路。

谢凌菲叫住了正准备离开的男生:"等一下。"

"什么事?"男生停下来,回过头看着谢凌菲。

谢凌菲有些后悔没有把感应器带出来,虽然那个东西还在试验阶段,但是让她只凭眼睛来分辨面前的人是不是她要找的目标确实有些困难。

如果不是这个男生一下子就发现了让车子失去动力的原因,也许谢凌菲也不会心生疑虑。

"你……你刚才在这里吗?为什么你好像什么都知道?"谢凌菲想了想,还是直截了当地问出了心里的疑问。

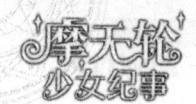

男生愣了一下,迟疑了片刻才回答道:"是啊,我在这里……"

"我怎么没看到你?刚刚这里除了我们没有其他人了!"谢凌菲很确定这一点。

"抱歉……"男生迅速地低下头,仿佛生怕别人在他脸上发现什么秘密一样,"有人在等我,我要走了!"

说着,他真的转身就跑!

谢凌菲想要追,但她看着男生几乎是"落荒而逃"的背影还是决定放弃。

在没有确定之前,她不想打草惊蛇。

 3

骆烨不耐烦地踢着脚下一颗小石子,一脚踢远,再追上去补一脚,再追上去……

他身上的蓝色短袖T恤已经被汗水打湿,浅灰色的运动长裤和白色跑鞋因为他不断踢着小石子的动作而沾上了不少灰尘,不过骆烨根本就不在乎。

不知道骆捷到底跑去了哪儿!他愤愤地想着。

早上明明是一起出门晨跑的,骆烨换衣服的时候还心不甘情不愿地想,明明两个人都已经长得一模一样了还要穿一模一样的衣服,难怪老是被人认错。

难道双胞胎就非要套在一个模子里供人观赏吗?

抱着这样的念头,跑步的时候骆烨故意和骆捷慢慢拉开距离,但他也不会让骆捷跑出他的视线范围之外,可偏偏就是一个拐弯的街口,他因为鞋带松了停了那么一小会儿,再追上去的时候,骆捷就已经无影无踪了。

算了!

骆烨用力甩了甩他那已经过耳的半长黑发,把被汗水粘在额头上的几缕头发拨开,露出他长长的睫毛下的仿若黑色的宝石般的眼睛,与骆捷的深邃沉稳不同,骆烨的眼睛永远仿佛是在聚光灯下闪烁的水晶般耀眼。

他也有着挺直的鼻梁和薄薄的红色的双唇,唯一与骆捷稍有不同的是,骆烨爱笑,而每次他笑起来的时候,在右边脸颊上都会有一个小小的酒窝。

其实骆捷也许也可以有酒窝的,只是他笑得太少了。

骆烨曾经这么想过。

他打算回去了,既然骆捷不知道跑去了哪里,他也没必要一定要等他一起回去了。

可就在这个时候,骆烨忽然听到前边一条小巷子里传来了一声压抑着的惊呼。

他的眼睛猛地一亮!

仿佛是发现了猎物的豹子一样,骆烨一下子兴奋了起来,他快步朝巷子跑了过去。

这是一条有些偏僻的小巷,夹在两所老式居民楼的中间,巷子很窄,大概也就能容得下两个人肩并肩走路,如果是胖一些的人可能还要侧着身子才行。所以,平时也很少有人会从这里走。

米小蕾是个例外。

从圣罗兰孤儿院走到大路上,这条小巷子是最近的路,也是米小蕾经常走的路。

虽然绕过右边那栋居民楼,还有一条更宽阔的大路直通孤儿院大门,但是每一次米小蕾都是从孤儿院的侧门出来,走这条小巷。

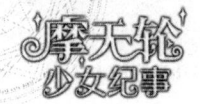

她不喜欢走在大路上时，接收到的路人的好奇的目光。

因为那些人都可以看到她是从圣罗兰孤儿院里走出来的，所以总是或多或少地会打量她，好像她是什么稀有的动物一样。

米小蕾很讨厌这种感觉。

那条小巷子则完全不同，虽然两边都是高墙，一般的小孩子一个人走或许会害怕，可米小蕾从来不怕。

一向只有别人怕她，她从来不怕任何事情。

所以即使现在她被堵在小巷里，她也只是静静地站着，看着拦住她的那个家伙。

那家伙她认得，是圣罗兰职业学校的一个学生。

圣罗兰职业学校和圣罗兰孤儿院一样，由本市的几位慈善家捐款修建，很多孤儿院的孩子到了合适的年龄就会进入职校学习，以便日后能找到一份工作让他们能够独立生活。

当然，也总有些不务正业游手好闲的家伙，比如面前这一个把头发染得好像公鸡尾巴一样五颜六色的学生，米小蕾听说他经常和一些小流氓混在一起，职校的老师拿他也没什么办法。

"公鸡尾巴"笑嘻嘻地打量着米小蕾："喂！听说你就是圣罗兰里最有名的冷美人，长得确实不错啊！"

米小蕾有着公认的出众的容貌，深褐色略带卷曲的长发自然地披散在她肩膀上，尖尖的下巴让她的脸显得更加小巧，她的睫毛长而卷翘，很多人第一次见到她的时候以为她戴了假睫毛，而这样美丽的睫毛下，是一双更加美丽的大眼睛。"像乌木一样的头发和眼睛、像雪一样白的皮肤、像血一样红的嘴唇"，这是童话故事里用来形容白雪公主的话，可是用在米小蕾身上一点儿都不过分，她看起来就是一个活生生的中国风的芭比娃娃，娇小可爱，美丽不可方物。

只是，唯一让人觉得遗憾的，就是她的目光仿佛始终都不带任何感情，永远是冰冷的。

所以，她才会被人叫作冷美人。

米小蕾整理了一下自己那件黑色的MICKEY（米奇）短袖衫领口的丝带，让它们不至于挡着胸口金色的太阳图案。

她的目光从脚上那双MICKEY的运动鞋移到了"公鸡尾巴"身上，眼神里带了丝不屑和厌烦："让开，别挡路。"声音清脆而冷冽。

"公鸡尾巴"有些狼狈，米小蕾那种完全无视他的态度让他觉得很丢面子。

"你……"他瞪起了眼睛，威胁着，"我不想打女人，你最好乖一点儿！"

第一章
起程·回到过去

米小蕾看着他的目光里又多了一份憎恶。

"让开，别挡路。"

她重复着，然后又加了一句："不然我对你不客气。"

"公鸡尾巴"差点儿昏倒——拜托，这应该是他的台词好不好？居然被一个看起来柔柔弱弱风一吹就会倒的小女孩抢了去，太没面子了！

"看我不教训你一下……"一边说着，他一边伸手朝米小蕾抓了过去。

他的手指在碰触到米小蕾仿佛花瓣般娇嫩的脸蛋的前一秒，猛地一抖。

一声惨叫。

米小蕾冷冷地看着那个仿佛被蝎子蛰了一下似的家伙，他抱着手，无比惊恐地看着米小蕾，仿佛站在他面前的不是一个可爱的女生，而是一个恐怖的魔鬼。

"你到底是……""公鸡尾巴"的声音都有些变了调，他看着米小蕾朝他一步步走过来，脸上的肌肉开始扭曲。

他想起了圣罗兰孤儿院曾经的一个传说，他一直以为那是假的，可是今天他知道了，这不是传说，而是事实！

刚刚，他还没有碰到米小蕾，就仿佛触摸到了高压电流一般，从指尖传来的剧痛和麻木让他几乎半个身子都无法活动了！

"公鸡尾巴"跌跌撞撞地朝巷子外面跑去。

米小蕾冷冷地看着他的背影——逃……如果你能够逃得了的话，你就尽管逃吧！

她缓缓地举起右手，在阴暗的巷子里，她那晶莹纤长的手指仿佛是玉石雕刻，而在她秀美的指尖上，隐隐约约，似乎有着细微的闪烁的光芒。

突然之间，米小蕾猛地瞪大了眼睛。

已经快要跑到巷子口的"公鸡尾巴"，猛然间一个跟头摔倒在地上。

没有人推他！没有东西绊倒他！可他分明像是被谁推倒或者绊倒一样，摔了一个嘴啃泥，还发出了"哎哟"的一声惨叫。

米小蕾感觉到了空气中不正常的波动，是同类吗？她睁大了眼睛，但除了跌倒之后鬼哭狼嚎的那个家伙，她什么都没有看见。

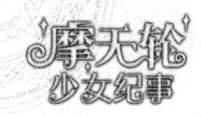

骆烨回到家的时候,脸上还挂着得意的笑容。

那个家伙摔得惨兮兮狼狈不堪的样子,只要一想起来他就忍不住想笑。

"小烨回来啦?"一进家门,骆烨的妈妈陈雨涟就迎了上来,"你哥哥呢?你们怎么没一起回来?"

骆烨一边换鞋子,一边撇了撇嘴:"半路上就不见了。"

"啊?"陈雨涟的脸色一下子变得有些苍白,"那……那……会不会有事啊?怎么办啊?"

骆烨有些不耐烦地看了看自己的母亲:"妈,你干吗这么大惊小怪的,每次都是这样,你烦不烦啊?"

陈雨涟的脸色更加难看,但还是勉强挤出一个微笑,"哦哦哦,对对对,对不起啊小烨,妈妈吓着你了是吗?"

"没有!"骆烨大声说道。

"怎么了?"骆烨的爸爸骆年从房间里走出来,"小烨,你怎么一个人回来了?"

骆烨终于忍不住重重哼了一声:"我和骆捷只是双胞胎,不是连体婴,我们不在一起很正常!"

骆年皱了下眉头,但还是柔声劝道:"小烨,小烨,爸爸只是随便问问,你别这么生气好不好?"

"是啊是啊!"陈雨涟急忙递过毛巾,"小烨,你看你脸上都是汗,快擦擦。"

骆烨一把扯过毛巾,别以为他没看到,陈雨涟拿着毛巾的手分明就在不停地抖动着,害怕吗?为人父母的,会害怕自己的儿子?

真好笑!

门又一次被推开了,骆捷也回来了。

他一进来就发现客厅里的气氛似乎很奇怪,骆捷看了看泄愤似的用毛巾胡乱揉着头发、擦着脸的骆烨,又看了看站在一旁的父母,轻轻地叹了口气。

"哎呀,小捷,你总算回来了!"看到骆捷回来,陈雨涟似乎放下了什么天大的负担般松了口气,"累不累?我去给你拿毛巾来!"

骆捷还没来得及说话,骆年跟着说道:"你们俩都回来了,我们吃早饭吧,爸爸今天做了你们最喜欢吃的甜甜圈,我现在就去端出来!"

骆捷终究什么都没说,沉默着接过妈妈递过来的毛巾,又看着妈妈和爸爸匆匆忙忙

地跑进厨房去安排早餐。

"看什么看!"骆烨把手里的毛巾丢了过来,"你跑哪儿去了?一眨眼就不见了!害得我刚一回来就被他们唠叨!"

骆捷看着骆烨那张明显在生气的脸,用力咬了咬嘴唇。

"骆烨,跟我来一下房间。"

他说着,率先回到了他们两个人的房间里。

在这个只有五十平方米的两居室里,骆烨和骆捷的房间是最大最好的一间——阳光正从东边的落地窗里大片大片地洒进来,整个房间都仿佛是金色的。原木的地板,米色的墙纸上印着浅浅的Snoopy(史努比)的花纹,一模一样的两张原木的单人床摆在进门右边的窗户下面,两张床中间隔着两个南瓜造型的床头柜,各摆着一盏南瓜台灯。对面的墙壁被整面墙的连体书柜和书桌所覆盖,衣柜则摆在房门右边,一律都是实木的,这让房间里有一种淡淡的木香。

可这样明亮宽敞的房间却没能给它的两位主人带来好心情,骆烨走进来的时候重重摔上了门,巨大的声响让先进来在书桌前坐下的骆捷终于忍不住出声喝止:"骆烨,你适可而止好不好?"

骆烨懒洋洋地坐在床上,挑起一边的眉毛斜睨着骆捷。

"我怎么了?"

骆捷深吸了一口气来平缓他被骆烨漫不经心的口吻挑动的情绪,他尽量平心静气地对骆烨说道:"爸爸妈妈已经对我们很客气了,你不要再故意去刺激他们了好吗?"

骆烨哈的一声笑了出来:"刺激?我做了什么?"

骆捷的目光中已经开始有按捺不住的火气:"你做了什么你自己知道!骆烨,你真的以为你跟别人不一样是好事吗?"

骆烨猛地坐直了身体,两眼死死瞪着骆捷。

他就知道瞒不过他!

双胞胎之间那种无法解释的奇异的心灵感应能力,让骆烨和骆捷在彼此面前几乎是没有什么秘密的。

当然,他们不能猜到彼此的想法,但是如果他们愿意,很容易就能感知到对方的情绪。

比如今天,骆烨在小巷里戏弄那个小流氓的时候。

当他使用"那种能力"的时候,骆捷一定会知道!

"我不觉得这样有什么不好!"骆烨咬着牙,"我今天也是教训了一个坏孩子,他在欺负女生哎!"

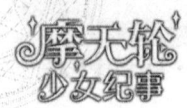

"骆烨……"骆捷苦恼地看着他,"我不是在怪你这件事。"

"那你那么说是什么意思?"骆烨冲动地跳了起来,"你今天不是一样也用了你的能力吗?"

他瞒不过骆捷,骆捷也同样瞒不过他。

"我不明白,有这样的能力明明是人人梦寐以求的,不是吗,骆捷?"骆烨冲到骆捷面前,盯着他,"你到底介意什么?"

骆捷一个字一个字地说道:"我不介意,可是介意的是爸爸妈妈……"

"他们?"骆烨仿佛是笼子里的困兽一样转了两个圈,"他们有什么好介意的?十年以前的事情了!都过去了!"

"但只要我们还有那种能力,他们就永远不会安心!"骆捷也忍不住低声吼着,"他们总是战战兢兢的,生怕再一次失去我们……"

"算了吧!"骆烨打断了骆捷的话,"我最受不了的就是这个!我受不了整天像是观察室里的动物一样!"

骆捷几乎跳起来:"你怎么可以这样说爸爸妈妈!"

"我说的是实话!"骆烨猛地退后了一步,他脸上的表情充满了愤怒和不解,"算了,我们不要总是为这种事吵架了,骆捷。"

"骆烨!"骆捷猛地站了起来。

还是来不及,门一下子被推开又一下子被关上,随即是外面大门打开又关上的声音,以及陈雨涟的一声惊呼。

骆捷无力地坐回了椅子上。

他开始痛恨十年前那个奇异的夜晚。

谢凌菲找了一个上午才找到图书馆。

早上的突发事件让她隐隐有种奇怪的预感:她要找的人就在这座城市里。

但是从时间上来推测的话,事情应该发生在十年之前。

谢凌菲有些埋怨时光机的小小偏差了,虽然只有十年,但是如果现在一切已成定局,那要到底要怎么办?

但无论如何,她首先要确定她的猜测是不是准确的。

这个城市的图书馆坐落在一条僻静的小街上,对这个城市本来就不太熟悉的谢凌菲凭借随身携带的小型定位仪的帮助才最终找到了图书馆。

按着惯例,她先办好了图书证,然后坐在图书馆大厅里提供给读者查询书目的电脑前,点开了"报纸"的目录。

这个城市有三所图书馆,这一所是资料最全的,尤其是关于本市的历史,资料非常详尽。

很快,谢凌菲就从电子目录的摘要上找到了她所需要的东西。

那是十年前这个城市各家报纸的新闻头条:神奇天象突临,三月出现雷暴!

雷暴是一种自然现象,但多数出现在夏秋两季,三月份还只是初春,当时又没有台风和冷空气,因此所有报纸都用了"神奇"或者"异象"来描述那次长达五个小时的雷暴。

电子目录还附有各家报纸头条新闻的摘要,其中一段摘要比较详细地介绍了这一次"异象"的特别之处,首先是雷暴范围只在市区中心公园,其次雷暴极为强大,再次前后都没有任何其他相关的天气变化出现,这次雷暴宛如神龙见首不见尾,来得突然去得也很突然。

另一家报纸则把当天在中心公园突兀出现的大雾和这次雷暴联系到一起,因为那场大雾之后不到一个小时,雷暴就开始了。

还有一家报纸则提到了本次雷暴造成的损害——除了中心公园的树木和一些设施被击毁以外,还有一些当时正在公园进行露营的儿童受到惊吓,需入院治疗,幸好情况均不甚严重。

谢凌菲的目光凝固在这条摘要上。

如果她的判断没错的话,这些儿童绝不只是"受到惊吓"那么简单!

她迅速记下了这一份报纸的目录编号,然后找到图书管理员,请他帮忙找到这份资料。

图书管理员有些诧异地看了看谢凌菲:"最近怎么这么多人来找这份报纸啊?"

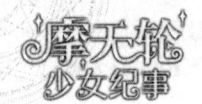

"咦？"谢凌菲一怔，"除了我以外还有人来这里找这份报纸吗？"

"是啊……"图书管理员一边从电脑里调出借阅记录，一边笑着回答道，"我记得昨天才刚刚有人查阅过呢……哎？"他突然惊异地瞪大了眼睛，仿佛看到了什么不可思议的事情。

谢凌菲忽然有种不妙的预感。

果然，图书管理员用力揉了揉眼睛，再次看着电脑屏幕："怎么可能啊，这里居然显示资料遗失，正等待补档。"

谢凌菲细长的双眉渐渐皱紧了。

"您不是说昨天才有人查阅过吗？"她不死心地追问着。

图书管理员的眉头皱得更紧了，说道："也许……是我记错了吧？或者是前天？不过真抱歉，既然已经遗失，那就只能等待补档之后才能继续借阅了。"他无奈地朝谢凌菲摊了摊手。

谢凌菲追问道："那什么时候可以再来查呢？"

"这个就不好说了啊。"图书管理员叹了口气，"并不一定每一份资料都有存档的，如果没有存档就等于这份资料再也找不到了。"

谢凌菲失望地离开了图书馆。

究竟是谁无声无息地毁掉了这份资料呢？谢凌菲直觉那个毁掉资料的人，一定是和十年前那场奇异的雷暴有关系的人，会是谁呢？难道就是今天早上，那个能够"未卜先知"的家伙吗？

他，会是她要寻找的异能者吗？

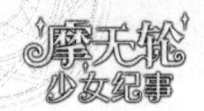

 1

骆烨有些心不在焉地坐在 KFC（肯德基）里，隔着一尘不染的落地窗，他百无聊赖地打量着窗外人行道上不时走过的行人。

面前的圣代已经快要融化了，骆烨瞥了乳白色的圣代上面红色的草莓果酱一眼，眼睛忽然一亮。

从早上跟骆捷吵架之后跑出来，他已经在这间 KFC 消磨了一个上午的时间了，真是无聊透顶！

不如来玩个小游戏吧！

这样想着的骆烨迅速扫了下四周，他坐的位置在整间 KFC 餐厅最偏僻的一个角落里，虽然到了中午来这里吃东西的人渐渐多了起来，可是他身边的座位还都空着，一个人都没有。

骆烨笑嘻嘻地伸出他修长晶莹的手指，毫不客气地挖了一大坨草莓果酱。

然后，他站了起来，朝点餐的地方走过去。

中午的时候来 KFC 的人蛮多的，点餐的地方挤了不少人，一个扎着马尾辫的女孩子正拼命伸着头朝柜台里边看去，排在她前面的长发女孩子显然对此极其不满，一边用肩膀推着扎马尾辫的女孩子，一边嘀咕着："好好排队等不可以吗？挤什么啊？"

扎马尾辫的女孩子也不是好惹的，她翻了下眼睛，毫不客气地说道："抱怨什么啊？慢吞吞的，看你在这里排了十几分钟了到底好了没啊？"

长发女孩更加不高兴了："喂，你挤了我你还有理了啊？"

扎马尾辫的女孩正想说什么，一个高个子的男生在她身后拍了她一下，说道："你怎么这么慢啊？"

"跟我没关系啊！"扎马尾辫的女孩撇了撇嘴，"我怎么知道我前面这个人拖拖拉拉的！"

长发女孩回过头，生气地瞪着扎马尾辫的女孩说道："谁拖拖拉拉的了？你懂不懂先来后到啊？乖乖排你的队吧！"

大概是觉得有人撑腰，扎马尾辫的女孩子朝高个子男生委屈地扁扁嘴："阿杰……你都不帮我啊？"

阿杰皱了皱眉，上前一步，蛮横地对长发女孩说道："你别磨蹭了！买完没有？买完赶快走！"

第二章 巧遇·不样之梦

服务员刚好在这个时侯把长发女孩子点的一大堆东西端了出来，长发女孩子一边接过来，一边很不屑地说："嚷什么嚷什么啊！没教养！"

"你说什么？"阿杰怒了，恶狠狠地瞪着长发女孩。

"我……"长发女孩刚想回嘴，忽然觉得身后传来一股大力，她被撞得往前一跌，手里装得满满的托盘差一点儿摔到地上去。

还没等她回过神来，扎马尾辫的女孩已经"啊"的一声大叫："我的包包！"

她斜挎着的米色包包上，沾上了一大块红色的草莓果酱！

"喂！你赔我的包！"扎马尾辫的女孩一把揪住了刚刚站稳的长发女孩子，"你一定是故意的！"

长发女孩手里的托盘上正好摆着好几杯草莓圣代。

"谁故意的啊！放手！"长发女孩大喊起来。

"芬芬？怎么了怎么了？"随着她的大喊大叫，一下子跑过来三四个人，有男生也有女生，看他们身上的校服就知道和这个叫芬芬的长发女孩是一起的。

芬芬见自己的朋友来了，胆子立刻壮了。

她一边把托盘随手放在一旁的餐桌上，一边盯着刚刚揪住她不放的扎马尾辫的女孩说："她找我麻烦！"

扎马尾辫的女孩子没想到对方还有这么多帮手，有些胆怯地朝阿杰身边凑了凑，却还是嘴硬："是你故意弄脏我的包！"

"我没有！"芬芬立刻否认。

"就是你！这明明是草莓酱！"扎马尾辫的女孩一口咬定。

芬芬仗着自己人多势众，一口顶了回去："是又怎么样！我也不是故意的！"

阿杰搂着扎马尾辫的女孩的肩膀说道："小影，别怕，有我在呢。"说着，他瞪着芬芬，"我管你是不是故意的！反正是你干的就行了！赔！"

"凭什么啊！"芬芬被阿杰凶巴巴的口气也弄得有点儿心慌，朝后面缩了缩，嘴巴上却还是不肯认输。

芬芬的几个同学也有些不满："你太过分了吧！芬芬都说了不是故意的！你别得理不饶人！"

"哇哈哈！"

这边吵得不可开交，那边骆烨几乎要笑破了肚子。

他心里想：嘿嘿！真好玩啊！

他有些得意地看了看自己的指尖，伸出舌头舔掉上面沾着的最后一点儿草莓酱——

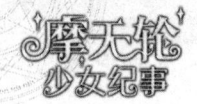

　　刚才推芬芬的时候，同时往小影的包上抹了一把，不过骆烨知道没人发现得了始作俑者是他。

　　想看到他，那除非他们跟他一样，是"不一样的人"！

　　正在他欣赏自己一手制造的混乱场面的时候，骆烨没有注意到，刚刚推开KFC的门走进来的那个女孩正诧异地看着他。

谢凌菲没有在图书馆找到自己想要的东西,有些垂头丧气地离开了那里,随意走在街上的她直到看到 KFC 的招牌才意识到自己的肚子已经在咕噜咕噜叫了。

没办法,谢凌菲不自觉地苦笑了一下,以前进行能量补充的时候,很少有机会好好坐下来享受一次"吃东西"的感觉的,所以她几乎忘了"吃饭"的感觉了。

看着餐厅门口色彩鲜艳的广告牌上汉堡、薯条、可乐、圣代以及其他配餐的图案,谢凌菲放弃了回家继续她速溶营养剂午餐的打算,既然来到了这个时代,不如就好好享受一下这个时代的食物吧!毕竟,她还有很长一段时间要留在这里,如果太另类了,搞不好会被当成怪物也说不定呢!

然而走到门口的时候,谢凌菲猛然皱紧了眉头。

她有种奇怪的预感——仿佛就在面前这家餐厅里,刚刚发生了什么!

她无法形容那种感觉,但是她就是觉得她要寻找的东西就在这里!

几乎是大踏步跑过去推开了餐厅的玻璃门,然而刚刚走进去,谢凌菲就看到了一个熟悉的身影。

是那个早上刚刚见过一面的男生。

谢凌菲有一刹那的惊异,但她很快命令自己要保持冷静。她朝那个男生走了过去,不假思索地拍了拍他的肩膀说道:"嗨!真巧啊!"

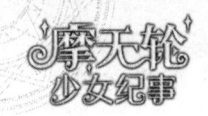

骆烨承认,他被吓了一跳。

不过这不能说是他胆子小,任何人被一个陌生人"突然袭击",都会吓一跳的好不好!况且他刚一回头的时候,有刹那的失神。

因为映入他眼帘的是一张近乎中性但却令人惊艳的脸。

微微挑起的细长的眉仿佛是用上好的墨笔描绘的,那之下是明亮透澈的眼眸,犹如大海一般幽远的蓝色眼眸也像大海一样带着一丝神秘,黑色的短发有些散乱,却让它的主人显得更加洒脱,挺直的鼻梁下是薄薄的粉色双唇,而这样的淡色的双唇,在白皙得如同牛奶一般的肌肤的映衬下,好像沾着露珠的花蕾一样柔软而娇艳。

不过骆烨的惊艳只持续了几秒钟,因为他很快就意识到这张脸对他来说是陌生的,他不认识这个带着男孩子气的漂亮女生。

可她却似乎是认识他的,不然就不会随随便便来拍他的肩膀。骆烨不算是个迟钝的人,相反,他很敏感,他自然能够感觉到对方不是那种轻浮的人,只是误把自己当成了另外的人……

另外的人。

骆烨忽然觉得刚刚因为恶作剧而有点儿兴奋的心情就像外边飘过来几片云彩的天一样,一下子有点儿不爽起来。

并不是第一次被错认了,谁让他跟另外一个家伙长了张一模一样的脸!

骆烨几乎是立刻就有些不忿了,于是他决定不解释这个误会。

他也仿佛是老朋友一般搭上了谢凌菲的肩膀,故意绷紧了脸,但有些好笑的语气还是出卖了他想要逗弄面前这个人的欲望。

"嗨!是很巧啊!算不算缘分啊?"

骆烨实在学不来骆捷那种平平淡淡的语气和表情,这已经是他能够模仿的最大程度了。

谢凌菲有点儿茫然。

她仔细打量这个几个小时之前刚刚见过的家伙,明明就是他嘛!为什么总觉得好像什么地方不对了?

她不知道她现在带点儿疑惑的神态已经让骆烨快要绷不住了。

"喂……干吗看着我发愣啊?没见过帅哥啊!"

骆烨还是忍不住嬉笑着又问了一句,虽然他知道如果是骆捷绝对不会说这种话,不

过当你自认为且公认为是一个帅哥而一个美女目不转睛盯着你看的时候，人都会有点儿小嘚瑟的吧！

可惜，正是这句话，让谢凌菲一下子闪开了。

有点儿气恼地意识到自己似乎是认错人了，谢凌菲盯着已经忍不住让一丝笑容爬上脸庞的骆烨，她终于发现这个人确实不是自己早上见过的那个，因为他虽然仅仅是微笑，但脸上已经能够看到一个浅浅的酒窝，而早上那个家伙虽然也有露出过微笑，但绝对没有酒窝！

过分哎！

谢凌菲的目光变得有些不客气了。

骆烨立刻察觉到了，他无辜地吐了吐舌头，潇洒地耸了耸肩说道："抱歉，你认错人了，我不记得我见过你哦。拜拜啦，美女！"

说着，他大摇大摆地走了出去。

毕竟谢凌菲看着他的眼神已经有点儿像要吃人了，不走难道要留下来当炮灰吗？就算是美女，发起火来一样很可怕的哦！

小蕾回到圣罗兰孤儿院里她的宿舍时，意外地发现她们这一届的指导老师吴老师正坐在房间里。

"米小蕾。"吴老师一见她走进来就急忙站了起来，脸上的笑容很是僵硬，她手里拿着一个白色的信封，原本是想要递给米小蕾的，但伸出手之前的一刹那，吴老师停了下，最终还是讪讪地把信封放到了桌子上。

"这是什么？给我的吗？"米小蕾的声音冷冷的，她抬起头来扫了吴老师一眼，就一眼，她明显感觉到吴老师似乎抖了抖。

"是……是给你的。"吴老师继续挤出笑容来，"恭喜你啊，被月舞高中录取了，这是通知书。"

宿舍里还有另外几个女孩子，听到这句话时，她们中间起了一阵小小的骚动。

米小蕾看了看那个装着录取通知书的信封，对于自己被本市著名高校录取的这件事似乎一点儿多余的反应都没有，只是扬了扬唇角，似笑非笑地盯着吴老师说道："我知道。"

"那……呃……我还有点儿事要办，先走了。"吴老师一边说，一边朝门外走去，明显是松了一口气的样子。

米小蕾撇了撇嘴，拉开椅子坐了下来。

圣罗兰孤儿院的宿舍是六人间，为了节省空间，采用的是床柜一体的家具，也就是书柜、衣柜、书桌联成一体，而床铺则在柜子的上面，这样还可以给每个人营造出一种私人空间的感觉。

米小蕾刚刚坐下来，旁边就有一个胖胖的女生走了过来，盯着那个信封。

"小蕾，你好厉害啊，月舞很难考的！"胖胖的女生很是羡慕，恨不得录取通知书上写的是自己的名字。

米小蕾没动，也没出声，这种程度的恭维她听得太多了。

但她的态度让同宿舍的另外一个女孩子大为不爽，她走过来，一把把那个胖胖的女生拉开，挑衅似的看着米小蕾说道："人家本来就跟我们不一样，你羡慕到死也比不上！"

胖胖的女生呆了一下，嘟起嘴巴说道："瑶瑶，你的口气听起来好酸啊！"

"我酸？"瑶瑶这下子更生气了，"你以为我羡慕她啊？不就是个月舞，有什么了不起的啊！"

米小蕾皱了皱眉，仍旧没说话。

第二章
巧遇·不样之梦

瑶瑶见她一言不发，不顾一旁同宿舍其他几个人拼命向她使眼色，她砰的一声拍上米小蕾的书桌，声音越发大了："你走了，刚好腾出个地方来！"

瑶瑶和米小蕾结怨说起来要追溯到她们刚刚换新宿舍那阵子，米小蕾的床靠近窗户，本来是瑶瑶看中的，磨着分配宿舍的吴老师要这个位置，可米小蕾二话不说就把自己的行李甩了上去，吴老师一句话都不敢多说，从此瑶瑶就和米小蕾成了冤家。

瑶瑶才进孤儿院半年，对于米小蕾的种种传说，虽然有所耳闻，但她从来不相信世界上真有超能力这种东西。何况没来圣罗兰之前，人高马大的瑶瑶在她住的那一带也算是小有名气，她能够进圣罗兰也是因为体育方面的特长，因此，她从来不把跟她比简直小了一号的米小蕾放在眼里。

米小蕾对瑶瑶的挑衅早就习以为常了，一般情况下她统统无视，因为她觉得跟这种人一般见识是自贬身价。

"你让开，我要收拾东西。"头也没抬，米小蕾说话的口吻天经地义到好像别人不照着做不行。

瑶瑶本来只有一分的火气被这一句话成功地升级到了三分。

其他几个人嗅到了空气里的火药味，纷纷上前来劝瑶瑶，总算把她拉开了。

米小蕾懒得理会那些家伙，她拆开信封把录取通知书拿出来，瞄了一眼报到日期又收了回去。她站了起来，打开衣柜，从里面翻出一个红色的旅行袋，开始收拾她的东西。

她要带走的东西并不多，除了一些衣物，就是平时她喜欢一些书籍，不管怎么说，在年满十八岁之前，除非找到愿意收养的人，否则的话她们每个人的监护权都是由圣罗兰孤儿院来行使，即使她再不情愿，这里也算是她的家。

同宿舍的几个女孩子就站在房间另一头看着米小蕾慢慢地装她的旅行袋，胖胖的女孩子想要过去帮忙，却被其他人拉住了。

"她都要走了……"胖胖的女孩挣扎了两下。

很快有人小声地说："走了才好……"

立刻有人更小声地附和："是啊，免得整天提心吊胆的……"

胖女孩有些不满了，她瞪圆了眼睛看着那几个朝夕相处的伙伴，质问着："喂，小蕾没做什么坏事吧？你们这是干吗啊！"

"她……她是没做过什么坏事……"这次说话的声音被压得更低，近乎于耳语，"可是你总该听说过她的事情吧？"

"对啊！想一想都觉得很可怕！"

"你们……"胖女孩有点儿哭笑不得，关于米小蕾的传闻在圣罗兰孤儿院被说得极

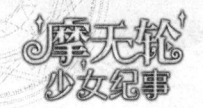

其神秘又极其隐晦，可在她看来，跟她们一起生活了两年多的米小蕾除了孤僻内向一点儿以外，虽然有时候有点儿拒人千里的冷漠，但那也是因为性格所致吧，哪有那么恐怖。

瑶瑶很不屑地哼了一声："你真多事！人家也没打算要你帮她吧？"

一边说着，她也开始收拾自己的东西。

"瑶瑶你怎么也开始收拾东西啊？"胖女孩不解地问。

"这还用问啊！她人都走了，我当然要搬过去了！"瑶瑶至今还在为当初自己看上的床位被"霸占"而耿耿于怀。

还没等其他人表示意见，一直当她们不存在一般的米小蕾忽然开口了："这是我的床位，你不能搬过来。"

她抬起头，黑白分明的大眼睛仿佛是黑色的水晶混合了冰雪雕琢而成的，美丽得动人心魄，也冷漠得动人心魄。

瑶瑶差点儿跳起来，她恶狠狠地瞪着米小蕾："凭什么啊？你人都走了还占着位子不放啊！"

"我没说我要走。"米小蕾懒得多看她一眼，继续低下头收拾自己的东西，"我只是被月舞高中录取，没可能住校，我还是要回这里来的。"

"骗谁啊！"瑶瑶这次是真的跳了起来，"圣罗兰的规定向来是考上名校的优等生要安排单独的宿舍的！"算是对他们的一种奖励。

"我喜欢住这儿，不行吗？"把最后一本书扔进旅行袋，拉好拉链，米小蕾终于抬起头看了看瑶瑶。

瑶瑶再也忍不住，呼地一下子冲到了米小蕾面前，大声冲她吼道："你喜欢？我们不喜欢！你以为大家很欢迎你留下来啊！"

一边说着，她一边就伸手打算去推搡米小蕾。

米小蕾一动都不动，脸上甚至还挂着带点儿不屑的笑，就那么看着气呼呼的瑶瑶的手触到了自己的肩膀。

一声惨叫。

米小蕾在瑶瑶猛地想要抽回手的时候死死扣住了她的手，然后看着瑶瑶痛得死去活来，大声尖叫嚎哭。

这就是你惹怒我的代价！

第二章 巧遇·不祥之梦

 5

骆烨在外面晃荡了一天,回到家的时候刚好赶上晚饭时间。

他进门的时候骆捷正帮着陈雨涟从厨房端菜出来,见他回来了,骆捷只是看了他一眼低声问道:"又去哪儿了?"

骆烨没理他,抓过一旁的湿毛巾擦擦手,大声对厨房里嚷道:"老妈!我快饿死了!"

陈雨涟端着最后一道汤品走出来,看到骆烨的时候,神色在一瞬间有些不自然。她把汤放上餐桌,柔声说道:"小烨,中午吃了什么?你出去了一天,累不累?"

骆烨一屁股在餐桌旁坐下,伸手就打算去抓摆在他面前的炸虾丸,骆捷伸手拦住了他。

"妈妈问你话呢。"骆捷的声音不高,但是骆烨听得出来里面带着点儿恳求味道的压迫感,他白了自家双胞胎哥哥一眼,朝陈雨涟露出一个大大的笑脸。

"就随便走走喽!老妈,你操心太多小心生白头发啊!"

陈雨涟如释重负地笑起来:"不会的,妈妈只是担心你。小烨,以后你们兄弟俩出去的话要注意安全……毕竟你们……"她意识到自己又说错了话,猛地顿住了。

骆烨有点儿无力地垮下肩膀,他不是不明白老妈的担心,不过……拜托,都十年前的事情了,被念了整整十年,圣人也忍不了吧!

有点儿不满地扁扁嘴,骆烨对着一桌子美食,决定自动过滤刚刚听到的话,以免影响自己大吃大喝的心情,想着,他的"魔爪"又朝炸虾丸伸过去。

果然又被拦住了!

骆烨很不满地抬头,冲着骆捷呲了呲牙。

骆捷明白他的意思:老哥你跟我有仇啊?放着好吃的你不许我碰,你故意的是吧,是吧!

骆捷淡淡地笑了,他原本以为骆烨会记恨早上跟他吵架的事情,不过现在看来,小烨比他想象的要大度多了,当然也不能否认老妈做的一桌子他爱吃的菜也可能是让这个饥肠辘辘跑回家来的家伙心情大好的原因。

"等一下,等爸爸回来一起吃。"尽管如此,骆捷还是轻声说道。

骆烨这才发现平时总是五点过十分就到家的老爸居然到了六点钟还不见人影,他有些诧异地问道:"老爸今天加班吗?"

"没有啦!"陈雨涟急忙解释,"可能是他临时有事情吧。"

陈雨涟的话刚说完,大门被推开了,骆年走了进来。

"你怎么了?"陈雨涟一边上去接过他的公事包,一边有些惊异地看着丈夫显得有

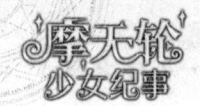

些灰白的脸色,"不舒服吗?"

骆烨和骆捷也都站了起来,他们对视了一眼,都觉得有些奇怪。

他们的老爸平素是很少有这种混合了不安甚至还带点儿慌乱的表情的,难道真的是有什么事情吗?

骆年直到换了衣服坐在餐桌旁边,神色才总算恢复了正常。

当然,在他解释清楚之前,他是没办法对着六只带着担心好奇以及刨根问底的神情勾勾盯着他的眼睛吃饭的。

轻轻叹了口气,骆年清清嗓子,开始解释他回来晚的原因。

骆年是医生,在圣罗兰孤儿院就任已经有十几年了。

比起大医院,这是一个比较清闲的职位,虽然孤儿院里孩子很多,但是真正有了大病的都会送往大医院诊治,骆年所要应付的不过是感冒伤风、消化不良或者擦伤、撞伤一类的小毛病。

可今天,就在他快要下班的时候,被一群人围着送进医务室的那个女孩子,却让骆年在看到她的伤口时倒吸了一口冷气。

那是严重的灼伤!

灼伤,不是烧伤,也就是说她的手掌是被高压电流灼伤的。

可是什么样的电器,能在那个叫瑶瑶的女孩子的手上,留下清晰的手掌形状的伤痕呢?

除非她跟一个全身带电的仿真机器人握了手。

骆年不由自主地打了个寒战。

他当然知道在圣罗兰孤儿院里那个流传已久的故事,关于米小蕾的。

如果没记错,骆年记得瑶瑶跟米小蕾住同一间宿舍,当然在询问了送瑶瑶来的那几个女孩子之后,骆年几乎可以确定瑶瑶是被谁弄伤的。

虽然他真的不敢相信。

"你说的……就是那个奇怪的女孩子?"陈雨涟惊讶地看着骆年,"那个传言……是真的?她居然真的这么狠心?"

"什么传言?"骆烨比较好奇的是这个,他一边努力把一个炸虾丸咽下去,一边瞪大了眼睛问道。

骆捷也很好奇,只不过他没有像骆烨那么直接地问出来。

骆年有些为难地看了看自家一对好奇心旺盛的儿子,叹了口气说道:"也没什么啦,就是说那个叫米小蕾的女孩子比较奇怪,说她身上带电,会电人……"

第二章 巧遇·不样之梦

"噗——哈哈哈哈哈！"还没等骆年说完，骆烨已经很不给面子地爆笑出来。

"我还是外星人、变形金刚呢！"一边笑，骆烨一边说，"那是电棍吧……老爸你不知道吗？现在很多女孩子会带着小电棍当防身武器呢！"

骆年看了看欲言又止的妻子，苦笑了一下："是吗？那真的是我孤陋寡闻了。不过米小蕾这样做也有点儿太过分了，瑶瑶的手恐怕有几个月活动不了，如果再严重一点儿后果可能就不堪设想了。"

陈雨涟也点头："就是啊……都是一个屋里住的，有什么解不开的仇啊！"

骆烨睁大了眼睛看着老爸老妈："喂！你们怎么一面倒啊！"

骆捷轻轻拉了他一下："确实是伤人的人不对啊，你没听老爸说吗，受伤的女孩子很惨的。"

骆烨不以为然地甩甩头："这可不一定，或许是她先欺负人的呢！老爸不是也说，关于那个什么……米……米小蕾……在他们孤儿院一向都有流言，那她很可怜哎！我要是她啊，我会巴不得自己像传言一样真有什么特殊能力，看谁还敢得罪我！"

骆年和陈雨涟对视了一眼，心里都觉得有点儿沉。

骆捷摇摇头："你这么说太偏激了，不能因为自己有本事就胡闹啊！"

一边说，骆捷一边看着骆烨。

"你这个啊……就叫暴殄天物！"骆烨非要跟骆捷唱反调，"谁不想当超人啊！别告诉我你不想，人生这么平凡，就是要找点儿不平凡的事情才有趣啊！"

他自顾自地说着，没有注意到骆年和陈雨涟的脸色都渐渐变得有些沉郁，而骆捷看着他，不知不觉地咬紧了牙关。

骆烨，你就真的这么不懂事，一定要让爸爸妈妈担心吗？

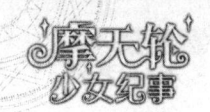

　　谢凌菲觉得今天她实在运气很差。

　　早上碰到一个蛮不讲理颠倒是非的司机，去图书馆又一无所获，中午想去吃个午餐，还偏偏认错了人被捉弄了。

　　趴在她的大床上，谢凌菲头一次觉得有些无力。

　　虽然在接受任务时就知道这是一个很有难度的挑战，但谢凌菲真的没有想到自己居然会如此出师不利。

　　谢凌菲抱着软绵绵的抱枕翻了个身，忽然觉得压到了什么。

　　她坐了起来，从身下找到了压到的东西——白色的信封里装着月舞高中的入学通知书，这是她进入月舞高中的通行证，也是她完成任务的保证。

　　明天就要去报到了呢。

　　谢凌菲的目光朝放在床头柜上的书包望去，浅黄色的帆布书包，里边装着课本、练习册、笔袋等等，虽然对谢凌菲来说这点儿重量不算什么，但是她对于正处于发育期的人类每天要背负这样的重量还是有点儿质疑的。

　　难怪经常看到小孩子，应该说是小学生的书包是像拉杆箱一样带轮了用拖的，谢凌菲想起自己第一次去买文具的时候还很好奇旅行用品怎么和文具摆在一起出售。

　　这真是个……呃，让她不知道说什么好的时代！

　　长长叹了口气，谢凌菲把刚才因为翻滚而变得凌乱的头发理了一下，看着窗外皎洁明亮的月光，她几乎没有什么睡意。

　　忽然想起了什么，谢凌菲猛地一翻身，拉开了床头柜下面第一个抽屉，从里面翻找了一阵，果然找到了她要的东西。

　　还好想起来了！

　　谢凌菲长舒了一口气。

　　拿在她手上的是一个小巧的iPod（音乐播放器），至少从外观上是。

　　它的确是一个播放器没错，但是同时，它也是感应器，只要可能的目标靠近谢凌菲十米以内，它就会有反应让谢凌菲感知到。

　　谢凌菲就是后悔今天没有带着它出去，不然的话，两次感觉到特殊气息的时候，就可以用它来判断到底是否有目标在自己身边出现了。

　　小心翼翼地将感应器摆放在书包旁边最显眼的位置，谢凌菲生怕自己和今天一样又把它忘了。

第二章
巧遇·不祥之梦

总算能够放心地睡觉了!

这是谢凌菲再一次栽回枕头上时,脑子里唯一的念头。

当目光渐渐适应了室内的黑暗,谢凌菲看着被窗帘隔挡的朦胧的月光柔和地洒在屋子里,虽然受过训练的她的夜视能力不错,但此时谢凌菲却觉得衣柜书桌等等的轮廓都渐渐模糊起来……

她终于睡着了。

梦境不知是何时开始的。

谢凌菲行走在人群中。

她努力想要看清楚身边的每一张面孔,但是那些面孔全都是模糊的,她只知道自己仿佛站在一个巨大的空地上,身边有好多好多人。

这是什么地方呢?在梦中谢凌菲朝远处望去。隐隐约约地,她似乎看到了几座高大的建筑物,谢凌菲猛地反应过来,这似乎是月舞高中吧?

当梦中的她有此认知时,她忽然觉得眼前的一切都开始清晰了,她似乎能够看到周围那些人都是跟她一样来报到的新生,还有那边的建筑物,应该就是月舞高中的教学楼吧?

谢凌菲想着,忽然之间,她猛地感觉到了一阵奇特的振动。

怎么回事?

她迟疑着,终于发现那是她挂在胸前的感应器发出的!

难道说,她要寻找的目标就在人群之中吗?

谢凌菲猛然紧张起来,她在人群中张望着,寻找着,可是这么多人,到底谁才是她要找的目标呢?

胸口传来的振动越发明显了,谢凌菲无端地有些慌乱,她一边命令自己镇定,一边下意识地紧紧握住了感应器。

那小小的金属物体在她手里不断地颤动着,奇异的麻木感觉从指尖蔓延开去,谢凌菲忽然回过头,似乎她要寻找的东西就在背后。

然后……

没有然后了。

谢凌菲猛然从床上坐了起来!

梦境戛然而止。

她甚至连最后一点儿画面都无法看清,她回过头之后,到底发生了什么!

谢凌菲抬手扶住额头,那里正隐隐作痛。

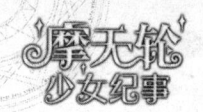

这是每一次她在梦中预知未来时都会发生的情况，谢凌菲已经习惯了。

当那种微微的刺痛感消失时，谢凌菲这才发现天已经亮了。

一夜居然就这样过去了，对谢凌菲而言，她似乎觉得只有短短一瞬。

她从床上跳下来，用力伸展了一下四肢。

现在是六点差一刻，仍旧有时间让她进行每天的晨跑，谢凌菲想着，迅速地换掉了睡衣。她只希望今天晨跑的时候，不会像昨天一样遇到那种事情了！

还好，如她所愿，今天的晨跑一切顺利，谢凌菲甚至还在楼下的早点铺顺便买好了早点。

回到家里，简单冲了个澡，谢凌菲一边吃早餐，一边开始在脑海中飞快地做今天一天的行动计划。

今天是月舞高中开学的第一天，为了欢迎新生而举行的开学典礼要求所有师生全部参加。谢凌菲想，这是个好机会！

如果能确定下来目标的话，那么以后的事情都好办多了，总比现在这样大海捞针好。

谢凌菲乐观地想，毕竟，那个梦告诉她今天一定会有所发现，这个她百分之百确定。

解决掉了早餐之后，谢凌菲换上了月舞高中的校服。

乳白色的上衣，浅绿色的飘带和花边，配一条白底浅绿色碎心图案的百褶裙，月舞高中夏季款的女生校服让很少穿裙子的谢凌菲有些不自在。

然而这条刚好在膝盖之上的百褶裙却恰到好处地让谢凌菲修长笔直、线条美好的双腿显得更加挺拔，配上她白色的运动鞋，谢凌菲对着镜子照了照，几乎有点儿不太相信那个充满了青春气息的人就是她。

果然是人要衣装，佛要金装啊！

谢凌菲带好了感应器，抓起书包出门了。

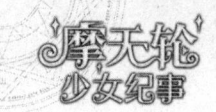

1

　　谢凌菲迈着轻快的步子走进了月舞高中的校门。

　　月舞高中是本市排名第一的高级中学，校园环境和师资力量都非一般的学校可比。

　　虽然如此，但是月舞高中却又不同于所谓的贵族学校，自建立之初，月舞高中招生的对象就可以用兼收并蓄来形容，所以能够成为月舞高中的学生的固然有不少富家子弟、名门之后，但也有很多普通人家的孩子。

　　这种平等的观念甚至也渗透进了月舞高中的校园环境设计理念里，不同于一般学校或是铁栅栏或是砖砌的围墙，月舞高中的所有围墙都是半人多高的篱笆。盛夏之际，各种藤蔓花草缠绕在篱笆墙上，各种花朵竞相绽放，一片姹紫嫣红，看上去就让人觉得精神为之一振。

　　而学校几栋主建筑物的建筑风格则更是别出心裁：主教学楼采用了红色砖墙，深绿色的穹顶是学校天文社的观测室，显得非常古典；而一旁的实验楼则是一栋小巧的三层小楼，外墙被刷成海蓝色，让人感觉十分清爽；与实验楼相对的是办公楼，这一栋楼则是很后现代的建筑风格，钢管结构的外走廊和镶嵌了整栋大楼的黑色玻璃砖让这栋楼看上去就蛮有威严感；图书馆坐落在实验楼的后方，共五层，一至二层是图书馆，四至五层则提供给学生做各种课外活动之用，与实验楼的海蓝色相对，图书馆的外墙颜色是天蓝色，掩映在花木丛中的一深一浅两栋建筑格外让人觉得赏心悦目。

　　而整个校园的环境介绍，则全部显示在一走进校门就可以看到的一块巨大的液晶显示屏上，显示屏下方还有细致的平面图供人查找，因此，即使是第一次来月舞高中，谢凌菲也丝毫没有感觉到任何的陌生感。

　　暗自惊叹于在这个时代还有这样人性化的设计，谢凌菲随着道路两旁的指示标牌来到了位于主教学楼后方的操场。

　　月舞高中的操场也是完全按照体育场的模式来设计的，看台跑道草坪无一不有，而现在这个体育场里算得上人山人海，因为开学典礼就要在这里举行。

　　谢凌菲站在人群中间，看似随意地打量着四周，事实上，自从走进体育场的那一刻，她就已经开始全神贯注地感受胸前悬挂的感应器的反应。

　　要在这么多人中发现她想要寻找的目标，并不是一件容易的事情，感应器只能帮助她判断是否有能力者在场，但究竟是哪一个人就要靠谢凌菲自己去找了。

　　一边慢慢地踱着步子，谢凌菲一边四下观察着。

　　虽然体育场里挤满了人，不过一眼看过去就可以发现，那些站成一圈圈相互说话嬉

闹的一定是高年级的学生,而那些个个眼睛里都写满了好奇的就铁定是新生啦。

猛然间,谢凌菲有一种奇异的感觉!

她倏地停下来,静静地站在那里。

目光迅速地四下扫视着,谢凌菲可以肯定,这里,她现在站立的地方,就是她在梦中站立的地方!

她的梦境要成为现实了吗?

谢凌菲的每一根神经都绷紧了,她的表情不知不觉间也变得十分凝重沉静,就在这个时候,忽然从她身后传来一声小小的惊呼。

谢凌菲来不及回头,就被身后忽然传来的力量猛地向前一推,与此同时,她手中的感应器忽然强烈地震颤起来。

谢凌菲讶然瞪大了眼睛,她迅速稳住身体,朝后面看去。

到底是谁?

站在她身后的是三个女生,都穿着月舞高中的校服,其中一个正在揉着自己的肩膀,同时抱怨着:"真是的,看起来瘦瘦小小的,力气居然这么大!"

"就是啊,而且走路还不看人,一副嚣张的架势,是新生吧!"

"算了算了,她也不是故意的……"被撞的那个女生脾气不错,小声笑着,"没事啦,就是吓了一跳,撞上她的时候感觉好像被电了一下似的。"

大概是觉得她的话说得好笑,几个女生一起嘻嘻哈哈地笑了起来。

谢凌菲皱着眉,感觉手里紧握的感应器渐渐失去了反应。

她没有猜错,她要寻找的能力者就在月舞高中,可是到底是谁呢?难道是这几个女孩子提到的那个奇怪的女生吗?

谢凌菲轻轻地叹了口气,欲速则不达,既然已经确定了目标范围,接下来的时间,就让她好好地玩一场捉迷藏的游戏,把她要找的人,一个个都挖出来!

开学典礼隆重而又简短,校长致辞并简单介绍了学校历史之后,就是学生会会长代表所有高年级学生欢迎一年级新生的加入,整个过程只用了不到半个小时。

接下来的时间,就是新生到各自的班级报到,然后分配座位和储物柜,再接下来,就是让新生们自己去熟悉校园和彼此熟悉了。

谢凌菲被分到了一年级D班,她走进教室第一眼就看到了站在窗前皱着眉发呆的骆捷。

骆捷也穿着校服,与女款校服充满青春气息的浅绿色调不同,他身上穿着纯白色的上衣,领口、袖口和胸前都有细细的墨绿色滚边,金色的纽扣看上去并不俗气,反而有

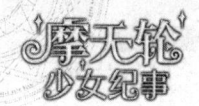

种高雅的感觉。骆捷头发梳理得光滑服帖，凸显出他宽广的额头和浓黑的眉，他的目光静静看着窗外，黑色的瞳孔里散发着宁静的光辉，仿佛一块墨玉一般，小麦色的肌肤在阳光的照耀下仿佛会发光一样，虽然他只是静静站在窗口，可无论怎么看，都仿佛是一道让人不忍去打扰的风景。

谢凌菲朝他走过去的时候，甚至听到几个女孩子的窃窃私语，在讨论着这个过分安静的大帅哥！

骆捷没注意到身后有人走过来，他现在满脑子想的都是骆烨。

如果没有意外的话，他和骆烨应该是分在一个班里的，可是现在他来了 D 班，而骆烨却在 A 班！

骆捷不禁想起骆烨那个志得意满又有点儿狡黠的笑容来，那是在知道他们没有分到一个班之后，骆捷很诧异，但骆烨却仿佛早就知道会是这样，甚至还兴高采烈地朝他挥了挥手说："骆捷，这下好了，我们两个的班主任老师都不用为分不清我们头痛了！"

骆捷现在才想通，骆烨一定是暗中做了什么手脚！

虽然他不知道骆烨是怎么办到的，但是他知道骆烨一定又是用了"那种能力"。

轻轻叹了口气，骆捷不知道骆烨为什么对"那种能力"这么执着，明明他们是双胞胎，但在这件事情上，骆捷觉得骆烨和他的想法简直相差十万八千里。

正在他独自发呆的时候，忽然有个明朗，却带着丝怒意的声音在他耳边响起：

"真巧啊，居然又见到你了，不过这次我是不是又认错了人啊？"

骆捷一愣，迅速地转过头，在看到谢凌菲的那一刹那，他呆了一下。

竟然是她！

骆捷惊讶地笑了。

他记得这个女孩子，昨天早上她帮了那个素不相识的小女孩，骆捷帮了她。

"是你啊！"骆捷笑着，他不知道自己这个笑容让谢凌菲又有了种被戏弄的感觉。

"是我啊！"她盯着骆捷，"你到底是谁？"

骆捷被这句质问弄得一头雾水，他有些不解地看着谢凌菲美丽的脸庞上隐隐的怒意，不知道自己什么时候得罪过她。

"呃……自我介绍一下，我叫骆捷，骆驼的骆，敏捷的捷。"骆捷有些局促起来，"呃，昨天……昨天早上我们见过的……"

昨天早上？

谢凌菲也愣了一下，这么说的话，在 KFC 捉弄自己的不是他？

脑海中电光石火般掠过在 KFC 的时候那个家伙说过的话，谢凌菲猛然意识到了什么，

她问道:"你……你是双胞胎?"

骆捷吃惊地张大了嘴巴,几乎是下意识地反问道:"你认识骆烨?"

落叶?我还枯草呢!谢凌菲咬了咬牙,很好,我记住你了,叫落叶的家伙!

"骆烨是我弟弟……那个,你们见过的?"骆捷又开始头疼了,虽然他不知道骆烨做了什么,可是看谢凌菲略带不悦的眼神就知道准不是什么好事。

谢凌菲很快就控制了自己的情绪,虽然刚开始见到这张熟悉的脸时她确实有点儿不爽,但她并不是一个会迁怒他人的人。

稍稍退后一点儿,谢凌菲扬起唇角浅浅地笑了笑:"我还没有自我介绍呢,我叫谢凌菲,感谢的谢,凌霄花的凌,王菲的菲。"她停了一下,继续说道:"昨天早上的事情,多谢你。"

骆捷摇摇头说:"没什么,呃,我还是得问,骆烨他是不是……是不是做了什么不好的事情?"

他静静地望着谢凌菲:"如果是的话,我替他向你道歉。"

谢凌菲偏了偏头,她现在可以肯定骆捷和他那个弟弟真的很不一样,痞痞的骆烨和他沉稳的哥哥真是一个天上一个地下。

谢凌菲笑了:"没什么,反正也是我认错人,把他当成了你。双胞胎真是奇妙!不过你们的个性好像不太一样。"

骆捷有些尴尬,他下意识地想要维护骆烨,于是他几乎是脱口而出:"骆烨比我开朗很多,他不像我这么闷……"

谢凌菲扑哧一声笑了出来。

"对了,你们怎么没分到一个班里?"

谢凌菲不过是随口问问,可偏偏这个问题击中了骆捷的死穴,他无奈地耸耸肩:"没人规定双胞胎一定要分到一个班里吧?这样也好,免得老师总是为分不清我们谁是谁伤脑筋。"

谢凌菲再次笑出了声,她看着骆捷说道:"喂,刚见到你的时候以为你可能是个比较沉闷的人,没想到你也很幽默啊!"

骆捷叹口气:"这话不是我说的,是骆烨说的。"

谢凌菲笑了笑,没有再继续这个话题,她敏锐地察觉到骆捷和骆烨之间似乎有什么隔膜,不过她一向不是一个喜欢探究别人心事的人。

况且,她来这里有更重要的事情要做。

在一年A班的教室里,骆烨已经连着打了四五个喷嚏,以至于不少人都开始对他行注目礼。

骆烨皱着眉头,一边揉着鼻子,一边想:骆捷,你又在背后嚼我的舌头了吧?不然我好好的怎么一个劲儿打喷嚏!

他的确是故意要跟骆捷分开的,开学典礼之前他神不知鬼不觉地溜进了教务处,偷看了已经排好的班级成员档案,他和骆捷果然是被分到了一起,所以骆烨毫不客气地随便抽了一个人,换了自己的档案。

虽然他和骆捷是双胞胎这件事瞒不过大家,可是至少,他不想一天二十四个小时都要对着骆捷。

况且,不在一个班上,被拿来比较的机会就减少了很多,他也会有自己的新的朋友圈子,而不会永远跟骆捷"捆绑销售"了。

看着骆捷知道他们没有分在一个班里时惊愕的表情,骆烨有那么一刻是有点儿内疚的,不过很快的,他就把这点儿内疚抛到了爪哇国!

没了骆捷在身边,他高中三年的生活一定可以过得多姿多彩,哇哈哈哈哈!要知道,他骆烨可不是普通人哦,"那种能力"一定会让他成为一个人人都羡慕崇拜的、具有传奇色彩的人的!

正做着他的春秋大梦,骆烨按照贴在课桌上的便签找到了属于自己的那张书桌,靠窗,倒数第三排,他喜欢这个位置!

一屁股坐下来,骆烨一抬眼睛,自然而然地就看到了坐在他侧面前一排的米小蕾。

米小蕾今天把长发松松地扎了一个辫子,用的是水绿色的纱巾,与她身上浅绿色系的校服十分搭配。额前的刘海儿松松的,低垂的长长的睫毛下,那双美丽的眼睛仍旧显得淡漠而冰冷,她身上始终流露出那种拒人千里般的气息,从她进了教室坐下来,很多男生惊异于她的容貌想上前搭讪,却始终没有人敢过去。女生们则是怀着一种带点儿嫉妒的心理看着她,也没有人过去跟她讲话。

米小蕾也根本不在乎,她自顾自地整理着她的书本,对四周投来的各种各样的视线视若无睹。

骆烨盯着米小蕾的背影,他总觉得好像在哪里见过她。

抬手敲了敲脑袋,骆烨总算想了起来,就是昨天早上,自己跟骆捷走散的时候,碰到一个小流氓在巷子里调戏一个漂亮的女生,就是她!

骆烨兴奋起来，他没想到开学第一天就会碰到一个熟人，骆烨一向是想到什么就去做的人，于是他站起来走到米小蕾旁边，笑着说道："喂，你好！我们又见面了！"

这个搭讪的方式真是滥俗到家，不过如果是一个大帅哥跟你这么说话的话，十个女孩子里大概有九个半都会无法拒绝。

可惜米小蕾是剩下那半个。

她理都不理骆烨，仿佛身边根本没有这个人，只有空气。

换成别人大概会觉得尴尬然后觉得自讨没趣讪讪地离开，不过那不是骆烨，骆烨的原则是愈挫愈勇！

于是他伸手敲了敲米小蕾的桌子："我在跟你说话呢！"

米小蕾总算抬起眼睛看了看他："抱歉，我不认识你。"

"聊聊就认识了啊！"得到回答，骆烨的眼睛一亮，他干脆蹲了下来，"我叫骆烨，骆驼的骆，火加华的烨。这名字听起来是不是很有趣啊？"

落叶嘛……从小到大他都被这么问过的。

米小蕾有些不耐烦地转过头看了看骆烨："我没兴趣认识你。"

哗！够冷！

骆烨总算见识到了什么叫兜头一盆冷水，而且这一盆还是加冰的！

不过没关系！现在是夏天！

骆烨看着米小蕾精致得如同洋娃娃般的面孔，小声地笑着问："哎，昨天在巷子里，你怎么就吓得那个家伙转身就跑啊？"

米小蕾倏地转头盯着骆烨。

他居然知道那件事！

这实在太出乎米小蕾的意料了，明明昨天只有自己和那个小混混在的，这个家伙，他是？

骆烨竖起手指对她比了个"嘘"的姿势，还朝米小蕾眨了眨眼睛："嘿嘿，别问我怎么知道的，这是秘密！"

米小蕾的脸色更加冷了。

她讨厌这个家伙，一副假惺惺过来套近乎的样子，可又神神秘秘地玩花样！

"让开！"她盯着骆烨，冷冷地说。

啊？骆烨呆了一下，随即更加不怕死地凑近了一点儿："喂，好歹我们有个共同的秘密啊！你干吗这么冷冰冰的？"

"我说过，我没兴趣！"米小蕾皱起眉，她肯定，如果这个家伙再蹲在她眼前胡说

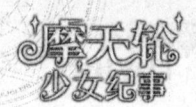

八道的话，她就毫不留情地给他来一下子！让他知道知道自己的厉害。

骆烨扁了扁嘴，有些失望。

看来这个洋娃娃是冰雕出来的，这么搭讪都没效果，他骆烨可不是不识好歹的人，眼看冰娃娃马上就要发飙刮暴风雪了，骆烨耸了耸肩站了起来，一句话都没多说就走回了自己的座位。

米小蕾反而有点儿意外，看这个家伙这么厚脸皮，她还以为他会继续死缠烂打呢。说走就走……不过倒也识趣！

转回头继续整理自己的东西，米小蕾却无法不去想骆烨刚刚说的话。

昨天早上……

她想到了那个小混混在巷子口突然跌倒，也想到那一刻她在空气中捕捉到的奇异的气息，同类的气息……

总不会是这个喜欢卖弄口舌的家伙吧？

米小蕾冷笑一下，如果真的是的话，就算是同类，她也没兴趣！

骆烨刚回到自己的座位上，身后呼啦一下就围上来几个男生。

"干吗？干吗？"突然成为中心人物，骆烨也有点儿诧异。

"你胆子够大啊……"一个戴眼镜的男生朝骆烨伸了伸大拇指，"居然能跟那个冰山美人说那么久还没被她的视线给杀掉！"

旁边的人一起点头。

骆烨笑了起来："嘿嘿，其实呢，我早就见过她……"

"啊？"众人异口同声地惊叹。

骆烨得意地眯起眼睛，享受着大家投来的或羡慕或嫉妒的目光。

没错，他见过她，也知道，她或许是和他一样的人。

所以，他不会放弃的！

日子过得很快,新学期已经过去快一个月了。

原本相互陌生的同学们开始熟悉起来,而月舞高中的各个社团,也准备开始接纳新成员了。

不过对于谢凌菲来说,这一个月对她而言却有点儿漫长,因为除了在开学典礼上有所发现之外,接下来的日子里,虽然她千方百计想要进一步去调查,可惜毫无进展。

感应器虽然偶尔会有反应,但是都没有更加具体的指向对象,往往让她空欢喜一场。

放学之后,谢凌菲没有马上回家,而是继续在校园里徘徊。

时间一天天过去,任务却仍旧停步不前,这让谢凌菲十分苦恼,虽然说,在接受这个任务的时候她已经被告知这是一个难以完成的任务,但是,谢凌菲绝不相信自己会失败。

明明就有了线索,可以肯定月舞高中里确实存在她想要寻找的异能者,但有什么办法可以让这些人自动现身出来给她发现呢?

谢凌菲皱着眉头,坐在树荫之下的草坪上,苦苦思索着。

"这位同学,怎么一个人坐在这里发呆呢?"

忽然间,有个如春风般柔和的声音把谢凌菲从冥思苦想里拉了回来,她抬起头,对上了一张温和的笑脸。

"你是……"谢凌菲愣了一下,随即认出了面前的人,"陈会长!"

站在谢凌菲面前的男生身高大约一百八十公分,温文尔雅的容貌带着一派贵族气质,脸上的微笑更是让人如沐春风。

他也穿着月舞高中的校服,但在他那条墨绿色的领带的下部,绣着三条金色的横纹,这是月舞高中学生会会长的身份标识。

陈逸梁看着谢凌菲,忽然想起了什么,他拍了拍头,笑了:"我居然没认出来你,你是谢凌菲,一年级D班的班长,对吧?"

谢凌菲没有想到在学生会的例会上仅仅有过一面之缘,陈逸梁竟然能够记住自己,她有些讶然地点点头问:"陈会长,你找我有事吗?"

陈逸梁摇了摇头。他对谢凌菲的印象很好,虽然只在学生会例会上见过一次,但是当时谢凌菲针对学生会规则中一些不当之处提出的意见可谓一针见血,让很多人刮目相看,毕竟她只是个刚入学的一年级新生,因而给陈逸梁留下了深刻的印象。

"我只是看到有女孩子坐在树下发呆,所以过来提醒她不要毁坏草坪而已。"陈逸梁开了个玩笑。

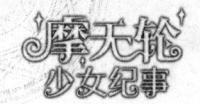

谢凌菲急忙跳了起来说:"不好意思,会长,我……"

"我只是开玩笑而已。"陈逸梁看了看谢凌菲,"谢同学,你坐在这里发呆好一阵子了,是不是有什么心事?"他顿了顿,"难道是在犹豫参加哪一个兴趣社团吗?"

"呃……不是……"谢凌菲愣了一下,摇摇头。可是就在这一刻,一个念头突然跳进她的脑海里。

"会长!"谢凌菲看着陈逸梁,急切地问道,"如果我想发起一个社团的话,是不是只要跟你提出申请就可以了?"

陈逸梁愣了一下,随即了然地笑了笑说:"哦,原来你不是在为加入社团烦恼,而是想要建立一个属于自己的社团啊。你需要跟我提出申请,然后我会提请给学校的相关部门审核,如果没有问题就 OK(好)了。对了,你想成立什么社团?"

"灵异现象研究会!"谢凌菲脱口而出。

陈逸梁有些诧异地看着她:"谢同学,你……对灵异现象很有兴趣吗?"

"是的!"谢凌菲点了点头,一旦想到了方法,压在心头的大石不见了,她立刻变得神采飞扬,"世界上有很多事情不可以用科学来解释,但是往往正是这些神秘的存在让人们更加有兴趣去探索这个星球和这个宇宙甚至是我们人类自身的奥秘,我对此一直很有兴趣!"

陈逸梁忍不住笑了:"谢同学,一般的女孩子好像不会对这种事情有兴趣呢,你真的很特别!"

谢凌菲也报以一笑:"会长,如果你不反对的话,我现在就回去写申请书了!"

她朝陈逸梁摆摆手道别,随即大步走开。

陈逸梁看着谢凌菲的背影,笑容渐渐淡去,他轻抿着双唇,神色渐渐变得有些沉重。

"灵异现象研究会……"抬头看了看犹如蓝色水晶一般澄净的天空,陈逸梁轻声地自言自语着,"希望不要出什么乱子才好。"

谢凌菲的申请书交上去没多久就被批准了,于是,月舞高中的社团名录上又多了一个新的名字:灵异现象研究会。

谢凌菲想,如果真的是身怀异能的人,多半都会对这个研究会感兴趣的,毕竟他们本身就是这些灵异现象存在的证明,成立这个社团就是为了吸引对此有兴趣的人,她相信她所要寻找的那些异能者必定会出现的!

不过让谢凌菲感到意外的是,研究会刚刚成立,她刚刚把招揽社员的宣传海报贴到宣传栏上,就已经开始有人找上门来,要求加入了。

第三章 占卜·目标出现

而且来的这个，居然还是个"熟人"。

放学之后，坐在学校特别拨给研究会使用的办公室里，谢凌菲瞪着面前那张天天都能见到的熟悉的面孔。

不过这次她可不会再认错人了——骆烨！我绝对有把握不把你和骆捷搞混！

骆烨被谢凌菲审视的目光看得有点儿忐忑不安起来，他早就忘了曾经在KFC里对面前的女孩子玩过一个恶作剧。

他纯粹是因为好奇，才一听到有灵异现象研究会这样的社团存在，就立刻赶来报名参加了。

哇，专门研究灵异现象的社团，简直太对他骆烨的胃口了！

"美女……我是来报名的，不是给你参观的，你看我这么半天总该说句话吧？"终于打破沉默的骆烨一开口就是那副玩世不恭的腔调，笑嘻嘻地看着谢凌菲。

这下更不会有错了！

谢凌菲一听到这个语气，几乎恨得牙痒痒，不过脸上还是保持着平静的神情。

"你想要加入研究会？"光听声音也是很冷静的，幸好骆烨不懂读心术，不然的话他一定能够听到谢凌菲磨牙的声音。

"对啊，不然我干吗找你啊！"骆烨四下看了看，"是不是要填什么表格之类的？"

谢凌菲摇了摇头："你不用填。"

"啊？为什么？对我这么好？"骆烨颇有些沾沾自喜，果然人长得帅就是好啊！

可惜谢凌菲下一句话就把他一棒子打翻在地——"因为我不欢迎你加入！"

啥……啥情况？

骆烨的下巴差点儿摔到地上跌成八瓣。

"为什么啊？"骆烨差点儿要抱头惨叫了，想他大好少年一枚，虽然有时候喜欢恶作剧捉弄人，不过他可以保证都是些无伤大雅的玩笑，用不用这样天怒人怨啊！

谢凌菲看着骆烨瞠目结舌的样子，忍不住笑了——骆烨这个人还真如骆捷说的一样，蛮有趣的呢。

不过还是很讨厌就是了！

对谢凌菲来说，"油腔滑调、玩世不恭"，可都不是可以用"优良"这两个字来形容的好品质。

不是都说双胞胎应该很像的吗？为什么骆捷和骆烨除了容貌之外几乎一点儿都不像啊？谢凌菲真的想不通。

骆捷是班上的学习委员，两个人因为之前的相识和工作上的相互配合而十分熟悉，

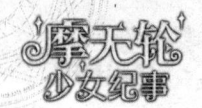

骆捷是个沉稳安静的人，一看就很可靠，怎么他弟弟是这么一个上蹿下跳跟猴子差不多的生物啊！

谢凌菲不得不再一次感叹造物的神奇了！

这边她在出神，那边骆烨也在绞尽脑汁想自己到底什么时候跟这位明显是素不相识的美女结下梁子的。要说完全不认识也不准确，他偶尔去找骆捷的时候，似乎曾经见到过对面的女孩子，骆捷好像也跟他提过……啊！对了！

骆烨猛然想起开学典礼那天，晚上回到家里，骆捷曾经数落他冒充自己去戏弄别人，说人家也在月舞高中读书，以后低头不见抬头见，见到了一定要道歉……

骆捷当时说的时候，骆烨自然知道他说的是开学典礼前一天在 KFC 发生的那件事，他倒真没想到那个女生居然也在月舞，而且还跟骆捷一个班。

骆捷有跟他说过那个女孩子的名字，可骆烨根本没想过要去道歉，所以也没记在心上。倒是后来有听骆捷说过那个女孩子当上了班长，因为做事干脆利落，为人又很热情大方，所以很受欢迎。

不过……这还是第一次，他把人对上啊！

找到了对方讨厌自己的原因，骆烨立刻摆出一副真心实意认罪的样子，他端正地站好，定定地看着谢凌菲，说道："那个……对不起……"

啊？

神游天外的谢凌菲呆了一下，随即反应过来骆烨在向她道歉。

这样就想骗过她了？

谢凌菲盯着骆烨，别看他一副小心谨慎的样子，可眼睛里深藏着的顽皮还是暴露了他的内心。

不过谢凌菲不是那么小肚鸡肠的人，反正不管怎么说骆烨也算向她道歉了，看在骆捷的面子上，还是别再刁难他了。

"行了，表格给你，回去填好了交给我！"看也不看骆烨，谢凌菲丢出一张表格给他。

什么？

骆烨有些意外，他可是很认真地道歉了啊！怎么对方好像一点儿都不感动的样子？

骆烨盯着谢凌菲看了好一会儿，发现她根本没把他放在眼里……

真是怪事！

想他骆烨自从进了月舞以后虽然算不上花见花开，但至少人见人爱吧！居然……居然被无视了！

骆烨心里那团好胜的火焰再次熊熊燃烧起来,他发现,除了班上那个冰山娃娃米小蕾之外,月舞又多了一个让他想要去挑战的人!

"你还站在这儿干吗?"谢凌菲见骆烨赖着不走,开始下逐客令了,"等一下还会有人来报名,我没时间招待你。"

好吧,今天运势不佳,继续纠缠下去没意义,骆烨很识趣地乖乖走人。

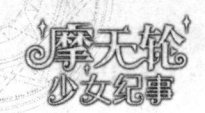

灵异现象研究会成立不到一个星期，已经有几十个人来报名了。

谢凌菲在接待每个来报名的学生时都带上感应器，可让她失望的是自始至终都没有反应。

不过这也并不算意外，毕竟感应器针对的是能够捕捉到的异能波动，而这样的波动往往是在异能者发动能力时才会出现的，平时的话很难探测到准确的目标。

谢凌菲曾经邀请骆捷加入，可骆捷婉言拒绝了她。

"你弟弟是第一个来报名的哦，他对这个兴趣好像很大，你一点儿都不感兴趣啊？"谢凌菲有些好奇。

骆捷当然知道骆烨去报名的事情，骆烨就是这样，凡是跟"那种能力"有关的事情，他统统不肯放过。

骆捷摇摇头："我不想去研究那些稀奇古怪的东西，做个平平凡凡的人不好吗？"

"你这个人……都没有好奇心的吗？"谢凌菲叹了口气，"你就没想过有一天自己也能变成超人？好多男生都会这么幻想过吧？"

"变成超人干什么？拯救地球吗？"骆捷苦笑着摇摇头，"我可没有那么远大的理想和抱负啊。"

"算了，不跟你说了！"话不投机，谢凌菲放弃沟通。

兴趣这种事是勉强不来的，既然骆捷没兴趣，那她也不会非要他加入不可。

又过了几天，谢凌菲觉得差不多了，就带着已经填好的入社申请表去找陈逸梁，按照规定，学生会是要对社团的成员留档的。

不过，让谢凌菲意外的是，陈逸梁看完那些名单之后，忽然问道："米小蕾没有报名吗？"

谢凌菲愣了一下，摇了摇头。

米小蕾这个名字，对她来说是完全陌生的。

陈逸梁的目光微微闪动，终于还是说道："谢同学，能否麻烦你去邀请一下米小蕾加入你的社团？她是一年级A班的。"

谢凌菲讶然。

她抬起头看着陈逸梁。

对方儒雅俊秀的脸上带着一种让谢凌菲看不懂的神情，似乎是在探究，又似乎是在犹豫。

第三章 占卜·目标出现

"会长,我可以问一下为什么吗?"谢凌菲终于还是忍不住开口了。

"哦,当然可以。"陈逸梁转眼间又笑得温柔和煦,"米小蕾从前就认识我,我知道她对这些事情似乎很有兴趣,而她那个人性格比较孤僻,所以我希望她能够加入这个社团,这样至少她会多一些朋友啊。"

既然这样为什么会长你不去建议她加入呢?谢凌菲本想问的,但最终还是没有问出口,她感觉得到,陈逸梁和米小蕾之间有些秘密是陈逸梁不想说出来的,聪明的话,当然就不要多问了。

当谢凌菲站到米小蕾面前时,她才发现"孤僻"这个形容词对米小蕾来说还是宽容了一些,如果要谢凌菲来形容的话,她会选"冷漠"。

米小蕾对谢凌菲递过来的社团介绍看都不看一眼,只是冷冷地说道:"我不想参加任何社团。"

谢凌菲笑了笑:"米小蕾,我们灵异现象研究会是今年刚刚成立的,而且也不像其他社团一样有各种各样的要求,其实就是对灵异现象有兴趣的朋友一起坐下来聊聊天,共同讨论一下,要不然你先来参加一次活动看看感觉如何,再决定是否加入怎么样?"

米小蕾终于抬头看了看谢凌菲。她樱色的双唇扬起一个有些不屑的弧度,清冷的声音极其淡漠地回答道:"我说过,我不想参加任何社团。"

你不是对灵异现象很有兴趣的吗?这个问题谢凌菲没有问出来。

如果要是问了,依米小蕾的性格,搞不好会直接质问她是从哪儿听来的,要是解释起来的话更麻烦。但陈逸梁既然特意托付了,谢凌菲觉得还是要再劝两句。

"其实,社团本身就是希望有同样兴趣的人能够聚到一起,这样有同样的话题,相互了解也会容易些,可以交到更多的朋友啊!"

谢凌菲一边说着,一边惊异地发现,米小蕾的表情随着她的话语从冷漠渐渐变成了冷厉。

米小蕾浓密的睫毛颤了颤,仿佛夜空一样的眼睛倏地抬起来,两道冰冷得仿佛能够刺伤人似的目光从谢凌菲脸上一扫而过,她精巧的唇瓣因为愤怒而抿紧了,原本脸部娇俏的线条也因为怒气而变得有些僵硬。

同一时刻,谢凌菲胸口挂着的感应器,疯狂地颤抖起来!

谢凌菲彻底呆住了。她死死盯着面前的米小蕾。

难道……真的是她?

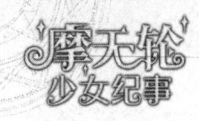

谢凌菲用不可置信的目光看着米小蕾,如果不是感应器现在正在振动,她实在不敢相信米小蕾居然是她要找的人。

米小蕾本来就一肚子的不痛快,见谢凌菲死死盯着她,于是就更加生气了。

她白嫩的小手本来垂在身体两侧,现在那纤长的手指已经微微屈了起来,和那天在小巷子里一样,似乎有隐隐约约的细微的光芒在她的指尖闪烁着。

谢凌菲猛地皱紧了眉头,她敏锐地从米小蕾眼中捕捉到了危险的气息,几乎是下意识的反应,她也绷紧了身体。

可这剑拔弩张的气氛转眼就消失了。

因为就在这个时候,忽然有个人像只大狗熊一样冲过来,夸张地一伸手揽住了谢凌菲的肩膀,突如其来的冲力差点儿让谢凌菲整个人倒进对方的怀里。

"美女!特意来找我的吗?"

骆烨带着得意的声音就这么轻飘飘地飞进谢凌菲耳朵里。

虽然她不断地跟自己说,不要跟这家伙生气,不要跟这种家伙生气,但身体最直接的下意识反应却无法控制,于是……

骆烨觉得自己搭在谢凌菲肩膀上的手猛地被抓住了,接下来一秒他就好像一只麻袋一样被一股大力猛地来了个三百六十度大旋转,整个人头上脚下地转了一个圈,扑通一声被扔在了地上!

周围一群看热闹的人的嘴巴统统张成了"O"字型。

真……真完美的过肩摔啊!

骆烨龇牙咧嘴地躺在地上,头顶上明明是雪白雪白的天花板,可他怎么就觉得看到了夜空里一闪一闪亮晶晶的小星星呢?

谢凌菲居高临下地瞪着他,看来好像还是不解气而且大有可能抬起脚来踩两下。

骆烨"哎呀妈呀"地一边呻吟一边爬起来,他的屁股要摔成八瓣了!

"喂……"他拼命眨巴眨巴眼睛企图做出一副无辜可怜的表情来,"你跟我有仇吗?"

谢凌菲扫了他一眼:"不好意思,我最近跟着电视节目在学防狼术。"

骆烨差点儿吐血。

他……他哪一点儿看起来像那种会在背后偷袭美少女的猥琐男了啊!

"这么说太过分了吧!"骆烨"悲愤欲绝"地看着谢凌菲,恨不得现在老天马上下

场雪来表示他是多么的冤枉。

米小蕾对身边发生的事似乎视若无睹,但刚刚几乎失控的情绪现在已经平缓下来,她慢慢地放松了自己,面上的表情恢复了原本的淡漠。

谢凌菲胸口挂着的感应器恢复了平静。

死死瞪着关键时候冲出来坏了事的家伙,谢凌菲真想上去捏住骆烨的脖子掐死他。

骆烨转了转眼睛,看了看一脸想扑过来咬他表情的谢凌菲,再看了看坐在那里神色冷淡的米小蕾,呵呵干笑了两声问道:"你……不会是来找她的吧?"

谢凌菲懒得理他,转头看了看米小蕾,再次递上了社团的宣传单说:"我还是希望你考虑一下,怎么样?"

还没等米小蕾有反应,骆烨已经叫了出来:"哎呀,原来你是想让她加入我们社团啊!这种事让我来就可以了嘛!"

他一边说着,一边飞快地从谢凌菲手里抢过宣传单,"啪"的一声拍在米小蕾的课桌上:"哎,一起来吧!米小蕾,我保证你不会后悔的!"

对他这种理所当然的口气十分不耐烦,米小蕾一言不发地站了起来就准备走出去,骆烨却在她站起来的那个瞬间倏地凑到她耳边,迅速地低声说道:"上次的事情,你不是想知道我为什么会知道吗?"

米小蕾全身一震,她仿佛冰湖般的眸子里飞快地掠过一丝奇异的光芒。

微微侧了下头,她看了看朝她挤了挤眼睛的骆烨,轻轻皱了下眉,抬起手来抽过那张宣传单,一言不发地离开了教室。

"你跟她说了什么?"

谢凌菲的耳力比一般人要好很多,但是因为骆烨的语速太快,她只模糊地听到一点点。

米小蕾居然带走了宣传单,看来似乎有加入的可能,谢凌菲讶然地看着骆烨:难道他和米小蕾也有什么秘密吗?

骆烨得意地扬了扬眉毛,俊美的面庞上露出一个迷人的微笑:"这个嘛,我就是跟她说,有我担保,这个社团绝对不会让她失望的!"

鬼才会信你!

谢凌菲"哼"了一声,不想再跟骆烨纠缠下去。

刚刚发生的事情她必须尽快汇报,虽然没有更加确实的证据,但米小蕾已经是最可疑的目标。

见谢凌菲似乎想要走掉,骆烨一把拉住了她:"喂,我帮你说服她,你都不谢谢我吗?"

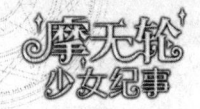

谢谢你?

谢凌菲甩开骆烨的手,淡淡地瞥了他一眼,说道:"等她真的加入之后再说吧!"

骆烨扁扁嘴,耸了耸肩,目送谢凌菲大步走出教室。

对于谢凌菲的"另眼相看",骆烨非但没有识趣地疏远,反而对她更加好奇,想接近这个女生,看看她心里在想些什么。

刚刚打开家门,谢凌菲就听到从卧室里传来的电话铃声。

她纤秀的眉倏地皱紧,随手带上门,谢凌菲大踏步走进卧室,一把抓起了放在书桌上的电话。

从听筒中传来的,是一阵沙沙的异响,仿佛是线路不好,谢凌菲却没有像一般人遇到这种情况会大声"喂喂喂"地问个不停,而只是静静地握着话筒,似乎是在等待什么。

大约过了半分钟,异响忽然消失了,与此同时,那台莹白色的电话机上方的空气中突然出现了一个小小的旋涡,不断旋转着。

"谢凌菲……"听筒中传来一个低沉的男中音,谢凌菲下意识地双脚一并,身子挺得笔直,双眼眨都不眨地盯着那个小小的旋涡,大声回答道:"是!"

小小的旋涡慢慢散开了,有图像慢慢清晰起来,就仿佛是一面透明的电视荧幕一样,一个身穿藏青色制服的中年男子的影像在那一小块透明的画面上显示出来。

"周教官!"谢凌菲在看到中年男子的那一刻,眼睛猛地亮了起来。

被称为周教官的中年男子的五官极其冷峻,他的两道目光也如两把利剑一样,让人无法直视,但看着谢凌菲的时候,他的目光中露出了一丝柔和,甚至绷得像一条直线一样的唇角也轻轻挑了一下。

"你看起来还不错,已经适应那边的生活了吗?"周教官问道。

谢凌菲用力点了点头回答道:"离开之前我已经接受了三个月的训练,现在已经完全适应了这边的生活,请教官放心!"

周教官轻轻地点了点头:"很好,适应环境是完成任务的第一步,我对你一直很有信心。"他顿了一下,神情又变得严肃起来,"那么,任务的进展如何?"

谢凌菲不自觉地挺了挺胸,似乎又回到了在受训期间向教官汇报的时候,她大声说道:"报告教官,已经有重大发现!"

"是什么?"周教官也为之一振,追问道。

谢凌菲将今天和米小蕾对峙时,感应器大幅振荡的事情描述了一遍,并加以总结:"我想,这个叫作米小蕾的女孩应该是最大的可疑人物。"

周教官没有马上说话,他微微皱着眉,似乎在想着什么,过了片刻才说道:"只有这一个目标吗?"

谢凌菲微微垂下头,声音里有些迟疑:"是……是的。抱歉,教官,目前为止她是我找到的最可疑的人,并没有其他发现。"

周教官似乎想说什么,却终于没有说出口,而是问道:"那么你打算如何处理她?"

谢凌菲惊讶地抬起头看着周教官:"一旦确定目标立刻清除,难道不是这样吗?"

周教官终于还是叹了口气,摇了摇头:"那么,你能够百分之百确定吗?"

谢凌菲怔住了。

虽然米小蕾是迄今为止她能够找到的最值得怀疑的人,但谢凌菲没有确凿的证据来证实她确实是异能者。

似乎看出了谢凌菲的犹豫,周教官的声音里有了几分责备:"谢凌菲,之所以选择你来作为这项任务的执行者,是因为你在所有受训人员中是最出色的,但是你要牢记,你的任务是为了彻底毁灭夜帝,而不是针对那个时代所有的异能者!"

用力咬了咬嘴唇,谢凌菲没有说话。

话筒中再次传来了断断续续的异响,周教官的图像也开始模糊起来。

"这次联络,必须……终止……"周教官的声音也变得断断续续,"谢凌菲……务必……谨慎……"

最后一点儿声音也消失了,画面再次变成了小小的旋涡,终于消失不见。

谢凌菲把话筒放回原处,一屁股坐在了柔软的床上。

谨慎吗?

仿佛有一口闷气憋在胸口的位置,谢凌菲干脆往后一仰躺倒在大床上。

天花板上的旋涡图案让她觉得有种眩晕的感觉,就像她的命运。

谢凌菲不属于这个时代,她来自一百年之后,是未来世界的精英战士。

跨越时间来到这里,她唯一的目的就是彻底消灭"夜帝",那个在一百年之后几乎毁灭了整个星球的恶魔。

由于夜帝在灰飞烟灭之时留下了仿佛诅咒一样的预言,世界联合政府经过慎重的讨论,决定打破"时空守恒"的定律,派遣精英战士回到过去,以彻底阻止夜帝可能的复活。

然而,他们研制出的时光机器并没有达到万无一失,因此第一批派出的精英战士除了有一名成功返回之外,其余的都不幸进入了错乱的时空,再也无法回来。

但就是这唯一一位成功返回的精英战士,却带回了一个可怕的消息——夜帝的预言是真的,他用自己的能力扭转了时空,在消失的前一刻把自己的力量送回了百年之前,如果不将继承这些力量的人一一消灭,那么终有一天,夜帝会再次复活。

于是,世界联合政府花费了三年的时间,重新挑选并培养了一批精英战士,并从中挑选了最为出色的谢凌菲,再次将她送回一百年前。

她的使命,就是将继承了夜帝能力的人找出来。

第四章 收获·新异能者

　　至于找出来之后如何处理,世界联合政府中也有两种不同的观点,强硬派的观点是彻底清除,温和派的观点则是观察之后再另行决定。

　　虽然两派最终没有争执出一个结果,然而在谢凌菲的内心里,却无比赞同强硬派的做法。

　　她痛恨夜帝。

　　自懂事开始,她唯一的心愿,就是让夜帝在她的手上彻底毁灭。

　　躺在床上,谢凌菲闭上了眼睛,有什么东西在她胸口不停地膨胀着,似乎马上要爆炸似的。

　　她的双手不知不觉地用力抓住了身下的床单,指节凸起,不停地颤抖着。

　　夜帝毁了她的幸福,她绝不会让夜帝再一次复活!

　　谢凌菲猛地一挺身坐了起来,仿佛要甩掉什么一样用力甩了甩头,然后一跃跳到地上。

　　既然米小蕾目前是最可疑的人物,那么就先从她开始调查好了!

灵异现象研究会的第一次集体活动，按照惯例是要让新加入的社员们相互自我介绍一下的，谢凌菲本来打算从自己开始，可骆烨却抢先一步跳了起来。

不知道是不是刻意要表现一下自己，骆烨来的时候已经换掉了校服，现在他上身是一件米色的套头衫，半高领，从领口往下直到腹部的装饰图案，是一只深绿色正在喷火的恐龙，浅白色的牛仔裤加黑色运动鞋，这一身街头风十足的打扮与骆烨那种带着点儿放纵的笑容简直是无比地搭配。午后的阳光映着骆烨黑色的头发，仿佛是黑色的上好的丝绸一样泛着光泽，他那双明亮的黑眼睛里含满了笑意，似乎像是会放电的黑色宝石，微微咧开的双唇下面露出一口雪白的牙齿，加上他那个酒窝，怎么看都是阳光灿烂的帅哥一枚。

"我叫骆烨，一年级Ａ班，性格开朗为人热情，最喜欢交朋友，认识大家很高兴！"骆烨眉飞色舞地说着，就差手舞足蹈了，"我对灵异现象可是十分有兴趣哦，各位尽管来找我聊天，保证不会让你们失望的！"

谢凌菲看着骆烨，嘴角不禁抽搐了两下，再次开始怀疑自己怎么会招他入社。

这家伙，是把集体活动当茶话会了吗？

居然还乱抛媚眼！

谢凌菲清清楚楚地看到有几个一年级的女孩子在被骆烨的目光扫过时脸有些红。

"骆烨，说完了没有？"谢凌菲忍无可忍地开口，"请留点儿时间给其他人……"

骆烨似乎这才意识到自己抢了社长大人的风头，立刻做出一副讨好的样子来："啊，是是是，社长，我讲完了，讲完了。"

谢凌菲狠狠瞪了骆烨一眼，但不能否认的是，被骆烨这么一搅和，气氛轻松了很多。一些还有些紧张的新社员们都放松下来，开始一个个自我介绍。

谢凌菲一边听着，一边注意着每个人，但是她胸前挂着的感应器一直没有什么反应，看来这些人只是对灵异现象感兴趣，而不是本身就具有特殊能力。

或者，是他们隐藏得好吗？

一边这样想着，谢凌菲一边看着最后一个还没有自我介绍的人站了起来。

这是个瘦小的女孩子，看起来胆子很小的样子，半长的头发细细软软的，还带着点儿微微的卷曲，她的眼睛不大，圆溜溜的，睫毛却很长，忽闪着仿佛两把小扇子。

她有两道细细弯弯的眉毛，鼻子小小的，嘴唇是淡淡的樱色，皮肤也有些过于苍白，看上去活像一只刚出生没多久的小猫咪，就连说话的声音也是小小的，比蚊子的嗡嗡声

大不了多少。

"我……我叫迟月……我……"

她的话没说完就说不下去了。

因为她发现大家的目光全都从她身上移开,都盯着门口,于是迟月也跟着转过头去。

在社团活动室门口站着一个娇小的女孩子,她蓬松的深褐色长发随意地披散在肩头上,几缕散碎的发丝被一条湖绿色的丝带系住,长长的丝带一直垂到她的脖子后面,让她的肌肤看起来犹如白瓷般细腻光滑,深黑色的大眼睛虽然不带一丝感情,却仍旧仿佛上好的黑水晶一般有着勾人心魄的魅力,她纤长的眉微微蹙着,神情中带着一丝冷漠的高傲。

米小蕾。

谢凌菲虽然表面上不动声色,但心里却掀起了惊涛骇浪。

骆烨之前曾经对谢凌菲保证过,说米小蕾一定会来参加这次活动,谢凌菲虽然不太相信,但从心底里,她是期待米小蕾出现的。

但最让她觉得不解的是,虽然米小蕾来了,可是感应器这一次却没有任何反应!

这是怎么回事呢?

在场的人也都有些惊讶,谁都知道这个刚进月舞一个月就被封为新校花的米小蕾是冰山美人,几乎没人能跟她说上几句话。

虽然不少社团想请她加入,可最后还是都碰了一鼻子灰。没想到今天她居然出现在这里,好多人开始用惊讶和佩服的目光注视谢凌菲,因为她居然能让米小蕾加入,真是太了不起了!

骆烨得意地朝谢凌菲抬了抬下巴,以证明自己没有说大话。

谢凌菲站了起来,面带微笑朝米小蕾走过去。

"站在那儿干吗?进来啊!"她笑着说道,"你来的还真巧,自我介绍结束以后我们就要开始第一次活动了,你刚好赶得上。"

米小蕾没说话,静静地看了谢凌菲一会儿,走了进来,在离大家比较远的地方坐了下来。

谢凌菲转过身朝社员们说:"我们继续吧,刚才是……"她的目光看向迟月,"是你吗?"

迟月在看到米小蕾的一刹那,脸色变得惨白,仿佛看到的是一只史前怪兽一样,整个人都吓呆了,直到谢凌菲问她,她才回过神来。

"我……我……"

迟月觉得自己全身的汗毛都竖了起来,她不认识米小蕾,不知道她是谁,但是在她

看到她第一眼的时候就觉得一种莫名的恐惧，仿佛野兽的爪子一样紧紧抓住了自己。她根本没有力气再做什么自我介绍了，她现在恨不得马上就逃跑才好。

谢凌菲有些奇怪地看着迟月。

这个小女孩的目光不由自主地盯着刚进门的米小蕾，目光里的恐惧就像快要从杯子里溢出来的水一样。

"算了……"谢凌菲走过去，安慰地拍了拍迟月的肩膀，同时也感到了她在瑟瑟发抖，"是不是觉得紧张啊？没关系的，你叫迟月，也是一年级新生对吗？"

迟月勉强地点了点头。

谢凌菲笑了笑，让迟月坐下来。

然后她大步走回自己的位置，大声说道："OK，大家都自我介绍过了，以后我们在一起活动的时间还有很多，大家可以慢慢相互了解。今天是第一次活动，我为大家准备了一个游戏，一起来玩玩怎么样？"

社员们纷纷好奇地竖起了耳朵，等着听下文。

谢凌菲笑了笑，继续说道："现在我们分成四个组，每组六个人，我这里有四张纸条，每组派一个代表来抽一张纸条，每张纸条上面都有一种灵异现象，接下来的时间就给你们来讨论，你们抽到的那种现象是否真的存在。"

"然后呢？"骆烨追问道。

谢凌菲脸上露出一丝狡猾的笑容："然后……等你们讨论结束之后我再告诉你们！"

"喂喂！"骆烨有些不满，"这样太吊人胃口了吧！"

谢凌菲挑了挑眉毛："那又怎样？"

骆烨耸了耸肩，他还没迟钝到感觉不到谢凌菲似乎看他不顺眼的地步，所以很干脆地闭口不言了。

加上谢凌菲，在场的社员一共有二十五个人，按照谢凌菲的安排，分成了四个小组，我们姑且称之为A、B、C、D，骆烨和米小蕾分到了C组，迟月分到了B组。

谢凌菲把准备好的纸条拿了出来，四个小组各自选了一个人来抽签，结果，A组抽到的是"天眼通"，B组抽到的是"隐形人"，C组抽到的是"预言"，D组抽到的是"遥控"。

谢凌菲看着社员们开始热烈地讨论，她的唇角轻轻地勾了起来——

这四种所谓的灵异现象，其实都是夜帝拥有的异能，她安排这个游戏，也是为了更多地了解到相关的信息。

过了十几分钟，四个小组似乎都有了自己的定论。

谢凌菲笑着拍了拍手说道："好啦，现在是不是都有了结果了？那么我要进行下一步喽！"

看众人都点了点头，谢凌菲说道："现在，认为自己抽到的纸条上的现象是存在的组请举手。"

A、C 两个小组都举手了。

"那么，认为自己抽到的纸条上的现象是不存在的组请举手。"谢凌菲继续说。

D 组举手了。

谢凌菲眨了眨眼睛："B 组，你们还没得到结论吗？"

B 组刚才选出来抽签的代表站了起来，指着迟月说道："我们都认为'隐形人'是不可能存在的，但她坚持说是存在的。"

这一来，不仅谢凌菲看向了迟月，骆烨和米小蕾也一起朝她看了过去。

迟月显然不习惯成为这么多人的焦点，她原本苍白的小脸涨得通红，过了半天才吞吞吐吐地说道："我……我知道，有隐形人的！"

"你见过吗？"谢凌菲注视着迟月，虽然迟月说话有些断断续续，但她的语气却是十分坚定的。

迟月摇了摇头，这让本来满是期待的社员们集体泄了一口气。

迟月见大家都怀疑地看着她，她的脸更红了，语气也更加肯定："但是真的有！说不定……说不定就在我们身边！"

谁也没有注意到，在听到迟月这句话时，骆烨眼里有种光芒一闪而过。

他猛地跳了起来，大声嚷道："喂！社长，少数服从多数，B 组除了她以外都觉得隐形人不存在，那就应该当它不存在吧！那么接下来呢？你不要告诉我就这么结束了哦！"

谢凌菲瞥了他一眼，胸有成竹地说道："当然不会就这样结束了，在我看来，这四种现象都可能存在。"

"啊？"社员们顿时都惊讶地看着谢凌菲。

谢凌菲一边这样说，目光却一直落在米小蕾身上。

米小蕾似乎对此完全不感兴趣，她从进门开始，就一直保持同样一个姿势坐在那里，脸上唯一的表情就是没有表情。

谢凌菲皱了皱眉，又笑了起来："好啦，今天第一次活动就到这里，下一次活动之前我会通知各位！"

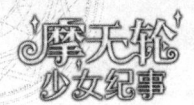

　　社员们显然还没满意，不过看看时间已经快到六点钟了，外面的天已经渐渐暗了下来，于是意犹未尽的社员们也只好纷纷离开了。

　　谢凌菲本来是打算跟踪一下米小蕾的，可刚刚跟在米小蕾身后走出图书馆大楼，踏上树林里那条弯弯曲曲的小路没多久，她就听到了一声小小的惊呼。

　　谢凌菲皱了皱眉，停下了步子。

第四章 收获·新异能者

4

她有些犹豫，抬头看了看越走越远的米小蕾，终于还是放弃地掉过头，朝刚才惊呼声传来的方向走过去。

如果她没记错，那个细细小小的声音是迟月的。

而谢凌菲也绝对听出了那声惊呼里的恐惧。

月舞高中的绿化措施做得非常好，这片虽然面积不大却非常茂密的树林往往成为一些调皮捣蛋甚至翘课的学生藏身的好地方。

绕过几个弯，谢凌菲猛然看到一个小小的身影慌乱地朝另外一个方向跑掉了，而在她身后，响着一个谢凌菲无比熟悉的声音：

"喂喂，我不是有意要吓唬你的！你别跑啊！"

谢凌菲仿佛一下子撞上了什么，猛然停下脚步。

她不可置信地瞪大了眼睛，一声惊呼被扼杀在喉咙里。

她以为自己看错了。

在她前方大约十几米的地方，一个模糊的人影正冲着刚才跑掉的那个小小的背影张望着，一只手臂还挥了起来。

之所以说是模糊的人影，并不是因为林子里光线很暗。

而是因为那个人是半透明的！

就在谢凌菲的面前，那个半透明的身体渐渐清晰起来，就仿佛原本溶解在空气里的分子重新聚集起来，直到最后。

谢凌菲几乎是下意识地迅速向后退了几步，生怕被那个人发现。

隐形人。

谢凌菲胸前几乎片刻不离的感应器再一次疯狂地振动起来，谢凌菲紧紧地握住了感应器，牙齿咬得咯吱作响。

她无论如何也没有想到，那个人会拥有这样的能力。

骆烨扁了扁嘴，无可奈何地看着迟月飞奔逃跑的背影。

难道是自己太心急了吗？

其实他没有别的意思，他只是想跟这个可爱的女孩子开个玩笑而已。

毕竟她引起了他的兴趣，骆烨很想知道，她为什么那么肯定隐形人的存在，还说什么"也许就在我们身边"。

难道她知道他的身份吗？

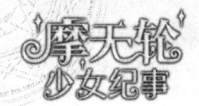

所以,社团活动一结束,骆烨迫不及待地追上了打算回家的迟月。

摆出自己认为最和蔼可亲最有魅力的微笑,骆烨对看起来有些胆怯的迟月说道:"哎,我想问你个问题,你刚才怎么那么肯定隐形人是存在的?你不是没见过吗?"

迟月怔怔地看着骆烨,神色先是充满了疑惑,渐渐变得有些了然,她歪着头想了想,回答道:"我……我也不知道为什么,反正,我的感觉告诉我,真的有隐形人的。"

骆烨被她逗笑了:"哎,你别跟我说是你的第六感啊!"

谁知道迟月居然认真地点了点头:"就是第六感啊!"

骆烨嘴角抽搐了两下,忽然笑了起来;"喂,那我跟你说,我能让你见到隐形人,你信不信?"

迟月"啊"的一声,惊讶地张大嘴巴,圆圆的眼睛一眨不眨地盯着骆烨问道:"真的吗?"

"真的啊……要不然,你用你的第六感预测预测?"骆烨坏笑。

再次出乎他意料,迟月居然真的闭上眼睛,默默地沉思了半晌,然后张开眼睛,开心地朝骆烨点了点头说:"我相信你!"

不会吧……骆烨的下巴又差点儿掉下去,难道他真的看走眼了,这个女孩子其实也跟他一样,但是怎么可能……如果她真的也有"那种能力",为什么她自己好像都不知道的样子?

"骆烨!"

正在骆烨发怔的时候,骆捷的声音忽然从背后传来。

骆烨立刻有一种被打扰的感觉,他忿忿地回过头,盯着朝他走来的骆捷说道:"干什么?"

骆捷也已经换掉了校服,他穿了和骆烨一样款式的牛仔裤和运动鞋,甚至连套头衫的款式也是相同的,唯一不一样的是他那件套头衫是纯白色的,胸前的图案也不是喷火的恐龙,而是一匹斑马。

但是,他和骆烨一模一样的五官还是让迟月惊叹。

骆烨觉得更加不爽了。

"你干吗啊?"他斜睨着骆捷,"放学了干吗不回家?"

骆捷轻轻皱了皱眉,他是特意留下来等骆烨结束社团活动好一起回去的。自从上次骆烨在KFC耍弄了谢凌菲之后,骆捷就盯得更紧了,毕竟他和骆烨不在一个班上,万一这家伙又凭借"那种能力"到处去惹是生非就麻烦了。

骆烨看着骆捷,他知道他老哥的脾气,骆烨眼珠一转,一把抓住了迟月。

"那,我和这位同学还要忙社团的事呢,所以我们要先走了。你自己回去好了。"

一边说着,骆烨一边就脚底抹油准备开溜。

骆捷再次皱了皱眉,凭着双胞胎之间特殊的心灵感应,他知道骆烨肯定不会乖乖跟他回去,但是……

为什么他会有种奇怪的感觉?

好像骆烨会出事一样……

但是,在骆捷阻止之前,骆烨已经拉着迟月跑掉了。

他拉着迟月一口气跑到图书馆外面的树林里,这才长长松了一口气。

"骆烨……"迟月有些好奇地看着他,"刚才那个……你们是双胞胎哦!"

骆烨点了点头说:"是啊,是我老哥。唉……明明比我只大几分钟,可天天像个老头子一样,我最受不了他唠叨了!"

迟月被骆烨脸上露出的那种咬牙切齿又无可奈何的表情逗笑了,她笑起来的样子真的很像一只小猫。

骆烨有些不满地看着她说:"笑什么啊……"

迟月摇摇头:"没……没什么啊……"骆烨一瞪眼睛,她不知道为什么又有点儿害怕了。

骆烨"哼"了一声,突然想起了什么,"对了,你真的相信有隐形人存在?"

迟月看着骆烨,忽然有种不太好的预感,似乎只要她一点头,就会有什么比较可怕的事情发生……

但是,她还是鼓起全部的勇气,轻轻点了点头。

"哇哈,我就知道!"骆烨兴奋地挥了挥拳头,朝迟月做了个鬼脸,"喂,闭上眼睛……"

迟月有些茫然,但还是听话地闭起了眼睛,只是那颤动的长睫毛泄露了她现在有些畏惧的心情。

"好啦,你可以睁开啦。"骆烨的声音就在她耳边响起,迟月慢慢地张开了眼睛。

眼前身边,空无一人。

而骆烨的声音却偏偏还离她那么近——

"看到我了吗?"

巨大的惊慌仿佛潮水一样,冲垮了迟月用最后一点儿勇气勉强建立起来的堤坝,她尖叫一声,头也不回飞快地跑掉了。

骆烨愕然。

他的身形一点点地从透明恢复了实体。

真是不好玩啊!

原来她胆子那么小的……骆烨有些迟疑地想着迟月到底有没有发现自己真的隐形了

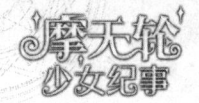

这件事,看她吓成那个样子似乎是真的知道了,可是……她明明都没有好好看一下的。

骆烨有点儿郁闷,计算失误,他没想到迟月竟然怕得这么厉害。

不过他并不担心迟月揭穿他的秘密,从小到大,这样的把戏他玩了无数次,还从来没有人把这件事当真的。

至于迟月,骆烨想,就算她真的认为他会隐形,看她那副胆小怕事的样子,也绝对不敢到处去跟别人说的,搞不好还会自我催眠以为是自己看花了眼呢。

伸了个懒腰,骆烨抬头看了看已经被火烧云染红的天空,决定打道回府。

谢凌菲躲在一棵大树后面,看着骆烨大摇大摆地走了过去。

她连一秒钟都没有犹豫,在确定骆烨不会发现之后,谢凌菲立刻跟了上去。

这真是意外的收获!

谢凌菲甚至有点儿感谢迟月了,如果没有她的那一声惊呼,她绝对不会放弃米小蕾,也就不会看到这么惊心动魄的一幕了。

只是她真的没想到,骆烨也会是她寻找的对象之一!

谢凌菲几乎是下意识地想到了骆捷:既然骆烨有这样的能力,那么骆捷会不会也有呢?

她随即否定了自己的想法。

和骆捷接触得比较多,谢凌菲知道他对灵异事件以及所谓的异能完全没有兴趣,如果一个人真的有与众不同的能力的话,是不可能会像骆捷那么平静的。

但是随即第二个念头就跳进了谢凌菲的脑海里:对于自己的双胞胎弟弟的这种能力,骆捷知道吗?

这个问题谢凌菲无法给自己答案,毕竟那是骆捷和骆烨兄弟俩之间的问题,虽然谢凌菲一直觉得这对双胞胎之间似乎有点儿问题,但是也不能由此就判断骆捷对骆烨的事情一无所知……

那么现在,要怎么办呢?

谢凌菲和骆烨保持着一段说远不远说近不近的距离,她在考虑是干脆直接冲上去质问骆烨,还是只是跟踪他见机行事的好。

可就在她犹豫的片刻之间,骆烨猛然从她眼前消失了!

第四章 收获·新异能者

骆烨发现自己被人跟上了。现在的他走在一条空无一人的小街上，本来他回家从大路走应该更方便，可是骆烨偏偏走了这条小街。

他倒想知道，到底是谁在后面一直跟着他。

小街有一个大约四十五度角的转弯，骆烨暗中加快了脚步，在转过弯的一刹那，他迅速抬眼扫视了一下四周，当发现这里一个人都没有的时候，他隐形了！

可是，当他看到从拐角那边慢慢走过来的人时，骆烨有点儿惊讶地睁大了眼睛。

居然是谢凌菲！

谢凌菲看上去是一副有些茫然的样子，一边上下左右四处看着，一边嘴里还在轻声嘟囔着什么，因为无人的小街分外安静，所以骆烨依稀能够听到她在说什么，似乎是在抱怨别人指错了路。

难道……自己搞错了？

骆烨也有些迷惑了，看谢凌菲的样子似乎并不是在跟踪自己，只是恰好跟自己走了同一条路。

他皱了皱眉，因为谢凌菲忽然停下来不走了，反而是低头摆弄起她胸前挂着的那个看上去是MP4（视频播放器）的东西。

骆烨拿不定主意是就这样走出去，甩掉谢凌菲，还是先站在这里不动。

他想，谢凌菲是绝对看不到自己的，但为什么心里似乎总有个声音在提醒自己不要轻举妄动呢？

此时，晚霞已经渐渐隐去，原本像透明的蓝色纱巾一样的天空已经暗了下来，变成了美丽的深蓝紫色。橘红色的太阳已经完全隐进了地平线，余晖在慢慢蔓延开的夜色里正一点点暗淡下去。

晚风轻柔地吹动着谢凌菲的衣摆，她修长挺拔的双腿裹在一条深灰色的休闲裤里，白色的运动鞋和休闲裤一样样式简单大方，她上身穿了一件水粉色的七分袖衬衫，露出一截蜜色的手臂，衬衫没有繁复的花纹和装饰，修身的剪裁刚好拢着她线条优美的腰部和臀部，被风吹动的衣角时而掀起，露出里面银色的腰带——这大概是谢凌菲全身上下最"华丽"的服饰了。

她半低着头，似乎全神贯注在摆弄自己脖子上挂着的MP4，从侧面看过去，她浓密的睫毛下那双深蓝色的眼睛就仿佛现在的天空一样迷人，高挺的鼻梁下面是稍稍抿起的饱满的双唇，仿佛正在盛开的红色的鲜花。她的短发被风吹得有些乱了，几缕发丝不时

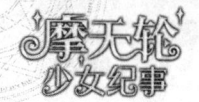

蹭过她的面颊，让谢凌菲看上去有种潇洒不羁的气质。

骆烨情不自禁盯着谢凌菲出神了好一会儿。

可是……抬头看了看已经快要黑下去的天，再低头看看自己手腕上的表，指针已经指向了七点钟，天啊，这个时候还没到家，骆烨完全可以想象会被爸爸妈妈和骆捷念叨成什么样子。

算了！反正她看不到自己！

一边这样想着，骆烨一边迈开了步子，大不了就这样一路跑回家去。

可他刚刚一动，谢凌菲仿佛被惊吓到了一样猛然抬头，目光不偏不倚地朝骆烨的方向看来。

骆烨全身一震。

谢凌菲很快就调开了目光，好像刚才只是无意中听到什么声音随意看看。

骆烨却不敢动了。

如果现在他面前的是别人，骆烨老早就不客气地拍拍屁股走人了，说不定还会搞个什么恶作剧之类的吓唬吓唬对方，可谢凌菲莫名地让他有种压迫感。

真是的，自己干吗要这么做贼心虚啊？

骆烨在心里大叫着。

骆捷一个人坐在房间里，看着窗外的天空逐渐暗下去，他心里那种说不清的不安再次扩大起来。

"小捷，小烨怎么……还没有回来啊？"房门被轻轻敲了敲，随即传来陈雨涟低低的询问。

"妈……我……我出去找他！"

蓦然站起身来，骆捷再也坐不住了。就在刚才的一刹那他仿佛感觉到了什么，对……是焦虑！不是完全来自于他对骆烨的担心，而是……他能够从骆烨身上感知到的。

难道骆烨遇上了什么麻烦吗？

骆捷知道骆烨用了"那种能力"，但对生性活泼的骆烨来说，"隐身"是一件蛮好玩的事，所以他经常会隐身，骆捷已经习惯了。

但是现在不同，骆捷的直觉告诉他，这一次骆烨不是为了好玩才使用那种能力，而是真真正正遇上了什么麻烦！

他胡乱地和陈雨涟打了声招呼就冲出了家门，还差点儿和刚回来的老爸骆年撞个满怀，不过现在骆捷顾不了那么多了，他需要马上找到骆烨！

都说双胞胎之间有种奇妙的心灵感应，在骆烨和骆捷身上，这一点儿尤其明显，骆

捷毫不费力地就找到了那条小街。

然后,他就看到了让他目瞪口呆的一幕。

平时无人走动的小街上现在至少挤了十几个人,围成一个圈子,正在指指点点地说着什么。

骆捷心里再次涌上一种不祥的预感,他大步朝前走去,用力推开人群。

就在这个时候,忽然传来"哗啦"一声,人群中立刻爆发出一阵慌乱的叫声,就像一滴水滴进了沸腾的油锅里。

在一片混乱里,骆捷睁大眼睛搜寻着骆烨的身影。

引起混乱的原因是本来停放在街角的一辆装满杂物的手推车,手推车原本放在一个斜坡上,有两块木头卡在车轮下面保持固定,可是不知道怎么回事,那辆手推车突然开始滑动,车子上摞得高高的一堆乱七八糟的东西全都稀里哗啦地倒了下来,滚得满地都是。

天已经黑得几乎要看不清人了,小街上没有路灯,骆捷被四散躲避的人群挤得东倒西歪,他正想叫骆烨的名字,忽然之间,一只手猛地抓住了骆捷的手臂!

骆捷一惊,下意识地想要甩开对方,可是那只手仿佛有魔力一样,任凭骆捷怎样用力都分毫不动。

而且,一股奇怪的灼烧感,从骆捷被握紧的地方迅速地蔓延开来。

骆捷忍不住呻吟了一声。

他惊讶地看着抓住他的人,这个高挑纤细的身影是他熟悉的。

谢凌菲全身仿佛一张绷紧的弓,扣住"骆烨"手臂的手指几乎要陷进"骆烨"的肌肤里。

可她随即就发现,自己似乎搞错了!

"骆捷?"

猛地放开手,谢凌菲惊讶地看着骆捷:"你怎么会在这里?"

"他当然是来找我的啦!"骆烨不知从什么地方跳了出来,他站到骆捷身边,朝谢凌菲挤了挤眼睛,"我也想问你,你怎么会在这里啊?"

谢凌菲狠狠地瞪着骆烨,刚才的混乱就是这个家伙搞出来的!

骆捷来不及去仔细想骆烨和谢凌菲之间似乎有些诡异的对峙,虽然谢凌菲放开了手,但是那种烧灼一样的感觉还是让他觉得自己像是被扔进了一个大火炉里,汗水迅速地从他的额头上滴落下来。

"咦?骆捷你怎么了?"骆烨敏感地发现自家老哥的不正常,他有些慌乱地看着脸色越来越差的骆捷,几乎手足无措起来,"你怎么出了这么多汗?喂喂……你到底怎么了?"

骆捷死死咬着牙关,他疑惑地盯着谢凌菲,这种奇怪的烧灼感到底是怎么回事?

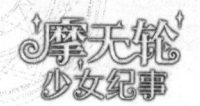

谢凌菲咬了咬嘴唇，上前一步，关切地看着骆捷，问道："怎么了？你……好像很不舒服？"

她的神色有些紧张，眼底里更是隐藏着一丝自责。

她知道骆捷会很难受，因为刚才她把他当成了骆烨，出手很重。

谢凌菲的能力之一，是细胞控制，准确地说，是控制人的神经细胞。

人的大部分感觉都来自于神经细胞的反应。因此，只要谢凌菲愿意，她就可以轻易地让人出现各种各样关于"感觉"的错觉，比如疼痛、发热、发冷等等。

刚刚她抓住骆捷的时候，她的能力已经发动，因此，现在的骆捷会感到非常难以忍受的灼热。

骆捷一边忍受着那种似乎要把他整个人烤干的灼热感，一边定定地看了谢凌菲一会儿。他的目光很奇怪，带着一种仿佛是思考似的沉重，又带着一丝难以置信的惊讶。

"老哥，老哥你没事吧？"骆烨对于骆捷的沉默十分担心，伸手在他眼前晃了两下，"你到底怎么了啊？"

骆捷摇了摇头说道："没事……你别大惊小怪的好不好？"

骆烨有些委屈地扁了扁嘴，难得他好心关怀一次，骆捷这个大笨蛋居然还不领情！他赌气地撒开手，"哼"了一声嘟囔道："真是好心没好报！"

骆捷自然听到了骆烨的抱怨，他飞快地瞪了骆烨一眼，这家伙……难道不知道他自己才是罪魁祸首吗？

骆烨有点儿心虚地吐了吐舌头，他也知道，刚才是他不好。

毕竟还是顽皮的天性占了上风，跟谢凌菲耗了一会儿，骆烨还是忍不住打算玩点儿小手腕了。于是，他悄悄走开了一点儿，先是一脚踹翻了垃圾桶，巨大的响声引来了不少人，也成功地"栽赃"到了谢凌菲头上——小街上只有她一个人，别人肯定会认为是她干的嘛。

随后，骆烨又干脆抽掉了垫在手推车下面的两块木头，还用力推了一把，于是接下来鸡飞狗跳的场面也完全在他预料之中了。

只是没想到，骆捷也会出现。

谢凌菲现在没空去理骆烨那个只会闯祸的家伙，她担忧地看着骆捷——她出手时，已经认定了骆烨身怀异能，但是现在被她误伤的是骆捷，一个普通人，在他身上，自己的异能所造成的痛苦不但会加倍，而且会持续相当长的一段时间。

这可怎么办？

谢凌菲很想直接跟骆捷道歉，但如果要向骆捷解释是她让他这么难受的话，势必会让骆捷怀疑她的身份……谢凌菲一向敢作敢当，可这次她实在不知道该怎么办才好了。

骆捷一直静静地看着谢凌菲,见她一副欲言又止的样子,骆捷忽然笑了起来。

"我没事了……"

他说道,对着骆烨和谢凌菲惊讶的目光,他重复了一遍:"我没事了。"

"你别逞强啊……"骆烨并不知道骆捷替自己受过,见骆捷坚持说自己已经没事了,他总算放心了不少。

谢凌菲却可以肯定骆捷一定是在说谎,但她没有任何理由表示质疑,于是她只能尴尬地笑了笑说道:"那……你们要回去了?"

"是啊是啊!"骆烨抢着说道,"我肚子老早就饿了!"

谢凌菲盯着骆烨,仿佛想在他脸上盯出一个洞来。

骆烨有些不自在地笑笑:"你老看我干吗?"

谢凌菲没有回答他,她的目光随即看向了骆捷。

骆烨愣了一下,他能够从谢凌菲的眼睛里读到不屑,但谢凌菲看着骆捷的时候,却明显温柔起来,担心和急切是怎么也藏不住的。

骆烨忽然觉得心里有点儿别扭起来。

骆烨扶着骆捷回到家的时候,天已经完全黑了下来。

月光清冷地照射着大地,一盏盏路灯如同天上的星星落到了人间,照亮了他们脚下的道路。

骆捷一路上都保持沉默,骆烨早就习惯了他这种闷葫芦的个性,也不说话,如果不是他们那两张一模一样的面孔,谁也无法相信这居然是兄弟俩。

走到他们住的小区门口时,骆捷忽然停了下来。

骆烨看了看他,懒洋洋地开口:"憋了一路了,有什么话就现在说吧,等下回家了,你不是还要继续扮你的乖孩子吗?"

骆捷没有理会骆烨语气里的嘲讽,他看着骆烨,一字一句地问道:"你是当着谢凌菲的面用了那种能力吗?"

骆烨想不到骆捷会这样问他,愣了一下,有些迟疑地摇了摇头又点了点头:"也……不算是吧……"

骆捷紧接着问道:"那到底是怎么一回事?"

骆烨有点儿讶然地看着一脸凝重的骆捷,但还是把事情的前后经过一一说了出来。

骆捷听着,眉头渐渐皱了起来。

谢凌菲难道是发现了什么吗?虽然骆捷和骆烨一样,无法肯定谢凌菲是有目的地跟踪他还是真的只是偶然进了那条小街,但骆捷更加倾向于前一种猜测。

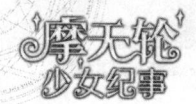

说完了事情经过，骆烨等了半天，骆捷都只是沉默着一言不发，他有些不耐烦地叫道："走了走了，回去一定会被老爸老妈念叨死了！"

骆捷拉住了他。

骆烨深吸了一口气，回头看着骆捷："还有什么事？"

骆捷认真地看着骆烨，说道："以后，你最好不要老是在谢凌菲面前玩你那套把戏。"

"你说什么？"骆烨瞪大了眼睛，死死地盯着骆捷。

骆捷知道这么说必然会引起骆烨的反驳，但是他一定要说。

"为什么？哈……老哥你为了她可是不止一次地警告我了……"骆烨盯着骆捷，仿佛想一直看到他心里去。

骆捷没有马上回答骆烨，过了一会儿，他才叹了口气说道："骆烨，我知道你觉得有那种能力，是一件很幸运的事情，因为这样你就不是一般人，你可以做很多别人做不到的事情，可你不能总是用它来搞恶作剧……"

"行了行了。"骆烨不耐烦地打断了骆捷，"骆捷，同样的话说了这么多年了，你不腻，我也听腻了。这次的事情是我不对，行了吧？"

一边说着，他干脆不理会骆捷，自顾自地转身大步走开。

烦死了！

虽然骆烨没有把这三个字说出来，但是骆捷完全能够感受得到他的情绪。

他没有把自己的怀疑和猜测告诉骆烨，因为以他对骆烨的了解，如果真的说了，搞不好他会变本加厉地去找谢凌菲的麻烦。

这件事，还是让他来处理吧。

骆捷看着骆烨的背影叹了口气，跟了上去。

第二天。

谢凌菲坐在教室里,有些忐忑不安地一直看着门口。

昨天晚上回到家里,她把自己的新发现和误伤的事情向周教官汇报了,周教官一方面表扬她发现了新的目标,另一方面却严肃地批评了谢凌菲。

即使周教官不说,谢凌菲也觉得非常内疚。

当然,这种内疚是因为她伤害的是一个与这件事没有直接关系的人,而且是一个普通人,并不是她要寻找的目标。

如果当时她抓住的人是骆烨的话,谢凌菲想,自己可能就根本不会觉得有错了。

但是,毕竟是弄错了。

虽然不能当面向骆捷道歉,但谢凌菲还是一直为他担着心。

似乎是为了证明谢凌菲的担心不是多余的,直到上课铃响,骆捷都没有来。

第一堂课,谢凌菲几乎根本没有听进去老师在讲什么,她满脑子都是骆捷到底怎么样了。神不守舍的结果就是几次被老师提问的时候,她都是一副茫然不知所措的样子。

要知道,平时的谢凌菲可绝对不是这样子的,身为班长,她一向认真听讲,每次回答问题都滔滔不绝,处理事情也总是有条不紊,所以班长大人今天难得的失态就成了一年 D 班全体同学的共同疑问。

下课铃响起,谢凌菲几乎是紧跟着老师身后跑出了教室。

虽然一万个不愿意,但是谢凌菲还是得去骆烨问问,骆捷到底怎么了。

一年 A 班和 D 班不在同一楼层,急着往三楼跑的谢凌菲在楼梯拐角和骆烨撞了个满怀。

虽然谢凌菲的个子在女生中已经算是高的,但是比起近一米八的骆烨还是矮了半个头,这么一撞的后果就是她整个人都扑进了骆烨的怀里。

骆烨根本没空享受所谓的投怀送抱,他的下巴刚好撞在谢凌菲的额头上,两个人都痛叫了一声,各自捂着额头和下巴退后了一步,然后再恶狠狠地瞪着对方。

"你……"骆烨痛得眼泪都快流出来了,他抬起手指着谢凌菲,"我怎么一碰到你就倒霉啊!"

谢凌菲一手捂着额头,一边气呼呼地瞪了骆烨一眼——这句话她也想说呢!

"你干吗啊?走路都不知道看人的?"骆烨不满地抱怨着。

"不好意思,我是没有看到'人'……"故意在最后一个字上加了重音,谢凌菲白

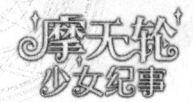

了骆烨一眼说道,"我刚好想去找你呢!"

"原来我是送上门给你撞的……"一边嘀咕着,骆烨一边问道,"社长大人找我什么事啊?"

"骆捷今天没来上学,他怎么了?"谢凌菲问道。

骆烨撇了撇嘴,他就知道谢凌菲找他不会有别的事了。

看了看谢凌菲,骆烨扁了扁嘴,懒洋洋地靠在墙上,勾起唇角轻轻笑了笑:"喂,你那么担心他啊?"

谢凌菲退了半步,抬起头来盯着骆烨看了会儿,神情里分明带着些羞涩和骆烨无法形容的古怪。

骆烨再次扁了扁嘴,不过这次他的表情从带着点儿戏弄变成了莫名的烦躁。

"你们俩还真是心有灵犀……"他低下头不再看谢凌菲的眼睛,"骆捷今天早上叮嘱我一定要第一时间来跟你说他没事,让你不用担心。"

"真的?"谢凌菲皱了皱眉,语气很是怀疑。

骆烨觉得那种莫名其妙的烦躁感更加翻涌上来,就好像咕嘟咕嘟冒泡的烧开的水,他的手指无意识地敲打着身后的墙壁,努力做出一个他平时那种满不在乎的笑脸。

"喂,我干吗要骗你啊!"骆烨耸了耸肩站直了,"下一节课快开始了,我回去了。"

"谢谢你。"

这三个字说得很真诚,骆烨的脚步顿了顿,转过身来看着谢凌菲。

他长长叹了口气。

"社长大人……我老哥有你这么关心他,还真是……"

骆烨咽回了本来想说的话,冲着谢凌菲挤眉弄眼地扮了个鬼脸,虽然这个动作让他大帅哥的形象彻底倒塌,不过他成功地看到谢凌菲眼里的担忧被好笑取代。

"你干吗用这么古怪的腔调……"谢凌菲觉得今天的骆烨好像跟平时不太一样。

听她这么说,骆烨反而站住了,他歪着头看了谢凌菲好一会儿,忽地笑了起来:"哎,你要是真的担心我哥,不如今天放学之后跟我回去看看他喽?"

谢凌菲愣了一下。

骆烨凑近了她,笑嘻嘻地说:"反正今天只有半天课,除非你下午已经有约了哦。"

有没有约也不关你的事……谢凌菲微微皱着眉看了看那家伙一眼,点了点头。

"好,那就说定了!"

骆烨眨了眨眼睛,神色居然十分兴奋。

谢凌菲真不知道骆烨到底在想什么,怎么好像自己答应他去看骆捷,他反而更高兴呢?

第四章 收获·新异能者

怪人……谢凌菲一边往回走,一边这么想着。

放学之后。

谢凌菲从教室里一出来,就看到了站在楼梯口等她的骆烨。

这家伙今天难得地穿着一身校服,他静静站在那里的时候,谢凌菲有种错觉,其实那个人是骆捷。

毕竟真的是一模一样的五官,谢凌菲看着骆烨,他安静下来的时候,整个人似乎收敛起平时嚣张跋扈的样子,背靠着墙壁,白色的校服上衣有些皱巴巴的,谢凌菲猜多半是这个好动的家伙去打球什么弄的,与骆捷一贯一丝不苟的风纪相比,骆烨校服上衣的扣子只系了两个,露出他仿佛涂了一层蜂蜜一样泛着光泽的胸膛。他低着头,额头被垂下的头发盖住,浓秀的眉舒展着,那双黑玉般的眼睛呆呆地注视着地面,仿佛一潭平静的湖水。书包被他提在手上,几乎要垂到地上去了。

这样的骆烨看起来似乎显得有些颓废,但不可否认的是,这样的他似乎更有魅力。

不过这种魅力的作用对象显然不包括谢凌菲,她在心里给骆烨下了个"装酷"的定义之后,大步走过去,伸手用力拍了拍骆烨。

"发什么呆啊,走吧!"

骆烨被吓了一跳,迅速抬起脸来,谢凌菲在看到他的眼睛时有一丝诧异——骆烨目光里那种仿佛被抛弃的小狗一样可怜巴巴的神情虽然只是一闪而过,可谢凌菲还是注意到了。

真难以想象这家伙还有这种表情啊……

两个人一起走出学校大门,可刚一出去,他们俩不约而同地停下步子。

迟月站在米小蕾面前,尽管怕得脸色都已经白得没有了血色,但还是把手里的书本递了过去。

米小蕾冷冷地扫了迟月一眼,伸手抽走了书,然后转身走了。

谢凌菲想起陈逸梁曾经对她说过米小蕾是个孤僻的人,她扭头看了看骆烨,随口问道:"对了,你怎么说服米小蕾参加我们社团的?"

骆烨一边走一边回答:"这个嘛,社长,这个是我和她的秘密哟!"

他说着,偷偷去看谢凌菲的表情。

谢凌菲很不屑地白了他一眼:"骆烨,你跟你哥哥真的一点儿都不像。"

"谁说双胞胎一定要像的啦?"提到骆捷,骆烨有些气馁,他翻了翻眼睛,"长得像还不够啊?如果连个性都一模一样,还要两个做什么啊?"

谢凌菲再一次诧异地看了看骆烨,她第一次感觉到骆烨似乎对别人把他和骆捷拿来

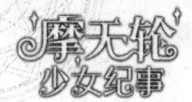

相比是非常反感的。

　　沉默的气氛让骆烨觉得有点儿不自在，好在找话题一向是他的长项，于是凑到谢凌菲身边，不断问这问那。

　　"社长，你是什么星座的啊？

　　你觉得我们年级里面最帅的男生是谁？

　　咦，社长怎么从来没听见你提过自己的父母呀？

　　我发现有一种口味的冰激凌特别好吃，下次带你尝尝？

　　那个……社长你觉得呢？

　　社长……"

　　谢凌菲实在忍无可忍，瞪了骆烨一眼："喂，男生也这么多话吗？"

　　骆烨把嘴巴张成了"O"字型，一副痛心疾首的表情："社长你怎么可以这么说？我只是出于对你的关心问一下而已！"

　　OMG（Oh, My God 的缩写，我的天哪），谢凌菲终于还是受不了骆烨唱作俱佳的表演，干脆不搭理他。不过，既然骆烨同学这么善于挖掘八卦，况且他又跟米小蕾同班，谢凌菲打算问问他关于米小蕾的事情。

　　"骆烨，你跟米小蕾很熟吗？我听说你好像是你们班上唯一一个能跟她说上话的人呢。"仿佛不经意般说起这件事，谢凌菲的语气淡淡的。

　　骆烨一边踢着路上的小石子，一边漫不经心地点了点头。

　　"没想到你居然还蛮有社交天赋的……"谢凌菲故意提高了声音，"哎，我要不要给你安排个什么对外联络的职务啊？"

　　"没问题啊！"骆烨转过身来，一边倒退着走路，一边笑嘻嘻地看着谢凌菲，"社长大人有什么吩咐尽管说，小的唯命是从！"

　　油嘴滑舌！

　　谢凌菲差点儿把这四个字的评语直接说出来。

　　"社长，你似乎很关心米小蕾？"骆烨似乎发现了什么，盯着谢凌菲问道，"今天一直在跟我提她呢。"

　　"她确实很特别啊。"谢凌菲顺水推舟，"你了解她吗？我看她总是冷冰冰地不爱理人，你还真有办法靠近她。"

　　骆烨笑了起来："我对她也算不上了解，只是觉得她很有趣，所以想接近她看看。"他顿了顿，补充道："况且，她也有保护她自己的秘密的权利吧。我觉得每个人都有些不想让其他人知道的事情，不是吗？"

　　谢凌菲已经不记得自己这是第几次惊讶地看着骆烨了,她甚至开始反思自己过去是不是戴了有色眼镜看人,今天的骆烨似乎和她印象中那个调皮捣蛋上蹿下跳的猴子形象差很远呢。

　　下午的阳光十分明朗,几朵白云点缀在湛蓝色一望无际的天空上,人行道旁栽种的一排排凤凰花正开得如火如荼,艳丽的红色仿佛是燃烧着的火焰。

　　有风吹过,树枝摇摆着,树叶沙拉沙拉地唱着歌。

　　谢凌菲似乎是第一次认真地去看骆烨那张带着淡淡的微笑的脸,骆烨微微仰起头,阳光从树叶的间隙洒在他身上,让人有一种,他会发光的错觉。

　　谢凌菲觉得有什么东西轻轻撞了一下自己的心脏,很轻很轻,但震动了某一个她自己都不知道有多深的角落。

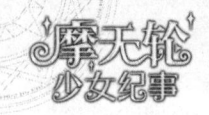

米小蕾拿着刚才迟月给她的书，边走边看。

迟月说是有人让她把书交给米小蕾，但又不肯说那个人是谁。虽然迟月一见到米小蕾就怕得不行，可是这次虽然米小蕾冷冷地盯着她，她还是没有告诉米小蕾书是谁托她给的。

米小蕾也懒得再问了。

虽然不知道是谁这么无聊让一个见到自己都会怕得发抖的人来送书，而且她刚才翻了翻，发现居然是一本讲什么魔王复活的无聊透顶的漫画书，真不知道那个送书的人脑子是不是进水了。

一边这样想，米小蕾一边随手把那书一丢。

书没有落到地上，而是被忽然出现的米小蕾身边的一个人接住了。

米小蕾忽然停了下来，戒备地看着这个不知道什么时候出现的男生。

"你是谁？"

米小蕾的声音虽然冰冷，却很好听，那个男人看着她微笑起来。

"米小蕾同学，乱扔垃圾是破坏公共环境的行为，你下次一定要注意哦！"说着，那个人一扬手，把那本倒霉的漫画书丢进了一旁的垃圾桶。

"你是谁？"米小蕾稍稍后退了一点儿，这个男人身上有种奇怪的气息，让一向天不怕地不怕的她也感到了一丝莫名的压力。

"你居然不认识我？"男生愕然，"你到底算不算是月舞的学生啊？"

月舞的学生？

米小蕾这才注意到，男生跟她一样穿着月舞的校服，只是在他胸前的领带的下端，绣着三条金线。

学生会会长。

总算想起了这个特殊符号所代表的意义，米小蕾抬起头看着男生。

温和的笑容，精致白皙的面孔，陈逸梁全身都透露着一种优雅和温和，他黑色的头发梳理得一丝不苟，挺直的鼻梁下，薄薄的双唇正勾起一个浅浅的弧度。

他的目光也仿佛是下午四点钟的太阳，柔和而温暖。

可是不知为什么，米小蕾就是觉得被他盯着的自己像是被蛇盯上的青蛙一样。

"会长，您有事找我吗？"米小蕾不知道学生会的会长为什么会出现在自己面前，她不记得自己跟这个人有何联系。

第五章
秘密·米小蕾

陈逸梁向前走了一步，米小蕾几乎是同时向后退了一步。

陈逸梁微笑着，站定了。

"米小蕾，你不记得我了吗？"他静静地看着米小蕾，问道。

记得？

米小蕾轻轻皱了下眉，几乎是下意识地摇了摇头。

"真是个善忘的孩子啊。"陈逸梁仿佛叹息似的说着，"需要我为你打开记忆的锁吗？"他向前走了半步，米小蕾突然觉得一阵寒意扑面而来，她飞快地退了三步，警惕地盯着陈逸梁。

她的手指已经绷紧了，就好像一只竖起毛的刺猬，她的指尖已经浮起细微的光晕。

陈逸梁笑了。

那是一种仿佛看到猎物落入陷阱时才会有的笑容。

"你想把我怎么样呢？"他盯着米小蕾，声音很轻，"那么快就紧张起来了，实在太过神经质了。"

后面这句话，更像是陈逸梁的自言自语。

他没有再往前走，而是跟米小蕾保持着一定的距离，缓缓地抬起手。

"米小蕾，你应该想起来的，那段记忆非常重要，你必须想起来！"

陈逸梁的声音依旧很柔和，就好像一大团柔柔软软的羊毛一样把人包裹起来。米小蕾的双眼不知道什么时候有些睁不开了，她的身体似乎像是有自己的意识一样抗拒着什么，但最终还是变得柔软和放松。

她指尖的光晕已经消失了，现在的她失去了平时冷冽的感觉，倒好像是一只刚出生的小猫一样乖顺。

陈逸梁一步一步朝她走过来，最后站到了米小蕾面前。

他的视线始终盯着米小蕾的眼镜。

"要想起来，乖孩子。"陈逸梁抬起手，轻轻触了下米小蕾的额头，随即像被烫到一样迅速抽了回来。

他皱起了眉，喃喃自语着什么，但最终还是叹了口气，向后退了两步。

米小蕾猛地一颤。

她呆呆地看着陈逸梁，目光从茫然渐渐变成了疑惑。

陈逸梁倒好像刚刚什么都没有发生过一样，笑着朝米小蕾招了招手："米小蕾，我有个问题想问你一下。"

"什么问题？"米小蕾觉得自己有些奇怪，如果在平常，这样的问题她根本不会回答，

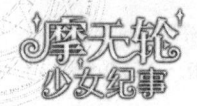

也根本不会跟一个陌生人说话。

可陈逸梁让她觉得不应该拒绝。

"听说你加入了灵异现象研究会,有什么收获吗?"陈逸梁很小心地跟米小蕾保持着一定的距离,仍旧笑得温和无害。

米小蕾却迟疑了,灵异现象研究会到目前为止只举办过一次活动,而那一次她从头到尾都是一言未发的旁观者,这要让她如何回答。

见她一直不出声,陈逸梁似乎感觉到了什么,哈哈一笑,摆了摆手:"算了,如果你觉得没什么可说的就不用勉强。"他抬起手腕看了看表,抱歉地朝米小蕾笑笑说道:"我等的朋友快来了,我要先走了。再见!"

匆匆跟米小蕾告别之后,陈逸梁的身影很快就消失在米小蕾的视线里。

米小蕾皱起了眉。

刚刚发生的事情太奇怪了,让她觉得自己是做了一场梦。

她真的见过陈逸梁吗?米小蕾按着一跳一跳的太阳穴,开始绞尽脑汁回忆自己的过去。

或者说,从十年前开始回忆。

毕竟,如果没有十年前那场意外,她也绝对不会变成今天这个样子。

米小蕾并不是一个喜欢回忆过去的人,她始终认为过去就已经过去,既不值得怀念也不值得浪费时间去回忆。

通常只有遭遇过不幸的人才会这样认为,因为她们没有得到过,没有留下什么幸福快乐的记忆,所以他们宁肯放弃,并且把过去当作可有可无的垃圾,随时准备抛弃。

米小蕾关于自己过去的记忆很混乱。

她依稀记得爸爸高大英俊，而妈妈总是温柔地笑，可是不管她怎么想，都想不起来爸爸到底长什么样子，也想不起来妈妈有没有对她笑过。

她只知道从十年前开始她就再也没有见过爸爸和妈妈。

有人告诉她他们离开了，去了一个很遥远的地方，要过很久很久，米小蕾才能再次见到他们。

米小蕾知道那些人是在骗她。

她知道他们去的那个地方叫作天堂。

她好像还记得爸爸原本英俊的脸扭曲得不成样子，嘴巴张得能塞下去好几个鸡蛋，而妈妈在一旁似乎发出了尖叫，那叫声比她看过的卡通片里的巫婆的笑声还可怕，一点儿也不温柔。

然后……

然后她就不记得了。

后来她就被人送到了圣罗兰孤儿院里。

米小蕾从来不去努力回想那段她记不起来的事情，似乎有个声音在提醒她不能想，又似乎是那些其实根本都没有发生过，不过是她自己的一个噩梦。

但是陈逸梁的出现改变了这一切。

米小蕾觉得自己的头越来越疼了，头顶上明亮耀眼的阳光似乎过于明亮了，让她觉得一阵阵眩晕。

她头一次这样失魂落魄。

陈逸梁……他为什么要跟她说那些话？他为什么说那段记忆很重要？

米小蕾觉得自己仿佛掉进了一个巨大的旋涡里，有种不知道的力量拖动着她，她完全没办法抗拒也没办法挣扎。

十年前……到底发生了什么？

米小蕾停下了脚步，她抬头看着这条路的尽头，仿佛那里有什么东西正在呼唤她。

这是一条很长很长的马路，并不宽阔，也没有很多车辆经过，从米小蕾现在站立的地方抬头望去，路的那一头是一片郁郁葱葱的绿色。

那是，中心公园。

米小蕾呆呆地望着中心公园的方向，她的身体不知不觉地轻轻颤抖起来，而且越抖

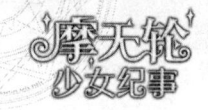

越厉害。

她看到了!

十年前。

那天是一个好得让人觉得不出去玩一下实在对不起老天的好天气,阳光透过薄薄的云层洒下来,晒得人暖洋洋的,不时有细细的风拂过,清爽宜人。

正是因为这样的天气在三月里实在很少见,所以那天中心公园里是人满为患,大家争先恐后地想要在初春里享受一下大自然的美好。

中心公园的区域规划做得很好,以一条贯穿公园南北的鲜花大道为中轴线,左边是风光浏览区,这里有一座不太高的月牙形的山丘,遍布各种树木花草,间或点缀着一些人工搭建的凉亭、花圃、长廊,一条小小的瀑布从山顶飞泻而下,瀑布的底部是天然形成的一个小湖,景色很是秀丽。

而鲜花大道的右边,则从南到北被分成运动区、烧烤区、游乐区三个部分,运动区面积最大,有网球场、篮球场、游泳池;烧烤区则是中心公园的一大特色:这里有十几个烧烤台,游人可以自带食物、木炭、叉子等烧烤用具,只要付一点儿租金就可以享受在草坪上蓝天下野炊的乐趣;游乐区占地面积最小,但却是小孩子们最喜欢的地方,这里有木马、秋千、摩天轮、海盗船、宇宙飞车等游乐设施,每一项都很受小朋友的欢迎。

米小蕾早就嚷着要去中心公园玩,她爸爸妈妈经不起她软磨硬泡,终于还是带她来了。一家人先是去风光区散步拍照,然后又到烧烤区享受了一顿丰盛美味的大餐,最后,迫不及待的米小蕾拉着爸爸妈妈来到了游乐区。

"我要坐摩天轮!摩天轮!"米小蕾拉着爸爸的手摇晃着,妈妈在一旁宠溺地拍拍她的头说:"好了好了,我们去排队买票。"

摩天轮售票处那里排队的人很多,米小蕾急得不得了,恨不得挤到前面。

大约等了十五分钟,终于轮到了米小蕾,看着爸爸买了三张票,米小蕾高兴得跳了起来。

当他们上了摩天轮的时候,米小蕾忽然"咦"了一声。

原来晴朗的天空不知什么时候变得有些阴沉,太阳不知道躲到哪里去了,灰蒙蒙的天空仿佛被一层厚厚的灰色的纱布盖了起来,周围的一切都变得有些模糊了。

"怎么会突然起雾了?"米小蕾的爸爸也有些奇怪。

米小蕾倒没在意天气的变化,她只盼着摩天轮赶紧开始转动。

可是等了好久,摩天轮都没启动,米小蕾的妈妈看着有些不耐烦的米小蕾,轻声安

慰道："别急啊小蕾，可能还有人没有上来，马上就会开始转了。"

米小蕾有些不高兴地嘟起嘴巴，就在她心里抱怨的时候，摩天轮终于开始缓缓转动了。

"噢噢，转起来喽！"米小蕾在小小的空间里手舞足蹈，差点儿因为站不稳而摔倒。

她一直渴望在摩天轮转到最高的地方时，看得更远、更广阔，她无数次想象过那将会是多么壮观。

可雾气却越来越浓了，以至于窗子外面的景色都变得朦朦胧胧，根本看不清楚。

摩天轮慢慢转动着，米小蕾虽然看不清外面的景致，但她知道自己已经升得越来越高，越来越高。

就在她觉得自己已经到达了顶点的时候，一声巨响几乎是在她头顶上炸开。

米小蕾被吓得"哇"的一声大哭起来。

米小蕾的爸爸紧紧抱住了放声大哭的女儿和紧张得发抖的妻子，在小小的密闭空间里一家三口缩成一团，惊恐地望着外面。

他们似乎来到了另一个世界！

轰隆隆的雷声仿佛就在头顶一次次炸响，每一次都震得这个小小的"房子"剧烈地摇晃，天空在转眼之间黑得好像被谁泼了一大盆墨水，无数道闪电像是要撕裂这一切一样划过漆黑的天宇。

米小蕾渐渐不哭了，她已经吓得哭不出来了。

外面已经变成了童话中描述过的魔鬼世界，蓝紫色、白色、金色的光芒不停地闪耀着，交错着，仿佛是她看到的图画书上恶魔与天使的战争。

摩天轮不知什么时候已经停了下来，米小蕾眼睁睁地看着那些奇怪的光芒缠绕在一起，像是一个巨大的球体。

是外星人在进攻地球吗？

米小蕾一瞬间想到侏罗纪公园、变形金刚还有各种各样恐怖的东西。

然后，她猛然间张大了嘴巴，尖叫却被憋在喉咙里。

那团诡异的光芒猛地爆炸了，巨大的轰鸣仿佛一千个礼花同时燃放，刺目的光芒让米小蕾来不及闭上眼睛就眼前一白，随即就变成一团漆黑。

视网膜上只留下一个鲜红的点，随即米小蕾就失去了意识。

最后的一瞬间，她觉得自己仿佛被什么东西贯穿了。

接下来发生的一切，米小蕾都以为是在做梦。她似乎觉得自己在飘浮，又似乎觉得她一下子被高高抛起又重重扔下，耳边传来奇怪的声音，仿佛有人在狂笑、呼喊，有人在哀号哭泣。

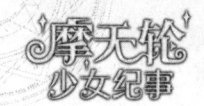

她很害怕，努力想要睁大眼睛但什么都看不见，她忍不住尖叫起来："爸爸妈妈，我好怕，救救我！"

她似乎听到爸爸妈妈的声音，离她好远好远。

她更加恐惧，几乎用了吃奶的力气想要抬起她重若千斤的眼皮。

忽然，有只手抓住了她。

就在那一瞬间米小蕾终于睁开了眼睛。

一张不成人形的脸就在离她面孔不到三厘米的地方，撕裂的肌肉和皮肤诡异得没有一滴血流出来，但是那种无法形容的痛苦却从那双已经脱离了眼眶的眼球里倾泻出来。

米小蕾不知道自己叫出来没有，她想要挣开那只手，但那只手抓得极其用力，指甲似乎已经掐进了她的皮肤里。

幸好这时候有个人猛地跌了过来，他一路挥舞着手臂，似乎想要抓住什么。

他撞上了米小蕾面前那不知是什么的东西，那张恐怖至极的脸和那只冰凉的手一下子碎裂开来。

禁锢着米小蕾的力量似乎忽然消失了，她再一次觉得自己飘浮了起来，她感激地看着那个突然出现的帮她撞开那个怪物的人，是他救了她！

那个人还在朝不知名的黑暗中坠落，米小蕾想去拉住他却无能为力，她觉得自己越飘越高，也就越来越安全，直到一道奇异的黑色的光芒从她下方猛地喷射出来。

是的，很奇怪的，黑色的光芒……

米小蕾在那一瞬间看清了刚才那个人，他似乎是个跟自己差不多大的男孩子，他的眼睛里写满了恐惧，让他本来清秀的面孔有了几分狰狞。

那张脸……似乎很熟悉……在哪里见过呢？

米小蕾猛然间"啊"的一声大叫。

几个正巧经过她身边的行人用诧异的眼神盯着这个浑身抖动、脸色苍白、眼神涣散的女孩子。

低低的说话声传进米小蕾的耳朵里:

"挺漂亮的小姑娘,这是怎么了?"

"看着有点儿吓人……"

"她样子很怪,快走吧!"

米小蕾纤细的眉狠狠皱成了一团,她的眼神仿佛是刀子一样锋利,朝那几个快步往前走去的行人身上狠狠地剜了两眼。

吓人?怪物?

米小蕾冷笑起来。

狂跳的心慢慢平静下来,她的脸色渐渐恢复了正常,不带一丝表情的淡漠,仿佛这个世界于她都不存在。

只有米小蕾自己知道她刚刚看到了什么。

那是她竭力想要忘记而且也的确淡忘的记忆。

当一件事情超过了一个人的承受能力,人往往会选择性失忆,把那些自己不愿意回想的事情当作没有发生过。

可是就在刚才,米小蕾仿佛看到那一幕在自己眼前重演,尽管远远望去,马路尽头的中心公园仍旧是一片迷人的青翠,可米小蕾眼前看到的却似乎是那天的浓雾、雷电、奇怪的光芒……还有她那仿佛是噩梦一般可怕的经历。

是的,经历。

米小蕾抬起手,她仿佛欣赏一件艺术品一样,目光流连在她晶莹得仿佛玉石雕琢的修长的手指上,指尖圆润,指甲上泛着淡淡的光泽。

很漂亮的手。

米小蕾的唇边挂上了一个淡淡的冷笑。

她的指尖上骤然荡起一层莹白色的光,转瞬即逝。

米小蕾抬起头来,笑容更加冰冷。

十年前就已经知道,自己的命运和未来必须由自己来掌握,她有这样的力量,任何人也无法勉强她做她不喜欢的事情。

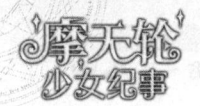

那一次突如其来的意外，带给她米小蕾的绝不是恐怖和阴影，而是珍贵的宝物！

这是她的幸运，就好像当年那个突然出现，在无意中救了她的男孩子……

那张脸真的很熟悉！

米小蕾忽然一愣。

她想起刚刚见过的那个人。

会是他吗？那个跟自己说了一堆似乎很奇怪的话的学生会会长，陈逸梁。

米小蕾嘴角的冷笑变成了意味深长的笑容。

看来，事情变得越来越有趣了呢！

如果现在谢凌菲能够看到米小蕾的话，她一定会惊讶于那个冷若冰霜的女孩子居然还会露出这样别有意味的笑容。但现在的谢凌菲看到的只是笑得阳光灿烂，活像抱着一串大大的、黄黄的香蕉的猴子似的骆烨。

于是谢凌菲的头开始疼了。

"社长大人，你干吗愁眉苦脸的啊？你不是很担心我老哥吗？难道你不想跟我去看他？"

比起谢凌菲的头疼，骆烨现在算得上是春风得意，心花朵朵开。

当然了，一个大帅哥和一位个性美女并肩走在繁华的街道上，回头率直冲百分之二百。骆烨几乎想大叫，我这个主意真是英明神武！

"当然不是。"谢凌菲忍不住抬起手揉了揉太阳穴，"不过骆烨，你可以不可以解释一下为什么我们要跑来逛街？"

谢凌菲从刚刚就想问这个问题了。

她身为班长，对每个班级成员的情况都很熟悉，包括他们的家庭住址也都大概有印象，骆捷的家虽然她没有去过，可还是能够记得方位，绝不是要绕一个大弯子跑来商业街的！

"哎呀，社长大人，不要用'逛街'这个词嘛！"骆烨很无辜地眨眨眼睛，"你既然是去'探望'我老哥的，总要带点儿礼物吧？难道两手空空去看他？"他一边说一边笑嘻嘻地观察着谢凌菲的脸色，"当然啦，其实你就算什么都不买我老哥也一样会受宠若惊，所以……"

"好了好了……"谢凌菲本来觉得自己的头只不过比平时大了一圈，可是听着骆烨这些滔滔不绝的废话，她觉得她的头立刻又大了一圈，这样下去的话她的脖子大概很快就要撑不住了。她无奈地看了看骆烨，"骆捷好像比较喜欢吃甜食，刚才我看到有卖新烤出来的红豆栗子蛋糕，买给他好了。"

一边说着，谢凌菲一边朝刚才经过的一个蛋糕店走过去。

骆烨愣在原地。

他没想到自己的一句玩笑话，谢凌菲居然当真了。

而且……而且她竟然知道骆捷的喜好……

"喂喂！"骆烨三步并作两步追上了谢凌菲，"是骆捷告诉你他喜欢吃甜食的吗？"

谁知道，谢凌菲却摇了摇头。

"骆捷那个人啊就像个闷葫芦似的，怎么会说这些事情啊！我是有注意到他经常会带一些甜食来当下午茶。"说着，谢凌菲微笑起来，薄薄的红唇勾起一个柔和的弧度，笑意让她的眼眸如同阳光下波光粼粼的湖水，她一边抬手随意地撩开一缕挡住她眼睛的头发，一边继续说道，"他带的最多的就是红豆栗子蛋糕，我跟着吃过几次，不用想也知道肯定是他喜欢吃的啦。"

骆烨有些瞠目结舌地看着谢凌菲，哇，这么细小的地方也能注意到，还能记下来……

"社长大人……你对我哥还真细心关照啊……"

谢凌菲斜了骆烨一眼，她已经决定凡是从这个人嘴里说出来的她理解不了的话统统无视，不然早晚会被他气死。

谢凌菲的沉默使骆烨变得更加小孩子气了，从小到大，他一直都以为他比那家伙更受欢迎才对！以前每年的圣诞节啊，生日啊，他收礼物都收到手软的！比骆捷那个两手空空的强不知道多少倍！

不过话又说回来，就算谢凌菲对骆捷比对自己好，也没什么不对的吧？她是班长，骆捷是学习委员，两个人本来就是需要配合，而且骆捷那个软绵绵的好脾气一定让谢凌菲很满意，所以当然会觉得骆捷比较好……

等一下！

思绪在这里戛然而止，骆烨茫然了。

他今天真的有点儿不对劲呢！为什么一直要拿自己和骆捷比？而且还是因为谢凌菲？

"你在那里发什么呆啊！"谢凌菲走了一会儿，一回头才发现骆烨居然还站在刚才的位置一动不动，又好气又好笑地叫了他一声。

像是骤然解除了什么魔法，骆烨忽然就笑了，大步朝谢凌菲跑了过来。

他跑到谢凌菲身边，出手如电，一把抢过谢凌菲拎着的纸袋，晶莹如玉的手指灵巧地一挑一伸，飞快地从里边掏出一个红豆栗子蛋糕，手一抬就丢进了嘴里。

谢凌菲根本没提防骆烨居然会这么光明正大地"打劫"。虽然她的身手绝对在骆烨之上，但还是没来得及抢回蛋糕，只能恶狠狠地对骆烨质问道："你干什么啊？"

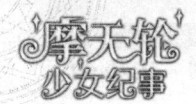

骆烨恢复了他的嬉皮笑脸，嘿嘿地笑着说道："社长大人，别生气啊，我绝对给你一个说得过去的理由！"

馋嘴偷吃还能找一个"说得过去"的理由？

谢凌菲看着嘴角边还沾着蛋糕屑的骆烨，再一次觉得哭笑不得。

不过两分种之后谢凌菲就发现"哭笑不得"这个词用早了，因为骆烨给出了一个"堂而皇之"的理由：

"我和骆捷是双胞胎对吧？你也知道双胞胎之间会有心灵感应对吧？这个红豆栗子蛋糕刚烤出来的时候味道最好，拿到家里已经过了最佳品尝期，所以我要趁着它还在最美味的时候吃一个，这样骆捷也能感受到它的美味了！"

骆烨说得理直气壮，还拍了拍胸脯仰仰头，一副"道理在我这里"的样子。

谢凌菲的嘴角实在忍不住抽搐了两下，她几乎是把她的全部涵养都调动起来，才没有让自己顺手把装蛋糕的纸袋兜头砸过去！

这什么破理由啊！

经过一路的"盗窃"和"反盗窃"的斗争,谢凌菲总算没有让骆烨再次得逞,当她到达目的地时,谢凌菲竟然有松了一口气的感觉。

天啊,让她再参加一次精英特训,大概都要比跟骆烨"斗智斗勇"来得轻松。

骆捷没想到骆烨会把谢凌菲带回来,当他看到谢凌菲那一刻,惊讶明明白白地写在他的脸上。

"你……你怎么来了?"勉强从床上坐起来,骆捷惊喜地问道。

谢凌菲看着骆捷失去了血色的脸庞,以及他微微颤抖的肩膀,死死咬住了牙关。

都是因为她!

谢凌菲在那一刻发出的异能之强烈,即使是和她同样的异能者也会承受不住,如果是一个普通人被她那样袭击,至少要有三天全身高热,非常痛苦。

谢凌菲忍得很辛苦才没有直接脱口说出"对不起"三个字,她尽量让自己保持平静,朝骆捷笑了笑说道:"学习委员无故缺课,我身为班长当然有义务来探望一下啊。"

骆捷的目光一直没有从谢凌菲的脸上移开,他静静地听谢凌菲说完,也淡淡地笑了,回答道:"那还真是辛苦你了。"

"不会啊,哦,对了……"谢凌菲递过纸袋,"你应该会喜欢的,打开看看吧。"

"不用打开我也知道!"骆捷这次得开心了很多,"红豆栗子蛋糕,真是太感谢你了!"

骆烨从刚开始就有种自己被冷落在一边的感觉,这时候终于忍不住插话进来:"喂,你别光顾着吃啊!告诉你,这个礼物我也有功劳的……"

"有抢来吃的功劳吗?"谢凌菲毫不客气地抢白道。

骆烨"哼"了一声,一伸手又拿过一个蛋糕咬了一大口。

"握猜补是枪赖池!"由于嘴里塞满了蛋糕,"我才不是抢来吃"这句话骆烨说得含含糊糊,谢凌菲根本没听清楚,还是骆捷好心做了翻译:"他说他不是抢来吃……"

那你现在在干吗……谢凌菲很无语。

骆捷见骆烨吃得很香,干脆把整个袋子都递给他,骆烨感激地看了看他,继续埋头苦吃。

谢凌菲有些讶然地看着他们俩,她原本以为骆捷和骆烨的感情并不好,毕竟她和两个都相处过一段时间,深知他们的性格是截然不同,而且因为沉稳的骆捷经常管教骆烨,以至于骆烨对他有些反感,可是现在看到的,好像根本不是么回事啊!

谢凌菲在发呆的时候,骆捷的脑子也在高速运转。

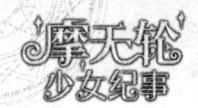

谢凌菲会来探望他，其实是在骆捷的预料之中的。他是学习委员，突然请假缺席，班长来看看他是很平常的事情，不足为奇。让骆捷真正觉得担心的是，他越来越感觉到骆烨对谢凌菲的兴趣。

自己说的那些话对骆烨来说根本是耳旁风……不，或许还让他变本加厉了。

毕竟是双胞胎兄弟，心灵相通，就如同骆烨知道骆捷的一个眼神的含意，骆捷也猜得出来骆烨看着谢凌菲时，目光深处恐怕连他自己都没有察觉到的东西。

不过对于骆捷来说，那是一个非常危险的信号。

骆捷不讨厌谢凌菲，他是欣赏这个女孩子的。她有着同龄女孩子不同的特质：冷静、沉着、善于沟通，尽管有着让人艳羡的外表却丝毫不自大骄傲，相反很平易近人，热情可亲。

在昨天之前，骆捷还是觉得骆烨加入灵异现象研究会，和谢凌菲多交流一下是件好事，但是经过昨天那个意外之后，骆捷不得不遗憾地把谢凌菲划入了和自己对立的范围。

就算不是对立，至少，和自己一样隐瞒了真相的谢凌菲，也绝对不是表面上看起来那样简单。

所以，骆捷会警告骆烨，不要再去招惹谢凌菲，不过显然，一贯喜欢跟他作对的弟弟这次也没有例外。

骆捷不说话，谢凌菲也不说话，剩下骆烨一个人，他左看看右看看，清了清嗓子开口："那个……如果你们觉得我碍事的话，我保证在三秒钟内消失！"

他这句话的效果很明显，谢凌菲和骆捷同时转头，颇有共鸣地狠狠瞪了他一眼，就连那一眼的意思也一致得惊人：闭嘴！别多管闲事！

骆烨翻了个白眼，耸了耸肩。

他心里再次有了刚才那种 pH 值（酸碱度）低于 7 的感觉。

虽然从小到大，骆烨一直被拿来和骆捷相比，而通常情况下，不管是亲戚还是邻居的大妈，也不管是老师还是同学，虽然有时候会恨铁不成钢地拍拍他的脑袋说，如果你有骆捷一半懂事就好了，可骆烨知道，其实他们是更喜欢他的。

比起沉默寡言的骆捷，活泼可爱的骆烨尽管淘气了一点儿，还是得到了更多的宠爱和关注。

这似乎是第一次，有人把注意力放在骆捷身上而不是他身上。骆烨实在猜不透谢凌菲的想法，难道老哥比自己更有魅力？还是谢凌菲真的眼神不好？

骆烨不由得再次看向谢凌菲，整齐的短发掖在耳后，蓬松的发丝看上去光滑得像是刚刚抛光的大理石，几乎可以当镜子用；浓密的睫毛随着她说话微微颤动着，不时忽闪两下，让骆烨想起自己曾经很喜欢的芭比娃娃，只因为男孩子不可以玩只有女孩子才玩

的玩具，所以骆烨只能趴在橱窗外面过过眼瘾，却从此对那个美丽的芭比娃娃念念不忘；谢凌菲的眼睛真的会说话，欣喜、快乐、焦虑、忧伤，统统都能从那蓝宝石一样的眸子里流露出来，谢凌菲侧着头的时候，薄薄的耳垂下面是仿佛白天鹅一般优雅的颈。

"……烨……骆烨……"连叫了几声都没反应，骆捷抬头看了看，骆烨正一副痴痴呆呆的样子站在一边，但骆捷知道他在看谁。

"时间不早了，我不妨碍你休息了，先告辞了。"谢凌菲站起身来，朝骆捷点了点头准备离开。

骆捷的体质很好，谢凌菲刚刚仔细观察了一下，确定骆捷并没有受到什么太严重的伤害，这要感谢当初她临时起意要活捉目标所以下手的时候留了几分力，不过就算如此，大概也还要休息三天五天才能康复。

对这次由她引起的乌龙事件，谢凌菲决定负责到底，她打算回去之后向上级报告，并且要求他们提供能够尽快让普通人恢复的药物。

骆捷客气地笑了笑："哪里，麻烦你特意跑这一趟，真是非常感谢。"

他原来想自己送谢凌菲，可是刚想要站起来，一阵猛烈的呕逆感就让他忍不住身子一晃坐了回去。

死死咬紧牙关才遏止了胃里翻江倒海一般的感觉，汗珠迅速地从骆捷的额头上沁了出来。

谢凌菲吓了一大跳，骆捷稍稍缓过来一点儿的时候急忙朝她笑了笑，示意自己没事。当然，他没有错过谢凌菲目光里的关切和愧疚。

关切……即使是普通的同学也会这样，而愧疚……骆捷在心里暗暗地笑，虽然谢凌菲隐藏得非常好，但是瞒不过骆捷。

更何况，那天发生的所有事情，都仿佛刻进了记忆里，就算骆捷什么都不记得，也仍旧记得在谢凌菲的手抓住他的那一刹那，他眼前出现的无数景象。

这是他的"那种能力"第一次被外界的诱因催发，而不是他自己主观意识的作用。

虽然骆捷看到的全部是零零散散的片断，但这已经足够让他拼出一个粗略的图样，这也是让他第一时间阻止骆烨继续接近谢凌菲的原因。

骆烨自然不可能知道这一瞬间骆捷和谢凌菲百转千回的心思，他看骆捷惨白的脸色，干脆走过去硬是把他按倒在床上。

"骆捷，你现在唯一的任务就是好好养病！老爸老妈昨天没办法数落你，我可是被他们足足唠叨了两个钟头，我可不想今天回来继续看到他们俩一副苦瓜脸！你赶紧给我好起来！"骆烨大声对骆捷下着命令，"宣判结果如上，不得有异议！"

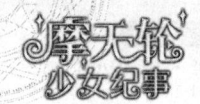

"可以上诉吗？"骆捷无奈地开了个玩笑。

"不可以！"骆烨双手叉腰站在床前面霸道地看着骆捷，"你再怎么不爽，想跟我算账的话，也等到你有力气打得过我的时候再说吧！"他转过身看了看谢凌菲，立刻又露出一副讨好的笑容，"社长，辛苦您了，我送您下楼吧。"

本来以为谢凌菲又要丢他个白眼，可出乎骆烨的意料，这一次谢凌菲居然对他笑了。

"好，谢谢你。"谢凌菲笑得很真诚，漂亮的蓝色眼眸眯了起来，红润饱满的双唇微微翘起，这个有点儿俏皮的笑容让她一下子多了点儿天真。

骆烨呆了下：怎么刚才还对他冷眼无视的人，一下子似乎就换了个人一样，竟然会对自己笑了！

不过聪明如骆烨者是绝对不会放过这个大好机会的，于是他这一送，就一直送到了街口。

"喂，我的记性很好，不会迷路，你不用再送了，回去好好照顾骆捷吧。"谢凌菲停下脚步，看着骆烨说道。

她的眼睛里仍旧带着一抹笑意，骆烨也跟着笑了："社长放心，凡是您交代的任务，哪怕是上刀山下火海我也保证完成，何况只是当老妈子！坚决执行！"

谢凌菲忍不住扑哧一声笑了出来，这样宝宝的骆烨实在是太可爱了。

"你啊……"她看着骆烨，笑容变得柔和，"嘴硬心软，就连关心也那么别扭！平时怎么都看不出来的。"

谢凌菲承认，她再一次在骆烨身上发现他另外一面：如果不是真的担心骆捷，那种看上去凶巴巴实则满是关怀的话是说不出来的。

刚刚知道这两兄弟之间有点儿问题的时候，谢凌菲理所当然地认为是骆烨不对，可是现在，虽然到底谁对谁错她还是不知道，可她却知道，骆烨的内心里，仍旧是无比牵挂着骆捷的。

虽然他的表达方式……呃……另类了一点儿……

骆烨看着谢凌菲的笑竟然又呆了。

他印象中谢凌菲从来没有这样对他笑过，他不是没看到过这样的微笑，带着点儿肯定和鼓励，在灵异现象研究会的第一次活动上，他好多次看到谢凌菲这样笑着，随便说几句话，就让紧张到结结巴巴的社员们冷静下来。

他当时觉得有什么大不了啊，换我骆大帅哥笑一笑，也足够倾国倾城了！还怕迷不倒那些小妹妹们吗？

但或许在他内心的深处，他也一直渴望着的谢凌菲能这样对他笑一笑。

今天,他终于如愿以偿了!

骆烨恨不得现在马上冲回去抱着骆捷说:老哥,你病得太伟大,太及时,太雪中送炭了……当然,那样的话骆捷会非常非常生气吧?

骆捷生气了,后果很严重。

所以……呃,想想,想想就好了。

看着骆烨呆呆地站在那里,谢凌菲的笑容更大了,她朝骆烨摆摆手,说道:"再见。"

"等……等一下!"看着谢凌菲转身要走,骆烨猛地大步追了上去。

"怎么了?"停下来的谢凌菲疑惑地看着骆烨,后者抓了抓头发,笑了起来,"那个……明天下午,协会有活动吗?"

谢凌菲想了下,摇了摇头。

"那……你……有没有约朋友什么的?"语气越发小心翼翼又充满期待。

谢凌菲看着骆烨闪亮的眼睛,心跳忽然快了几分。

她再次摇了摇头。

"老师……会不会找你有事?"

你到底想问什么啊?谢凌菲很想这样直接吼过去,可看到骆烨仿佛小狗一样眼巴巴望过来的眼神,她还是选择摇了摇头。

骆烨长长出了口气,咧开嘴笑了,露出一排洁白的牙齿,很像动画片里的鳄鱼宝宝。

"那么,你明天,放学之后,可以和我一块出去玩吗?"

郑重的语气不像是出自骆烨嘴里,害得谢凌菲睁大眼睛上下打量了他半天,看着骆烨一脸斩钉截铁的坚决,谢凌菲忽然又想笑了。

忍住,忍住,这时候笑骆烨一定会觉得自己是在嘲笑他。

想了想,谢凌菲点了点头,补充了一句:"不过我要先回一趟家。"

"OK,没问题!绝对没问题!"得到肯定答案的骆烨立刻兴奋得摇头摆尾……啊,不对,他没有尾巴,那么……摇头吧……反正是好像在街边随手买了张彩票结果刮出了一等奖一样。

送走了谢凌菲，骆烨开心得一路哼着歌回了家。

走进自己的房间，骆烨见骆捷坐在床上，手里拿着装红豆栗子蛋糕的纸袋正在发呆，他心情大好，走过去拍了拍骆捷的肩膀，笑嘻嘻地说："喂，人家都走啦，还这么回味无穷啊？"

骆捷转过头，看着骆烨，那张与自己一模一样的脸上笑得春光明媚，他不禁皱了皱眉，说道："我看回味无穷的是你吧？我不是跟你说过，不要没事就在她面前玩你那些小把戏吗？"

骆烨本来很好的心情被骆捷这一句话弄得消失大半，他也看着骆捷，心里不断地跟自己说这是病人，我不能跟病人计较……可是骆捷见他没有回答，又继续说道："她跟一般的女孩子不同，你最好还是小心点儿！"

"有什么不同？"骆烨终于还是忍不住，他霍地一下站了起来，看着骆捷，"拜托，你能不能别这么多管闲事？我到底哪里不对了？让你天天这么针对我？"

他越说越有气，声音也越来越大："谢凌菲怎么了？你哪只眼睛看到我在她面前耍把戏了？她是灵异现象研究会的社长，我是社员，我找她有什么不对了？至于你这样天天念叨？骆捷，你如果看我不顺眼可以直说！"

"够了！"骆捷也被激怒了，他瞪着骆烨，"你什么都不知道就别在这里自说自话！我之所以让你跟谢凌菲保持距离当然是有原因的！骆烨，从小到大我有哪一件事对不起你？你自己想想，如果不是我帮你收拾残局，你已经闯了多少祸了？"

不说这个还好，一说这个，骆烨简直是新仇旧恨一起涌上来。他哈哈地笑了两声，盯着骆捷，瞳孔中似乎有火焰在跳动："又来了是吧？骆捷，我就知道你不管说什么最后都会绕到这儿来！"

他耸了耸肩，摊开双手："骆捷，你最好别忘了，有就是有，我有那种能力，你也有！别说得自己好像圣人一样，超能力不好吗？你不喜欢与众不同，你想要平淡的人生，那是你的事！你有什么权力来规定我怎么生活？既然我有了这种能力，我就可以用，这是命运安排好的，大哥！"

骆捷上身一挺，想要从床上坐起来，但他只要做剧烈动作，那种炙热的感觉就会从胸腔里翻涌而上，让他失去全部力气，只能无力地靠回床头。

但他注视着骆烨的目光却不曾有一分一毫的示弱，他盯着骆烨说道："有是一回事，用不用是另外一回事。况且你都用在了什么地方？调皮捣蛋，闯祸惹事……骆烨，你已

经不是小孩子了，拜托你对自己负责可以吗？"

"我对自己很负责！"骆烨大声吼了回去，"而且我也不需要你来负责！"

骆捷还想说什么的时候，他们兄弟俩的房间的门忽然被轻轻推开了。陈雨涟小心翼翼地站在门口，看着房间里对峙的兄弟俩，她弯弯的眉毛轻轻皱着，嘴唇翕动了两下，想要露出一个安慰的笑容却还是失败了，只能有些尴尬地说道："小捷，小烨……你们……这是怎么了？"

这两个孩子一直让陈雨涟放心不下，自从十年前那场意外开始，陈雨涟似乎永远也无法摆脱那个噩梦一般的瞬间。她一直担心着这两个孩子，同时又惧怕着他们，虽然她知道作为一个母亲不应该怕自己的孩子，可她就是控制不了自己。

骆捷在那件事以后没有什么变化，如果说有就是更加沉默，但让陈雨涟感到安慰的是骆捷很能体会她和骆年为人父母的担心过度，即使有的时候她或者骆年的反应有些怪，骆捷也从来不会多问什么，仍旧和从前一样。

但是骆烨就完全不同了，和骆捷的淡然相比，骆烨对自己的改变似乎很满意。大概任何一个小孩子知道自己突然像电影和卡通片里描绘的主角那样有了不可思议的能力的时候都会想要炫耀，骆烨不但不隐藏自己的能力，反而会不分时间、地点、场合地秀给所有人看，不管别人的反应是惊诧莫名还是被吓一大跳，他都会仿佛恶作剧成功般地开心很久。这让陈雨涟和骆年很头痛，想要教训他，却每每在想起那可怕的一幕时心生怯意，甚至连平时正常的家人之间的交流都变得过分客气。

小孩子是喜欢炫耀的，但同时也极敏感，骆年和陈雨涟的态度让小骆烨和他们之间产生了隔膜，骆烨变得更加肆意妄为，如果不是骆捷经常管教他，恐怕他早就无法无天了。

陈雨涟不是没想过弥补，但是骆烨的年纪越大，"那种能力"也就随之越来越强，每次看到自己的孩子，陈雨涟总是有一种无法克服的恐惧，这让她和骆烨之间的距离变得越来越遥远。

好在骆烨虽然爱玩爱闹，但是也没有干出过什么太出格的事情，骆捷又一直看着他，这么多年居然也没有大的意外。

但骆烨和骆捷吵得这么厉害，陈雨涟还是第一次看到。

她的出现让骆捷和骆烨都不说话了，沉默充斥着整个房间，让人有种喘不过气的错觉。

"小烨……"陈雨涟终于还是忍不住低声说道，"你哥哥还在生病，有什么事非要现在说不可呢？等他好了再说也来得及啊。"

"行了！"骆烨有些不耐烦地打断了陈雨涟的话，抬头看看她因为自己粗暴的语气而后退了一步，几乎想冷笑。

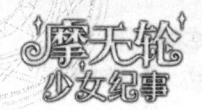

"骆烨,你怎么跟妈妈说话的!"骆捷厉声喝道。

"哈……哈哈哈哈……哈哈哈……"骆烨忽然笑了起来,只是笑声听起来很是凄凉。

他看了看骆捷又看了看陈雨涟,抬起手指着自己说道:"好了,好了,你们都没错,错的是我,OK?"

一边说着,骆烨一边把双手举过头顶,做出一副"我投降"的架势:"反正,十年前我不应该说要去公园玩,更不应该吵着要去坐摩天轮,所以这一切都是我的问题,你们是都为我好,我有罪,罪该万死,可以了吧!"

"小烨……"陈雨涟的眼圈红了,她迟疑着,想走过去把骆烨搂住,就像十年以前,委屈的骆烨撒娇时她会做的那样。

可她的腿仿佛是灌满了铅,怎样也无法挪动一步,十年前,中心公园,摩天轮……那些可怕的景象跟了她整整十年,只要一想起来陈雨涟就会感到从骨子里散发出来的寒意。

"妈,我们没事,你放心吧。"骆捷看了看陈雨涟又看了看骆烨,叹了口气说道。

陈雨涟点了点头,走开了。

骆捷勉强从床上坐了起来,一点点地挪动自己的身体,直到他的脚触到有些凉的地面。他深吸了一口气,坐了一会儿,攒够了力气慢慢站了起来,再慢慢走到垂着头站在那里一动不动的骆烨面前。

"骆烨,我刚才的语气不太好,你别生气。"凑近骆烨的耳边,骆捷小声说道,"我本来不想告诉你,我不希望你和谢凌菲走得太近,是因为我觉得她是有意要接近你的。"

"你开什么玩笑?"骆烨猛地抬头,一脸的"你吃错药了"的表情,"她对我一直爱理不理的,我好不容易才让她对我有了点儿改观,你就来拆台,现在居然还这么说!"

骆捷缓缓吸气,平复着再一次泛起的烧灼之感:"可你知道我为什么会生病吗?"

"我怎么知道?我们是双胞胎没错,不过我可不是你肚子里的蛔虫!"

骆捷犹豫了片刻,还是说道:"那天我去找你的时候,谢凌菲把我当成了你,她抓住了我……"

骆烨换了个姿势,双手抱胸,抬抬下巴示意骆捷继续。

"……她抓住我的那一刻,我觉得自己好像被丢进了一个巨大的火炉里,热得好像要把我熔化掉。"骆捷看着骆烨的眼睛,语气平静却认真,"直到现在,我的身体里仿佛还是有一团火,不停地烧着。"

骆烨的眼睛越睁越大,嘴巴也不知不觉张大得能塞下一个苹果。

"你……你真的吃错药了吧?骆捷?"骆烨抬手摸了摸骆捷的额头,"很热哎,你

第五章
秘密·米小蕾

烧糊涂了吗？哎呀算了，是我不好，明知道你病得这么厉害，不应该跟你吵架……不过你也别欺人太甚了……"骆烨一边说着，一边把骆捷推回床上，"你别再说胡话了，赶快好好休息吧！"

"骆烨！"骆捷拉住了骆烨的手腕，"我不是胡说，谢凌菲很奇怪，我看不到她的过去，她和你接触，或许有什么其他的目的也说不定，所以我才会让你不要跟她在一起……"

骆烨拉开骆捷的手，敷衍地胡乱点点头："行了行了我知道了，你休息吧。我去跟老妈道歉还不行吗？"

骆捷还想再多说几句，可那种强烈的炙热又一次侵袭而来，他终于无力开口，只能躺回去。

骆烨溜出房间，对天翻了个白眼。

没想到骆捷这家伙平时一句话不说，编起故事来居然也头头是道！

谢凌菲……骆烨一想到她就情不自禁地笑了起来，我管你到底是什么人呢，反正，我就是对你有兴趣！

第二天。

放学的时候，谢凌菲在校门口看到了骆烨，他朝她挥了挥手，笑得非常开心。

谢凌菲朝骆烨走过去，在他面前停了下来，问道："昨天不是说过了吗？我要先回家一趟。"

"我知道我知道。"骆烨笑嘻嘻地回答，"我知道你要先回家。"

谢凌菲斜了他一眼："那你在这里干吗？你别告诉我你是打算一路跟着我回去吧？"

"哎呀，社长你竟然这么冰雪聪明！"骆烨夸张地用崇拜的眼神看着谢凌菲，"一眼就能看穿我的心思，你太了解我了！"

谢凌菲皱起眉来说道："骆烨，你至于这么兴奋吗？我可没打算让你送我回家！"

骆烨早就猜到谢凌菲会这么说，他故意惊讶地眨眨眼睛回答道："不是吧……我们都约好了，难道你要我就站在这里一直等你？"

谢凌菲的头又开始疼了，她看了看一副"你别抛弃我"的可怜巴巴的神情的骆烨，无奈地翻了翻眼睛说道："算了，你喜欢跟着就跟着吧。"

于是，两个人就这样一前一后地离开了学校。

骆烨看着走在前面的谢凌菲，不由自主地微笑起来。

这个感觉真好，在绿树成荫的小路上，跟这么漂亮的女孩子一起散步……比回家面对骆捷那个家伙好多了！

他的白日梦刚开始做就被谢凌菲打断了。

"骆烨，你怎么走得比蜗牛还慢？"谢凌菲停下来看着自己身后的骆烨一脸不解，"麻烦你走快点儿好不好？"

喂喂！骆烨还想为自己辩解两句，可谢凌菲根本没有打算一直等他，说完话就继续转身大踏步往前走去。

垂头丧气的骆烨只好加快脚步追了上去。

"社长……你一直都这么雷厉风行的吗？"侧头看着谢凌菲笔挺的鼻梁在她秀丽的面孔上勾勒出的英气勃勃的线条，骆烨有些气闷地问道。

谢凌菲一边走，一边随意地说道："也许吧。"

骆烨转了转眼睛，突然问道："哎，想不想知道我们等一下去哪儿？"

谢凌菲抬手理了理头发，漫不经意地答道："想。"

"多说一个字又不会死……"骆烨小声嘀咕了一句，随即被谢凌菲横过来的一眼吓

到了，急忙说道："我们一起去游戏厅吧！"

游戏厅？

谢凌菲愣了一下，那是什么？

骆烨敏锐地发现了谢凌菲的茫然，他有些惊讶地看着谢凌菲问道："你以前没有去过吗？"

以前？

谢凌菲苦笑，以前她的世界里只有训练、训练、训练，永无休止的训练。偶尔有假期，她也一样无处可去，难道要她去医院对着那个永远不会醒来的人发呆吗？那样只会让她更加痛恨"夜帝"，更加不要命地训练。

"难怪你的成绩这么好……"骆烨崇拜地看着谢凌菲，不玩游戏不逛街的女孩子还真是少见呢！

谢凌菲笑了笑，避开了这个话题，她一边走一边仿佛很随意地问道："骆烨，你为什么要加入灵异现象研究会啊？你对这种事很感兴趣？"

"当然啦！"提到这个，骆烨立刻来了兴致，"社长，你不知道我看到这个社团成立的通告的时候，那简直感动得涕泪交流啊！总算有个人能够体会我找不到知音的痛苦了！"

看着他眉飞色舞的样子，谢凌菲不动声色地笑笑："是吗？不过像你这么热情的人也不多见呢，哎，你是不是真的遇到过什么灵异事件啊？"

骆烨听谢凌菲这么问，更加地兴致勃勃起来。

"社长，你还真的猜对了！你真是太了解我了！"骆烨说着，眼神忽然有些暗淡，"我确实遇到过一次灵异事件，那已经是十年前的事情了。"

十年前？

谢凌菲心里一动，她想起了上次在图书馆翻找资料时，看到关于十年前发生在中心公园的怪异天象的报道摘要，难道骆烨所说的灵异事件就是指这个？

"你是说，那次在中心公园发生的雷暴？"谢凌菲试探着问道。

骆烨点了点头，随即惊讶地看着谢凌菲："你也知道啊？"

谢凌菲点点头："听人说过啊，据说当时天象很壮观，可惜我没有亲眼看到。"

"你最好不要亲眼看到！"骆烨忽然提高了声音，神色也变得有些不安，"真的，幸好你没有亲眼看到……"

那真的是很恐怖的回忆，虽然骆烨始终庆幸自己因此而获得的能力，但他却不想再一次经历那样的恐惧和绝望。

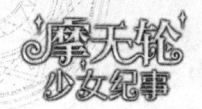

他的不安出乎谢凌菲的意料,她急忙笑着点点头:"应该很可怕是吧?呵呵,我也是好奇才想要看到,不知道那个时候电视台有没有录像什么的。"

骆烨几乎是不假思索地脱口而出:"有啊,那么难得一见的天象当然会有人拍照录像,不过很奇怪,似乎那天所有的照相机摄像机都不能用了,拍回来后看到的只是一团漆黑。"

原来如此,谢凌菲总算明白为什么无论她怎么查找,却始终找不到关于十年前那场雷暴的照片或者是视频。

"别光是说我啊。"骆烨很快甩掉了那些让他不爽的情绪,笑着问道,"社长你呢?你能建立这样一个社团,应该是我们之中对灵异现象最感兴趣的人了吧?"

谢凌菲微笑,却没有回答。

她不喜欢说谎,但她真实的目的却不能告诉骆烨。

骆烨倒没有再追问,反而自顾自地继续发起了感慨:"社长,如果这个世界上真的有人有非凡的能力,那应该是件好事吧?"

好事?

谢凌菲冷笑了一下。

"骆烨,你该知道'水能载舟亦能覆舟'吧?有这样能力的人如果是坏人,那就是灾难了!"

不知不觉,谢凌菲的语气严厉得让骆烨有些惊讶。

他看了看谢凌菲,对方那双仿佛深海一样幽蓝色的眼睛里,有种凛冽的光。

骆烨愣了愣。

他从来没想过谢凌菲会有这样的目光,似乎充满了……仇恨?

随即他就开始笑自己被骆捷附体了,竟然会想这么多有的没的,谢凌菲本来就跟骆捷一样是个正义感爆棚的家伙,会有这样的目光有什么好奇怪的。

骆烨在心里吐了吐舌头,也许骆捷的忠告是对的,要是让谢凌菲知道自己凭借"那种能力"胡闹的话,估计会一气之下把自己清出灵异现象研究会吧。

他正满脑子胡思乱想的时候,谢凌菲在一栋公寓楼前停下了脚步。

"我到家了。"斜睨了骆烨一眼,谢凌菲半开玩笑地说,"你别告诉我,你还打算跟我一起上去。"

可惜这种挖苦对骆烨的超厚脸皮来说完全没有作用,他笑嘻嘻地点点头:"如果社长你不介意的话,我当然想参观一下你的闺房啦!"

谢凌菲恶狠狠地吐出三个字:"我、介、意!"

骆烨大笑起来,谢凌菲干脆不理他掉头就走,骆烨带着笑的声音从背后传来:"社长,

我在这里等你,快点儿哦!"

谢凌菲的唇角勾了起来,骆烨这家伙……其实,似乎也不那么讨厌呢……

推开房门的一刹那,谢凌菲就听到了房间里传来的电话铃声。

她飞快地跑了过去,一把抓起了话筒。

还是一阵刺刺啦啦的杂音,杂音之后,从电话机上方的旋涡里,小小的透明屏幕浮现出来。

"教官!"下意识地双腿一并立正站好,谢凌菲看着屏幕上的周启,声音微微有些激动。

周启的神情居然也不似往日那样平静,他看着谢凌菲,眉宇间似乎有些犹豫。

"教官?"谢凌菲发现了周启的不对劲,平时的话教官会直接询问自己任务的进展,而今天却似乎是有话想对自己说。

周启终于还是开口了:

"谢凌菲,我有个消息想要告诉你……"

周启沉重的声音让谢凌菲有了种不好的预感。

"你母亲的情况……开始恶化……"周启似乎也有些不知如何措辞,每说一个字仿佛都十分艰难,"我们已经尽力控制,但是……我想……你应该做好心理准备。"

仿佛一个炸雷在脑门上响起,谢凌菲木然地呆立在那里,被她死死咬住的嘴唇转眼失去了血色。

周启看着她:"我知道……这种情况下应该让你回来,但是目前没有人能够代替你,而你刚刚找到第二名目标,任务有了重大的进展,也不适合在这个时候回来。"

"我明白。"谢凌菲的声音干涩无比。

周启望着自己最得意、最优秀的学生,她虽然是最出色的,可她毕竟是一个只有十六岁的女孩子啊。

"如果……"周启斟酌着,但谢凌菲很快打断了他的话。

"教官。"尽管脸色白得吓人,但谢凌菲的语气还是很平静,平静得甚至让人觉得恐惧,"谢谢你告诉我这个消息,不过下面我们是否按例进行任务汇报?"

周启哑然。

隔了几秒钟,他沉重地点了点头。

谢凌菲死死握着拳头,只有指甲刺进肌肉的痛苦才让她保持冷静和理智,把最新的情况向周启汇报,包括十年前那场雷暴。

周启给出的指示是继续追踪调查那场雷暴。

穿越了时间的通话终止了。

谢凌菲觉得自己仿佛是被丢到了南极，在冰冷的海水里浸泡着，水渐渐结成了冰，将她整个人包裹起来。

她不知道自己是怎样走到床边一头栽上去的。

她只知道有一个画面在她眼前渐渐清晰——

那是一个美丽的女人，虽然她现在像浸泡在福尔马林里的标本一样被浸泡在一个装满营养剂的玻璃罐子里，但她的长发在溶液中轻轻摆动的样子，仍然让她显得飘逸动人。

无数条线从她身体里接续出来，有的连接在罐子上，有的则连接在罐子外面的机器上。

女人好像断臂的维纳斯一样，圣洁而美丽，但她的右臂却不见了，断裂部分的肌肤已经愈合，苍白而光滑的皮肤上只能看到隐隐约约的疤痕。

谢凌菲还记得自己小的时候，每天都会站在罐子面前，跟里面的女人说好多好多话。

她一直相信有一天女人会从罐子里走出来，然后用她那条修长纤细的左臂搂住她。

但是直到她回到一百年之前的世界，女人始终没有睁开过眼睛。

谢凌菲茫然地看着天花板上一个又一个的旋涡，那些旋涡似乎开始旋转起来，渐渐变成一个巨大的黑洞，她看着那个女人慢慢地被黑洞吞噬。

"不……"

"不要……"

她伸出手去，明明知道是徒劳。

突然响起的手机铃声让谢凌菲猛然清醒过来。

她抓过手机按下接听键，骆烨有些急切还有些催促的声音就传进了她的耳朵："社长，你到底在干吗？我等了你快一个钟头了耶！"

"我不去了。"

谢凌菲冷冷地吐出四个字，随即挂掉电话，关机。

她翻过身，把自己埋进软软的枕头里。

这样，就没有人会看到她流泪了吧？

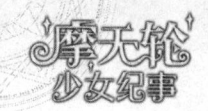

 1

骆烨几乎不相信自己的耳朵。

"我不去了。"

就这么一句话就把他打发了吗?

骆烨看着被挂断的电话,二话不说就拨了回去。

"您呼叫的用户已关机,请稍后再拨。"

语音系统的提示让骆烨终于忍不住,狠狠地骂了句:"可恶!"

谢凌菲,有你的,你居然就这么失我的约!

怒气冲天地盯着谢凌菲刚刚走进去的单元门,骆烨实在有种冲动跑进去把她挖出来暴打。

到底是怎么了?一路上他们聊得很好,骆烨还记得谢凌菲明朗的笑。

为什么他等了这么久,却等来了这样一个结果?

真是一口气憋在心里上不来下不去,难受死了!骆烨一咬牙,转身朝一个僻静的角落走去。

他非要把谢凌菲找出来问问究竟怎么回事!

守在楼下的保安打了个哈欠,有些奇怪地看向门口。

刚才似乎有人进来了,可是一眼看过去明明没有人哪。

大概是自己昨天睡得不够好,今天有点儿恍惚吧。保安大叔伸了个懒腰,趴回了桌子上。

于是,他没有看到,一楼的电梯门缓缓打开,然后又缓缓关上。

骆烨从电梯里走出来的时候才发现自己的举动真是愚蠢透顶——这栋公寓楼有三十层高,如果让他一层一怪挨家挨户找下去,恐怕就算找到天黑也找不到。

恨恨地咬着牙,骆烨真的不甘心就这么算了,不过,君子报仇十年不晚,谢凌菲你等着!

窝着一肚子火的骆烨来到了他原本想带谢凌菲来的地方——全市最大最有名的游戏厅"拉斯维加斯"。

这家和著名的赌城同名的游戏厅是骆烨平时最喜欢来的地方之一,他是个电玩高手,本来,他是想在谢凌菲面前好好表现一番的,不过现在嘛,这里倒也算得上是让他发泄的好地方。

骆烨换好了游戏币以后,直奔他最喜欢的赛车游戏,"拉斯维加斯"的赛车游戏使

用的是全新的3D技术，可以让玩家有身临其境的感觉，就好像真的是在飚车一样。

骆烨投币之后，就戴上头盔（为了让玩家感受最真实的体验，这里提供头盔），一脚踩下"油门"，大屏幕上的景色就飞快地向后倒退了。

3D仿真的效果非常好，如果没有周围嘈杂的人声，就如同真的开着赛车高速行驶一样。平常，这样的感觉总是让骆烨心情舒畅，但今天他却一直有种按捺不住的焦躁，这让他几乎是下意识地不断"加速"，尽管大屏幕上提示"超速"的红色警告一次次亮起，骆烨却不理不睬。于是，没多久，骆烨的"赛车"就彻底失去了控制，在一个急转弯那里飞了出去。

骆烨盯着大屏幕上显示的"GAME OVER（游戏结束）"，一把脱掉头盔站了起来。

他知道自己很失常，平时他绝对不会这么心浮气躁的。可今天不一样，骆烨只是一想起来自己充满期待地在楼下站了快一小时，却被谢凌菲一句话就打发走了，他就很想暴跳如雷。

"喂，你不玩了就让一下啊！"有人挤过来不满地说道。

骆烨下意识地退后了几步，看着别人坐上赛车开始游戏。

那个人的技术也不错，赛车游戏周围总是有很多看热闹的人，不时为那个人精湛的技术喝彩。

如果是以往，遇到这样的对手，骆烨肯定会跟他比试比试的。但今天，他没那个兴致，尽管手里的塑料袋里还装着一大把游戏币，可骆烨却忽然失去了继续玩的兴致。

真奇怪。

骆烨开始搞不懂自己到底在想什么了，谢凌菲对自己来说有这么重要吗？重要到居然可以左右自己的情绪了？

没这么夸张吧？

骆烨一边任思绪像柳絮一样东飘飘西飘飘，一边随意地在大厅里走着，目光也完全无意地四下扫视着。

咦？忽然之间，骆烨的视线被一个有些熟悉的身影吸引了。

他停下来睁大眼睛看过去，没错，居然真的是她！

米小蕾居然会出现这里！

骆烨眼前一亮，能碰到一个熟人还是不错的。他大步朝米小蕾走过去，一点儿都不客气地从身后一把搂住了她的肩。

"美女，怎么一个人在这里转啊？"

这句调侃让米小蕾仿佛受惊的兔子一样猛地转身甩开了骆烨的手，骆烨看着米小蕾

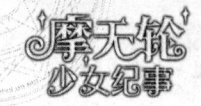

被吓了一大跳的样子,哈哈大笑起来。

不错不错,原来这位冰山姑娘也不是只有一种表情嘛。

米小蕾看清是骆烨之后,神色又恢复了原本的冷淡,她从鼻子里"哼"了一声,转身就想走。

骆烨怎么可能就这样让她走,他抢先拦住米小蕾,朝她晃了晃手里装满游戏币的塑料小袋,笑眯眯地问道:"我请客,一起玩玩?"

"我没兴趣。"米小蕾冷冷地回答。

她的半张脸都被垂到胸前的长发挡住,湖水蓝的丝质长裙一直拖曳到脚边,让她看起来仿佛凌波仙子一样,她上身穿了件白色的棉质衬衫,腰部和袖口的刺绣典雅大方,也让她本来就很纤细的腰身显得更加柔软,一条藏银的链子垂在领口上方,红宝石的坠子衬着她白皙娇嫩的肌肤,格外引人注目。

骆烨轻轻吹了声口哨:"我还真没想到会在这里遇到你呢,原来你也喜欢电玩吗?"

米小蕾有些不耐烦地看了看骆烨,姣好的眉皱了起来,声音越发冰冷:"我不喜欢这种地方,吵死人了。"

"那你怎么会来?"骆烨睁大了眼睛。

米小蕾眉头皱得更紧,为什么会来这种地方,她自己也说不清。

难道是因为今天在学校的花园里,迟月跟自己说的那些话吗?

那是在课间休息的时候,米小蕾一个人在花园里散步,但很快地,她就感觉到有人一直跟在她身后。

猛地回过头,米小蕾狠狠地瞪着那个跟踪自己的家伙,迟月。

迟月见米小蕾猛然回头,吓得全身一颤,下意识地退后了两步。米小蕾就像一只猫看着自己爪子下按着的老鼠那样看着迟月,眯起眼睛问道:"你跟着我做什么?"

迟月似乎只要一见到米小蕾,就会怕得不得了,她张了几次嘴巴,终于小声地说道:"你……你今天……会去拉斯维加斯吗?"

拉斯维加斯?米小蕾真的有点儿反应不过来,幸好迟月随即补充了一句:"就是……就是那个电玩世界……"

哦,米小蕾这才想起本市最有名的那家游戏厅,她冷笑起来:"我去不去要你来管?"

迟月似乎没想到米小蕾会这样回答,她有些茫然地看着米小蕾,发了半天呆。

米小蕾不想再跟她纠缠下去,转身就想离开,迟月却在她身后仿佛喃喃自语般说着:"不能去……米小蕾,你不能去……"

为什么我不能去?

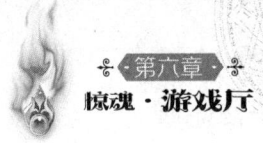

如果迟月没说那几句话，米小蕾可能真的不会来这种地方，但正是听到迟月的自言自语，米小蕾反而要来看看了。

这些事情，米小蕾自然不会告诉骆烨。

骆烨早就习惯了米小蕾的冷淡，他见米小蕾没有立刻转身就走，就发挥他牛皮糖般的黏人功夫凑了上去。

"我都说了我请客了啦，试着玩玩嘛。"

米小蕾看了看骆烨，歪着头想了想说道："好吧。"

得到肯定答复的骆烨心情大好，果然是精诚所至金石为开啊，再怎样的冰山美人，总还是能够融化的嘛，哈哈，看来我骆烨大帅哥的魅力无人能挡！

骆烨带着米小蕾在游戏大厅里转来转去，殷勤地向她介绍各种游戏的玩法，还竭力推荐自己喜欢的给她。

米小蕾始终是一副兴趣缺缺的样子，不管骆烨怎么说，她都没什么反应，这不免让骆烨又有了点儿小小的挫败感。

走着走着，米小蕾忽然站住了。

"怎么啦？"骆烨也跟着停下来，顺着米小蕾的目光看过去。

米小蕾盯着的是游戏厅里最常见的"魂斗罗"格斗游戏，一个头发染成褐色的男生正在那里狂呼乱叫地跟系统搏斗，大屏幕上不时出现各种技能的华丽效果。

"你……想玩那个游戏？"骆烨这下子可真是吓了一大跳。

他原本以为米小蕾会喜欢什么跳舞机啊、抓娃娃啊一类女生比较偏爱的游戏，可怎么也没想到看上去像瓷娃娃一样安静秀美的米小蕾会喜欢这么劲爆的格斗游戏。

米小蕾没有回答骆烨，她只是双眼一眨不眨地盯着那台游戏机的画面。

褐色头发的男生终于还是败给了系统，他愤恨地捶了一下操作台，看着画面变成了系统胜利后的动画。

米小蕾的呼吸忽然变得有些急促。

画面上，一个身材高大的男人全身发着光，仰天狂啸，画面下方随即打出一排大字："我是不可战胜的"。

"我是……不可战胜的……"米小蕾轻声低语着。

她的身体微微颤抖起来，仿佛有什么东西觉醒了一样，无数模糊破碎的画面在她的脑海深处一一浮现。

米小蕾仿佛中了魔一样朝那台游戏机走过去，她的眼睛里有种狂热的光芒闪动着。

那个褐色头发的男生正准备投币再玩一局，忽然看到米小蕾朝他走过来，男生惊讶

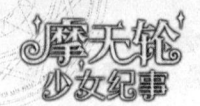

地低呼了一声，立刻讨好地朝米小蕾笑笑，指着屏幕上那个身材高大的男人说道："Hi（你好），美女，要看我怎么搞定这家伙吗？"

米小蕾的瞳孔猛地一缩。

不许！

我是不可战胜的。

她猛地抬起手，那个褐色头发的男生猛然间发出一声惨叫，整个人蜷缩成一只虾米一样倒了下去。

与此同时，那台游戏机的画面猛然一闪，陷入了黑屏，继而整台机器都冒出了黑烟！

仿佛受到传染一样，凡是连接到电路上的游戏机一台接一台地黑屏，一种烧焦了似的味道充斥着整个大厅。

原来明亮的灯光一瞬间暗淡下去，随着几不可闻的啪啪几声响，所有的灯都熄灭了！

电路短路！

这是骆烨能够想到的第一个念头。

他伸手想去拉米小蕾，但鼻子却嗅到了一种怪异的味道。

那是橡胶燃烧时发出的臭味。

一簇火苗跳了出来，在骤然失去照明的大厅里显得格外刺眼。

不知是谁大喊了一声"着火了"。

整个大厅乱成了马蜂窝。

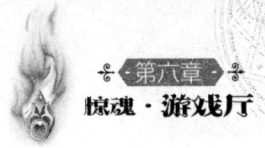

游戏厅失火了!

骆烨来不及多想,他第一个反应就是伸手去抓应该就在他前方的米小蕾。

他抓空了。

骆烨呆了一下,他明明记得灯熄灭之前,米小蕾就站在他前面不远的地方,难道是刚才那一瞬间的混乱吓到了她?还是有人把她挤开了?

"米小蕾!米小蕾!"骆烨大声叫着米小蕾的名字,可在乱成一团的大厅里,这声音简直比蚊子哼哼大不了多少。

幸好,游戏厅里还装了不少应急用的照明灯,这时候已经一盏盏亮了起来,虽然光线很微弱,但总比一片黑暗好多了。

呛人的浓烟不知道从什么地方冒出来,"拉斯维加斯"的工作人员和保安正忙碌着引导慌乱的客人们从安全通道离开,警报器尖锐的叫声仿佛撕破了空气一样,凄厉而刺耳。

骆烨并没有和那些仓皇地你推我推你的人们一样忙着逃命,他做不到丢下米小蕾一个女孩子自己先跑。可奇怪的是,原本骆烨和米小蕾是站在整个"拉斯维加斯"的大厅里比较靠内的位置,由于人们争先恐后地逃跑,这里已经变得空荡荡的,但米小蕾却好像凭空消失了一样。

难道是刚才灯光熄灭引发混乱的几分钟,米小蕾已经跟那些惊慌失措的人一起跑出去了?倒也不是没有这种可能,女孩子嘛,胆子都比较小的,而且米小蕾那样柔弱,被人群一推一挤恐怕身不由己就被卷出去了。

想到这里,骆烨也不再迟疑,准备转身就走。

然而,就在他刚刚转过身的那一刹那,骆烨身后传来一声冷笑。

骆烨骤然停下脚步,错愕无比地回头看去。

那个声音他很熟悉,是米小蕾!

果然,在骆烨身后,米小蕾正背对着骆烨站在那里,她的头高仰着,全身上下都仿佛笼罩在一层罩子里,发出银白色的光芒。

骆烨呆住了。

这……到底是怎么回事?米小蕾怎么会突然出现?而她现在……身上的光芒又是从哪儿来的?

在骆烨呆呆地注视下,米小蕾缓缓地转过身来。

骆烨险些惊叫出来——这个人,真的是米小蕾吗?

紫色的眼睛里流动着妖异的光彩，瞳孔变成了浅绿色，仿佛镶嵌在紫水晶上绿宝石，一道诡异的伤痕从额头延伸到鼻梁正中，让米小蕾原本美丽可爱的面孔变得极其可怕，她那原来娇艳得似玫瑰花瓣的红唇现在仿佛抹上了一层鲜血，让人感到恐惧。

骆烨说不出话来了，他甚至已经忘记了自己在哪儿，仿佛被魔鬼附体了一样的米小蕾吸引了他所有的注意力。

米小蕾妖异的紫色双眸紧紧地盯着骆烨，一个有些扭曲的笑容浮现在她脸上。

突然之间，一声巨响从他们头顶响起。

在他们头顶上的一盏吊灯，突然炸裂开来！巨大的花瓣灯罩裂成几块，纷纷落下来。

就在这个时候，米小蕾猛地抖了两下，然后就仿佛被一下子抽走了全身的力气一般，整个人像变成了煮熟的面条，软绵绵地向后倒去。

"危险！"骆烨大叫出声，他再也来不及想更多，猛地扑了过去，紧紧揽住米小蕾向旁边滚去。

骆捷猛地从床上弹了起来。

虽然紧接着胸口就涌上那股折磨了他几天的炙热，但一种仿佛被撕裂般的痛楚却并非那种炙热所能带来的。

一定是骆烨出事了！

骆捷一把抓起扔在一旁椅子上的衣服，飞快地换好。

骆烨今天放学之后没有马上回家，骆捷虽然不知道他究竟去了哪里，但凭他对骆烨的了解，骆捷推测他多半是去缠着谢凌菲了，因此，骆捷抓起自己的手机直接拨了谢凌菲的号码。

电话刚一接通，骆捷便迫不及待地问道："谢凌菲，骆烨有没有跟你在一起？"

谢凌菲听得出骆捷声音里的焦虑，她立刻问道："骆烨怎么了？"

骆捷也来不及解释更多，只是简单地说道："我觉得他好像出了什么事儿，你知道他可能会去什么地方吗？"

谢凌菲也有些紧张起来，她想了想，回答道："他本来是说约我一起去游戏厅，不过我临时有事没能和他一起去。"

"拉斯维加斯？"骆捷不由得脱口而出。他知道，骆烨最喜欢也最经常去的游戏厅就是"拉斯维加斯"，他飞快地向谢凌菲道了谢，随即挂断了电话。

他要马上赶到"拉斯维加斯"去。

正要出门的时候，家里的大门却被打开了，刚刚买好菜回来的陈雨涟错愕地看着一脸焦急神色的骆捷，问道："小捷，你这是怎么了？你不是还在生病吗？你要去哪里？"

骆捷没有时间跟陈雨涟解释,他也看到了陈雨涟眼里的惊慌,于是勉强地笑了笑:"妈妈,有个朋友有急事找我,我出去一下。"

说着,他就闪身出了门。

"小捷……"陈雨涟追了出来,叫住了骆捷。

骆捷回过头,看着陈雨涟。陈雨涟仿佛一下子老了很多,藏不住脸上的惊惶和担忧,只是怔怔地看着骆捷,那样的目光让骆捷的心也痛了起来。

"小捷……"陈雨涟终于还是笑了笑,虽然她眼睛里已经有泪光闪动,"早点儿回来吃饭,今天妈妈做你和小烨都喜欢的可乐鸡翅。"

骆捷的心仿佛被一只大手狠狠捏住,他用力点了点头,笑着回答:"知道啦!"

陈雨涟看着骆捷转过身,飞快地朝电梯跑去,她紧紧咬着嘴唇,把自己的呜咽憋在喉咙里。

虽然骆捷什么都没有说,可陈雨涟感觉得到,能让他这样不顾一切地赶去,一定是骆烨出了事。

这两个孩子,都是她的心肝宝贝,可在这样的时候,陈雨涟却只能什么都不问什么都不说,等着他们回来。

从十年前开始,命运就剥夺了她像一个最平凡的母亲那样去爱这两个孩子的权利。

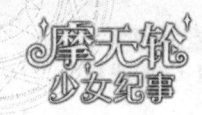

当骆捷以最快的速度赶到"拉斯维加斯"时,游戏厅周围已经拉起了警戒线。

灰色和黑色混杂的滚滚浓烟从"拉斯维加斯"四敞大开的金色大门里不断冒出来,身穿白色制服的工作人员和慌乱的顾客们一个个从大门里跑出,闻讯赶来的警察和消防队员们把看热闹的人群隔离在安全距离以外,被救出来的顾客们统一被安置到不远处的急救站接受简单的检查,如果有伤口会立刻得到治疗。

骆捷的不安并没有因为看到救援人员而缓解,他能够感觉得到,骆烨并不在那些坐在急救站里的人里,他应该还在火场里边。

果然,当骆捷一一扫视过急救站里的人之后,他肯定了自己的猜测。

更大的恐惧就这样压迫上来,几乎让骆捷无法呼吸,他拼命朝前面挤去,直到被警察和消防队员拦住。

"你不能过去!"一名消防队员拉住骆捷,"里边的火势还没有被控制住,非常危险!"

"我弟弟在里面!"骆捷朝那个消防队员大吼着,"我要进去找他!"

"你冷静一点儿。"另外一个刚从"拉斯维加斯"里边跑出来的消防队员闻声走了过来,"里边的明火并不严重,只要找到火源就很快会控制住,受伤的人员也并不多,我们正在进行救援。"他看了看骆捷,"你弟弟有什么特征吗?"

"我们是双胞胎!"骆捷抓住这个消防队员,紧紧地盯着他,"你有见到一个跟我长得一模一样的人吗?"

消防队员想了想,摇了摇头:"抱歉,火场里边烟雾很大,我也没有特别注意。不过请放心,我们一定会把所有人都救出来的!"

骆捷已经听不到这个消防队员在说什么了,在他的手指接触到这个消防队员的那一刻,火场中的所有一切都已经在他眼前展现出来。

烟雾、烟雾、烟雾。

偌大的空间里充满了烟雾,让一切都变得模糊不清。

偶尔可以看到不大的火苗蹿出来,但很快就被消防队员手中的水龙浇灭。一群群顾客哭叫着,相互推搡着,消防队员们一边大声安抚他们,一边引导他们快速逃离现场。

但骆烨不在这些人中间!

"骆捷!"忽然,有人在骆捷身后叫了他一声。

画面被打断了,骆捷回头,谢凌菲就站在他身后。

骆捷的电话，是谢凌菲刚刚重新开机就接到的。

她知道自己的情绪在听到教官说的那个消息之后有些失控，所以，当她冷静下来之后，第一件事就是马上开机。

或许是第六感作祟，谢凌菲在开机的那一刹那，就有一种仿佛阴影般的东西掠过她的脑海。

心在电话铃声响起的那一刻也跳得格外快。

当她从电话中听到骆捷焦虑的声音时，谢凌菲知道，骆烨一定是遇到了什么很严重的麻烦或者危险。

骆捷自言自语的"拉斯维加斯"成了唯一的线索，谢凌菲也立刻离开了家，赶往"拉斯维加斯"。

当她从的士上下来，远远望见那栋夸张的五颜六色的建筑里冒出的滚滚浓烟的时候，谢凌菲的心也提到了嗓子眼。

她跑到围观的人群里，拼命朝前面挤去。

于是，她看到了正在和消防队员撕扯的骆捷。

谢凌菲的心一下子沉了下去，内疚仿佛潮水一样漫延上来。

她知道，骆捷这样做，只有一个原因，那就是骆烨不在那些已经获救的人里边，他还在那栋冒烟的建筑物里，甚至可能已经……

那种最坏的可能让谢凌菲不敢去想。

她并非没有见过生死，她也曾经以为自己对生死可以无所谓，但现在这一刻，她猛然发现，过去的自己和现在的自己已经不同了。

那个仿佛机器人一样的自己，和现在这个会担心别人牵挂别人的自己，不同了。

谢凌菲在那一刻甚至有些恨自己，如果她跟骆烨一起来，也许骆烨就不会遇到这样的危险。

骆捷看到谢凌菲也有些惊讶，他走到谢凌菲面前，一贯平和淡然的表情被焦虑取代："谢凌菲，你……你怎么也来了？"

谢凌菲听得出骆捷的声音在发颤，他一定是非常担心骆烨吧？

"骆烨呢？"虽然明知没有希望，谢凌菲还是问了一句，"你没有看到他？"

骆捷摇了摇头。

"也许……也许他不在这里……"谢凌菲说道，"也许他已经走了……"

骆捷还是摇了摇头，低声说道："不可能。我路上一直在打他的手机，一直打不通。

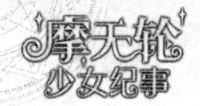

况且，我知道的……如果他真的没事了，我会知道的。"

谢凌菲明白他和骆烨之间那种奇特的感应，听骆捷这样说，那种压在她心头的负疚感更加沉重了。

"骆捷，我们分头找一下吧……"两个人相对沉默了一会儿，谢凌菲忽然低声说道。

她的神情也不再像刚才那样不安和紧张，反而有了种笃定，似乎是做了什么决定。

"我们分头找一下，你也看到了，这里乱七八糟的，也许骆烨已经被救出来了，只是因为太混乱我们没看到他呢。或者看一下能不能问问那些负责救援的消防人员和这里的工作人员，有没见过骆烨，也许你的感觉错了，骆烨真的不在这儿。"谢凌菲飞快地说着，又恢复了她平时那种镇定自若的样子。

骆捷听着，虽然眉目间还是有些疑惑，但终于被谢凌菲说服了，他们分头朝不同的方向找去。

谢凌菲一边走着，一边不时回头看看骆捷，当她发现骆捷已经慢慢消失在围观的人群之中时，谢凌菲猛然加快了脚步，朝"拉斯维加斯"旁边的一条小巷跑去。

这条小巷是个死胡同，除了有时给巷口那家"7-11"便利店送货的车子会开进来停一下以外，基本不会有人经过，况且附近的人现在基本都跑到"拉斯维加斯"门口去看热闹了，这里更是寂静得连只鸟都看不到。

谢凌菲走进小巷，警惕地环顾了一下四周，确定真的空无一人后，她站定了，双手在胸前交叉，垂下头，凝神静气。

一个闪烁着光芒的圆圈渐渐在她脚下形成，还带起一阵小小的旋风，卷起地上的灰尘和叶片。

谢凌菲的身影，就在这个光芒四射的圆圈里，瞬间消失了。

她出现在火场里。

由于浓烟的掩护以及火场中的一片混乱，没有人注意到这个突然出现的女孩子，谢凌菲出现的位置也是在整个大厅中比较偏僻的一个角落，除了呛鼻的味道和隐约可见的火星，这里已经变得空荡荡的，一个人都没有。

谢凌菲定了定神，全神贯注地开始观察周围。

她的第二种异能，瞬间移动，除了可以在转眼之间从一个地方到达另一个地方，也同时可以根据她熟悉的人或物来定位，这种附加的功能在她参加训练的时候，曾经被队友们开玩笑地叫作"人体 GPS（全球定位系统）"。

由于这里并没有窗户，所以几乎是一片黑暗，谢凌菲虽然进行过夜视训练，但由于

烟雾的干扰她很难准确地观察周围的情况。可奇怪的是，从她所看到的，这场意外的火灾似乎并不像从外面看上去的那么严重，大部分游戏机器还是完好的，没有被烧过的痕迹。

谢凌菲的心稍稍放下了些许，既然火势不大，那么人员受伤的可能就很小了，这样的话，骆烨或许只是被困，并没有生命危险。

她就是根据骆烨的气息而移动到了这里，骆烨应该就在附近。谢凌菲一边小心翼翼地慢慢走着，一边轻声叫骆烨的名字。

没人回答她。

忽然间，从谢凌菲左前方传来一声呻吟。

谢凌菲猛地抬头，那边有两台游戏机似乎是被上面落下来的大吊灯砸到，东倒西歪地靠在一起，那声呻吟正是从那两台游戏机后面传过来的。

谢凌菲立刻快步走了过去。

沉重的游戏机在她面前仿佛变得轻若鸿毛，谢凌菲伸出手去轻轻一按，那两台游戏机就像面团一样塌了下去，她推开那两台游戏机，就看到了躺在后面的骆烨。

"骆烨！"谢凌菲惊喜地叫道，急忙跨到骆烨身边，蹲下来伸手摸了摸他的脉搏，还好，骆烨的心脏跳动得虽然有些微弱，却很规律，谢凌菲快速地检查了一下骆烨全身，也没有发现什么明显的伤痕，除了右边的手臂上有些擦伤看起来比较严重之外，算得上完好无损。

只有一点让谢凌菲有些疑惑：骆烨躺倒的姿势非常奇怪，侧着身子，左臂压在下面，向前伸出，右手搭在左手手腕上，手指还微微蜷曲着，肩膀也微微耸起，这样的姿势似乎是他倒下去的时候还抱着什么东西一样。

可他怀里明明是空荡荡的什么都没啊！

来不及想那么多，当务之急是要把骆烨带出去。

谢凌菲扶起骆烨，虽然骆烨比她高了半个头，但他那高大的身躯被她撑起来也毫不费事。只是……谢凌菲看着挡住路的两台游戏机，再次伸出手去用力推了两下。

她的手就好像一只钢铁巨爪一样，游戏机在她的推力下吱嘎作响，仿佛被铁锤重击一样瘪了下去，为谢凌菲和骆烨让出一条路来。

让骆烨靠在自己的肩上，谢凌菲架着他朝外面大步走去。

不知是不是因为受到了震动，骆烨忽然间剧烈地咳起来。

谢凌菲猛然停了下来，眉头紧紧皱了起来。

她差一点儿忘记了，虽然骆烨没有什么明显的外伤，但是在高温和浓烟的环境下待了这么久，他的呼吸道一定受到了伤害！

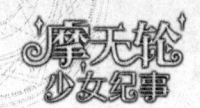

可现在,谢凌菲根本找不到什么应急的处理办法。

只能尽快带骆烨出去了。

谢凌菲一边架着骆烨大步向外走去,一边高声叫道:"这里有人受伤!来人啊!快来人帮忙啊!"

很快,就有消防队员听到了叫声,朝这边赶来。

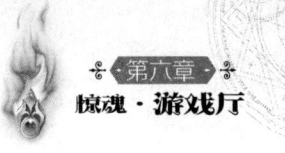

第六章
惊魂·游戏厅

骆捷看到骆烨和谢凌菲一起被消防队员从大门中送出来时,他惊喜地冲了上去。

"骆烨!骆烨!"一边大声叫着弟弟的名字,骆捷一边奋力挤开人群,一直冲到了骆烨面前。

"你是他哥哥吗?"负责救援的消防队员看到那张和昏迷中的骆烨一模一样的脸也愣了一下,"请先跟他保持距离,我们要为他检查一下。"

骆捷听话地退开了几步,目光自然而然地落在谢凌菲身上。

谢凌菲也被强制送去进行检查,骆捷看着她,惊喜之后,疑虑渐渐浮上心头:他记得谢凌菲说是要分头去找人兼打听消息的,怎么会突然出现在火场里?而且就那么巧,消防队员们都没有发现骆烨,她居然找到了。

骆捷从那一次被谢凌菲误认成骆烨抓住开始,就已经有些觉得奇怪——那种奇怪的烧灼感应该是谢凌菲造成的。而且,骆捷知道自己的"那种能力",只要他愿意,他就可以从接触到的任何东西上看到这件东西的过去。

比如他和谢凌菲第一次相遇的时候,他正是因为接触了那辆肇事汽车,才了解了事情的前因后果,才能站在谢凌菲和那个小女孩的立场上为她们辩解;而刚才他来到这里,通过跟消防队员的接触,他也能看到火场内的情况。

而这一次却奇怪得很,从他对谢凌菲产生怀疑开始,骆捷在谢凌菲来看他的时候很多次试图从她身上了解她的过去,但他什么都看不到。

所以他才会对骆烨说"谢凌菲没有过去"。

这是骆捷第一次遇到这么奇怪的事情,谢凌菲这个人太神秘了。如果按照学生手册上登记的资料,谢凌菲应该是父母出国工作而独自一人在本市念书,真的是这样的话,骆捷不可能看不到她的过去,除非这些资料是假的。

如果资料是假的,那么谢凌菲为什么要伪造入学资料?学校为什么又没有察觉?谢凌菲到底是什么人?

骆捷不能不怀疑谢凌菲是跟他们一样有"能力"的人,只是他猜不出谢凌菲来到月舞高中究竟是想要做什么。

也正因如此,骆捷才不希望骆烨和谢凌菲有过多的交往。

而这次意外的火灾,几乎证实了骆捷的猜测——如果谢凌菲不是有"能力"的话,她究竟是怎么把骆烨救出来的。

各种各样的想法把骆捷的脑子搅成了一锅粥,他站在急救站的帐篷外面,看着谢凌

菲从里边走出来。

谢凌菲原本白色的T恤被烟熏过又沾上不少灰尘，变得灰扑扑的，胸前那只流氓兔的脑门上似乎还被烫出了一个洞，她的头发上也沾满了灰，失去原本亮丽的光泽，还有几缕头发大概是被烤得弯曲起来，看上去很是滑稽，好在牛仔裤是深灰色的，虽然也沾了灰尘但看不太出来，只是原本纯白色的腰带现在凄惨得很，几乎变成黑色的了。

这样一副狼狈的装扮，仍然盖不住谢凌菲那双闪耀着光彩的眼睛，那种深邃又透明的蓝色在阳光下格外美丽，她脸上也满是汗水和灰尘，饱满的红唇显得有些干涩，可一看到骆烨，那张神采奕奕的脸上立刻露出欣慰的笑容来。

"怎么样？骆烨没事吧？"还没等骆捷开口，谢凌菲已经先问了，"我也没时间仔细看，他右边手臂好像有点儿擦伤，应该不要紧的。"

"他还在检查……"骆捷如释重负地笑笑，"不过应该没什么大碍。我真的要好好谢谢你，冒着生命危险救他出来。"

谢凌菲摇了摇头，语气很是轻松："我刚才绕到另外一边，看到有个侧门，我运气好，那扇门锁被烧坏了，我就冲了进去，一进去就看到骆烨了。他昏迷的位置比较偏僻，所以消防员一直都没发现他。"

骆捷并没有追究谢凌菲这番话的真实性，他听了只是点了点头说："那还真的是很巧呢，不是你的运气好，应该说是骆烨的运气好才对。"

谢凌菲笑笑，没再说话。

她知道自己这次行动有些冒险，如果万一被人发现她的异能，她接下来的日子就会很艰难。可让她对骆烨见死不救，谢凌菲是绝对做不到的。

"你可以进来了。"忽然，一位穿白大褂的医生从急救站里走出来，对骆捷说道，"你弟弟醒过来了。"

骆捷急忙跟着医生走了进去，他一眼就看到躺在简易病床上的骆烨正扭着头看向他。

"骆烨！"终于彻底地放下心来，骆捷三两步走到骆烨身边，半跪下来看着他，伸手摸了摸他的额头，"没事吧？"

骆烨的嗓子有些哑，但一看到骆捷，他还是笑了起来："老哥，你果然来了。"

骆捷轻轻叹了口气："我知道你出事了，你啊，真是没有一天让人省心。你赶快想想等一下回去要怎么跟老爸老妈解释吧。"

骆烨立刻哀号了一声："拜托，我刚醒过来，不要让我想这么可怕的问题！"

骆捷被他逗笑了，想给他一巴掌，却最终只是轻轻地弹了弹骆烨的脑门："我警告你，别想把我拖下水！这次是你运气好，不然的话……"

他的话猛然顿住了,因为他看到骆烨骤然睁大了眼睛,目光死死地盯着一个方向。

顺着骆烨的视线看过去,站在那里的是谢凌菲,显然,她是跟在骆捷后面进来的,只是因为不想打扰他们说话才没有马上走过来。

"骆烨?"骆捷有些不确定地轻声叫了骆烨一声。骆烨的表情变得很奇怪,他死死地盯着一步步走上前来的谢凌菲,仿佛第一次看到她。

谢凌菲朝骆烨笑了笑:"喂!看到救命恩人也不用摆出这么一副嘴脸吧?我可没长三头六臂!"

玩笑似的语气,让骆烨慢慢放松下来,但他的目光里还是掺杂了迟疑,可一开口却还是那副气死人不偿命的无赖口吻:"救命恩人?哇,那我要怎么报答你?以身相许好不好?"

谢凌菲"哼"了一声,看了看骆捷,意思是你看这家伙缓过一口气来就开始油嘴滑舌占人便宜了。

却没想到骆烨"哧"的一声笑了:"我要以身相许,你看我老哥干吗?"

这下子连骆捷也有点儿窘了,他瞪了骆烨一眼:"说个话比乌鸦叫还难听,就别说了,让你那破喉咙休息休息吧!"

骆烨吐了吐舌头,乖乖地闭上嘴巴。

谢凌菲双手抱胸,朝骆烨抬了抬下巴说:"好啦,既然你没事,那我就先回去了。今天放你的鸽子,实在对不起,下次有机会我会补偿你的。"

骆烨翻了翻眼睛没说话,骆捷站了起来说:"真的多谢你……"

谢凌菲摇摇头笑笑:"他会受伤,也有我一半责任,不用谢我,我走了。"

骆捷看着谢凌菲转身离开,一低头,却发现骆烨也同样注视着谢凌菲远去的背影,但目光中再次充满了疑惑和不解,还有一丝几乎看不出的受伤。

骆捷和骆烨回到家里时已经很晚了，陈雨涟和骆年担心得不得了，一见他们进来就过来问长问短，见到骆烨身上的绷带和被烟熏火燎得一塌糊涂的衣服，夫妻俩吓得差点儿背过气去，不停地追问到底出了什么事。

骆烨被烦得不行，骆捷也知道现在不是跟父母解释的时机，只是淡淡地说他们遇到游戏厅火灾帮忙救人所以回来得晚了一点儿，好不容易才让陈雨涟和骆年放下心来。

"爸妈，我们都很累了，让我们先休息一下好吗？"骆捷看着骆烨，知道他已经濒临爆发的边缘，急忙推了推陈雨涟，"我们还没吃晚饭，不过现在也不早了，帮我们煮个面就好了。"

"哦……好好……"陈雨涟一口答应着，急忙朝厨房走去。

骆年也赶忙说："先洗澡换衣服吧，换下来的衣服给我，我拿去洗。"

简单地冲了澡，吃了点儿东西，骆捷和骆烨回到自己的房间里，骆烨直接爬上了床，两眼一闭，看起来打算呼呼大睡了。

骆捷也在床上坐了下来，他目不转睛地看着骆烨，好一会儿，骆烨猛地睁开眼睛，恶狠狠地瞪着骆捷叫道："看什么看啊！我没少一根头发！"

说着，他一翻身坐了起来，声音虽然压低了却还是充满了怒气："还是你又打算说我到处闯祸了？我乱用我的能力了？我说不是你会相信我吗？"

"骆烨。"骆捷站了起来，走去轻轻拍了下他的肩膀，"我没说我不相信你。"

骆烨愣了一下，错愕地看着骆捷。

骆捷又坐回了床上，白天太过于紧张，现在放松下来之后，原来那种充溢全身的灼热感再度涌了上来，只是这已经比之前两天好了很多。

他给自己找了个舒服的姿势靠在床头上，看着骆烨说道："如果你不想说的话，那就什么都不用说了，早点儿休息吧。"

"我……"骆烨完全没有想到骆捷居然真的不打算追究，这可太不像平时的他了。往常自己连耍一个小小的恶作剧都会被他念上两三天，这次差点儿送命，他就这么放过自己？

可是看着骆捷闭上眼睛向后靠在床头上的样子，似乎确实不打算多问了，骆烨反而有些不安起来。

虽然最后冲进火场的不是骆捷，但骆烨相信，如果没有被那些消防队员拦下来的话，骆捷一样会奋不顾身地冲进来找自己的。

虽然他昏迷着,但是模糊的意识仍旧能够感觉到骆捷焦急的心情和牵挂。

双胞胎确实很奇妙,很多东西,不必言说,就可以心心相通。

"算了。"犹豫了一会儿,骆烨撇了撇嘴,"我……我如果说的话,今天晚上我们都不用睡觉了,我看你这么累,还是改天再说吧。"

说完,骆烨本想一头躺倒,却听到骆捷淡淡地问:"你是要说谢凌菲的事情吗?"

骆烨放弃似的叹了口气,抓了抓自己蓬松的头发:"好吧好吧,我知道瞒不过你……"

在火场里,当谢凌菲叫骆烨名字的时候,骆烨是醒着的。

或者说,他算不上百分之百的昏迷。

虽然意识不是很清醒,全身也丝毫没有力气,但是骆烨听到了谢凌菲的呼唤,他想回答但是没有力气。

对于谢凌菲会出现在这里,骆烨其实很惊讶。

骆捷会来找他,他并不奇怪,可是谢凌菲怎么也会来?而且连骆捷都进不来的火灾现场,她是怎么进来的?

有些迟钝的脑子里思考着这些问题,骆烨不知道谢凌菲是怎么来到自己身边的,但是当她俯下身来扶起他的时候,骆烨总算确定自己不是在做梦。

他贴近的身体矫健而温暖,有着女孩子的柔软和芳香。

但接下来发生的事情,却让骆烨再度有了一种自己在做梦的错觉。

他看着谢凌菲抬起手来按向挡在他们面前的游戏机,那钢铁制成的巨大机器在谢凌菲的手掌下仿佛是小孩子玩的橡皮泥,只要她轻轻一推,就会凹陷下去,直至变形。

如果不是骆烨的身体和谢凌菲的身体紧紧靠在一起,他甚至可以感觉到她心脏怦怦的跳动,骆烨一定会以为自己是在做梦。

但这是真实的。

就在他眼前发生。

骆烨想起了骆捷说过"谢凌菲没有过去",他当然知道骆捷的"那种能力"是什么,可直到现在骆烨才相信骆捷说的是真的。

骆捷看不到谢凌菲的过去。

谢凌菲随手就可以破坏掉游戏机。

如果不是亲眼所见,骆烨真的不相信世界上有人可以做到。他自己是有异能的人,他也一直都相信这个世界上有着其他跟他们一样的人,但这是他第一次见到除了骆捷以外的,同类。

她到底是什么人呢?

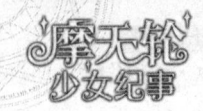

"骆捷,你说你看不到谢凌菲的过去,到底意味着什么?"骆烨问。

骆捷摇摇头:"我也不知道。我从来没有遇到过她这样的人,在学生手册上她的资料清清楚楚,可是我就是什么都看不到。"

"那就是说她的资料是伪造的?"骆烨惊异地瞪大眼睛,"她为什么要伪造资料?"

骆捷苦笑:"我既不是福尔摩斯也不是柯南,如果我知道真相的话会不告诉你吗?"

"喊!"骆烨一跃而起,"这还不简单!你想知道的话,直接去问她就行了!"

"什么?"骆捷这下子可是大惊失色,他急忙坐起来,"骆烨,这个玩笑一点儿都不好笑!"

"谁跟你开玩笑啦?"骆烨一副"怎么可能"的表情看着骆捷。

骆捷有点儿哭笑不得:"骆烨,你觉得她会告诉你吗?"

"为什么不会?"骆烨甩甩头发,"大不了也告诉她我和她一样,反正照你说的,如果她接近我真的有什么目的的话,那可能她已经知道我有那种能力了,大家都直接一点儿坦荡一点儿,绕来绕去,藏来藏去的,何苦呢?"

骆捷连连摇头:"骆烨,别把事情想得那么简单。我也不敢肯定谢凌菲真的是故意要接近你……"

他的话还没说完,就已经被骆烨抓住了话柄:"哦……原来你也不能肯定?那你干吗还要让我离她远点儿?算了,反正现在就算她不来查我,我也要去查她!"

"你……"骆捷一时之间还真的找不出什么理由来阻止骆烨,无奈之下,他只好换了个话题,"算了,这件事慢慢再说吧。对了,你今天好好的怎么会被困在火场里边?"

这点也是骆捷想不通的地方:既然谢凌菲没有跟骆烨一起去游戏厅,那么骆烨一个人没理由在里边待着不走,就算他真的玩游戏太入神了,可是警报响起之后也应该跟着大家一起逃生的,除非他真的那么倒霉直接被什么东西砸晕了,可他身上又没有被砸伤的痕迹,所以骆捷百思不得其解。

"我……"骆烨回想自己在游戏厅里的经历,"我就是觉得无聊,然后换了一堆游戏币打算玩个痛快,但是不知道为什么玩什么都提不起兴致。然后……然后……"

骆烨茫然地看着骆捷:"然后我就想不起来了。"

"什么?"骆捷吃惊地看着骆烨。

"真的……"骆烨苦恼地歪歪头,"好像是,看别人在玩游戏吧?真的不记得了……"

为什么会这样?一愣之下,骆捷伸手抓住了骆烨的手。

骆烨记不起来没关系,他还可以帮他"看到"。

很快,骆捷放开了骆烨,但脸上的神色也非常古怪。

"怎么了?"骆烨紧张地看着自家老哥。

"你……似乎是跟一个你熟悉的人在一起……"骆捷慢慢说道,"可我看不清她是谁……"

"也许你不认识她。"骆烨急忙说,"她长什么样子?"

骆捷又摇了摇头:"好奇怪,我只能看到你是跟一个人在一起,你们在游戏厅里转来转去,可他是男是女我都不知道,因为他似乎被一层雾气包围着,我看不清他。"

"那……后来呢?"骆烨追问。

"后来……"骆捷的眉头不知不觉皱了起来,"后来,似乎有一大团光芒一下子迸发出来,我什么都看不到了。"

怎么会这样?

兄弟俩你看看我,我看看你,不约而同地都感受到了一阵寒意。

在他们看不到的地方,似乎有一张无形的大网,正在慢慢张开……

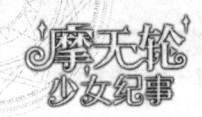

谢凌菲是被窗外小鸟的叫声唤醒的。

她睁开眼睛，明亮的阳光透过窗帘照进来，明晃晃的，谢凌菲猛然意识到自己似乎已经睡过头了！

怎么会这样？谢凌菲一骨碌从床上爬了起来，惊讶地看着墙上的时钟已经指向了七点半，天啊，她足足比平时晚醒了一个钟头！

一边急忙跳下床洗漱换衣服，谢凌菲一边疑惑地想着，难道是因为昨天运用了太多异能的缘故吗？可是在以往的训练期，她即使使用再多的异能也不会觉得这么累啊……或者是因为不同时空的原因？

啊啊，现在想这些都没用了，谢凌菲胡乱地从衣柜里抽出套衣服换上，抓起书包就朝楼下冲去。这个时间出门她眼看就要迟到了，身为班长迟到的话，估计会被当成月舞的第一大笑话吧！

一边往楼下跑，谢凌菲一边看着自己的手表：现在已经是七点四十分了，看来除非坐的士去学校，不然八点钟之前是无论如何没办法准时赶到了。

可是且不说现在刚好是上班时间，的士很难打到，就算真的运气好碰到一辆空车，万一在路上塞车那不是更惨！

完蛋了完蛋了，谢凌菲在心里哀叹着，可一跑出公寓大门，她就愣住了。

在大门外面，停着一辆银蓝色的电动车，骆烨穿着一条藏蓝色的牛仔裤，搭配米黄色的格子上衣，坐在电动车上，一只脚支在地上，正朝她笑得无比灿烂。

阳光从头顶的树隙中星星点点落下来，骆烨蓬松的头发仿佛被洒上了一层碎金，闪闪发光，他浓黑的眉高高挑起，宛如黑水晶一样的眼睛微微眯着，挺直的鼻梁下，性感的唇线勾出一个有些懒散有些得意的微笑，让他看上去颇像个花花公子。

看到谢凌菲，骆烨朝她招招手，笑眯眯地说："嗨，早上好啊！"

谢凌菲的嘴角不禁抽搐了两下，

她走到骆烨面前，这才注意到骆烨原本光滑的面颊下方贴了两条创可贴，额头上也有一块不太明显的淤青，看来都是昨天那场火灾造成的。

"喂，你手臂没事吧？"谢凌菲一边说一边伸手在骆烨的右臂上拍了拍，立刻引得骆烨龇牙咧嘴地抗议："哇！你轻点儿哎！很痛的！"

就知道你死撑！谢凌菲在心里鄙视了骆烨一下，皱起眉问道："你跑到我家来

第六章 惊魂·游戏厅

干什么?"

"接你上学啊。"骆烨说得理直气壮,"不过,社长,你现在的形象真是……太让我惊讶了……"

我的形象?

谢凌菲低头打量了一下自己,由于太过匆忙,她根本没注意自己的外形,现在的她穿了条绿色的休闲裤,配的却是件红色的DISNEY(迪士尼,服装品牌)的T恤,前胸部分是一只圆滚滚的维尼熊图案,而她一贯梳理得整齐的短发也显得凌乱,还有几绺调皮的额发翘了起来。由于刚刚睡醒还有些迷离的大眼睛雾蒙蒙的,双颊也红扑扑的好像苹果一样可爱。

这个样子的谢凌菲,不似她平时那样显得成熟严肃,反而露出了难得的孩子气。

不过谢凌菲对于自己的外形向来没有太多的想法,见骆烨眼睛眨都不眨地盯着自己,谢凌菲忍不住又拍了拍他的右臂:"你看着我发呆干什么?"

"嘶——"骆烨再次痛得龇牙咧嘴,他露出一副哀怨的表情看着谢凌菲,"谋杀啊……你明知道我痛还要拍!"

"谁让你两眼发直神游天外的!"谢凌菲懒得跟他多说,抬起手腕看看表,惊叫一声,"啊!四十五分了!死了死了,这次铁定迟到了!"

"不会啦不会啦!"骆烨终于想起自己是来干吗的,他塞给谢凌菲一顶安全帽,指了指电动车的后座,"快上来,十分钟内保证你看到月舞的大门!坐好了哦!"

谢凌菲将信将疑地坐上了电动车,骆烨猛地发动了车子,谢凌菲幸好一把抓住了骆烨的肩膀才没有被甩下去。

这也……太快了吧……

电动车的速度实在让谢凌菲有些目瞪口呆,简直跟小型的摩托车有一比了!她在骆烨耳边大声问道:"你的车子是怎么回事?是不是改装过的?"

骆烨得意地笑着,虽然没有回答,但很明显是承认了。

坐在电动车的后座上,谢凌菲忽然想起这好像是自己第一次被一个男孩子载。

大约是在风中飞驰的感觉很棒,骆烨已经大声地吹起口哨,谢凌菲在那一瞬间,竟然觉得这种感觉也蛮不错的。

车子在月舞高中门口停下的时候,居然真的刚好七点五十五分。

骆烨朝谢凌菲笑:"没骗你吧?"

说着,他推着车子,和谢凌菲一起走进校门。

谢凌菲赶着去教室,却还是没忘记对骆烨笑笑说道:"谢谢。"

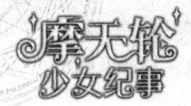

骆烨眼睛一亮，立刻像八爪鱼一样缠了上来，拉住谢凌菲，笑嘻嘻地说道："一分钟！社长大人，就耽误你一分钟！"

"快说！"谢凌菲催促着。

"如果真的要感谢我的话，今天放学之后和我一块出去走走吧？"骆烨说完，立刻放开手推着电动车拔腿就跑，好像生怕谢凌菲会一巴掌拍过来一样。

谢凌菲愣了一下，这才反应过来骆烨根本没有留给她拒绝的机会，她看着骆烨已经跑远的背影，无可奈何地叹了口气。

这个家伙……还真是让人头痛，如果他不是目标……

如果他不是目标，也许自己就不会注意到他，不会有意去跟他接触了吧？谢凌菲也有些矛盾起来，还是说，如果骆烨不是异能者，自己就可以把他当成一个普通的朋友那样对待？

不过这个世界上是没有如果的。

放学时，谢凌菲果然在校门口看到了骆烨。

她朝他走过去，骆烨立刻笑得仿佛天上掉了个大元宝下来，谢凌菲一看到他这种表情，就忍不住想要皱眉头。

骆烨一见到谢凌菲皱眉头，马上又换了副委屈的表情，朝谢凌菲拼命地眨眼睛。

"你眼睛抽筋了？"谢凌菲实在看不过去，问道。

骆烨摇摇头："社长，我这是在给你送秋天的菠菜啊！"

秋天的菠菜？谢凌菲呆了一下，随即反应过来骆烨是说他在"暗送秋波"，她忍不住扑哧一声笑了出来，瞪了骆烨一眼："秋天的菠菜？还冬天的大白菜呢！无聊！"

骆烨见她笑了，终于现出松了一口气的样子："社长，要让你笑一笑还真不容易啊。"

"对了，我一直想跟你说，骆烨。"谢凌菲想起了什么，看着骆烨说，"你干吗总是叫我社长，你不知道我名字吗？"

"知道啊……"骆烨挺了挺胸，"叫你社长是表示我对你的尊敬还有……"

"啊……行了行了行了！"谢凌菲实在不想再听骆烨扯皮了，她一举手又想去拍骆烨的手臂，不过这次骆烨学乖了，见她手一抬就立刻跳到一边。

一边说着这些话，他们两个人已经不知不觉走出了月舞的校门，来到了大路上。

"谢凌菲……"骆烨还是第一次叫谢凌菲的名字，险些咬到自己的舌头，他有些好奇地问道，"我说叫你出来一块玩，你居然真的答应啦？"

谢凌菲耸耸肩："昨天是我不好，随便失约，所以今天就当补偿你了。"

第六章 惊魂·游戏厅

"对啊!"提起昨天的事情,骆烨立刻来了精神,故意做出一副气势汹汹的样子说道,"你不说我都忘记了,我昨天在你家楼下站了一个小时呢!你居然随便说句话就赶我走,你太过分了吧!"

"对不起。"谢凌菲停了下来,转身看着骆烨,很认真地道歉。

昨天的事情,虽然是她的情绪失控,但骆烨毕竟是当了一次无辜的炮灰。而且如果不是因为自己没有跟他一起去,骆烨说不定也不会遇到火灾那么危险的事情,甚至还因此受伤了。

见谢凌菲这么认真地道歉,骆烨反而有点儿不自在起来,他摊了摊手说:"算了,我心胸宽广,就当这件事没发生过好了。不过……喂,你干吗好好的突然就不跟我去了?"骆烨想起在电话里谢凌菲冷冰冰的四个字,忽然想到了什么:"你是不是……当时有什么不开心的事?"

谢凌菲微微苦笑了一下,没有回答骆烨。

骆烨看着谢凌菲的表情,心里忽然有些小小的别扭。

他不是傻子,当然看得出来谢凌菲是不愿告诉他,这让骆烨有种奇怪的感觉:"那……我还有件事想问你。"骆烨也停了下来,"谢凌菲,我想知道,你到底是什么人?"

这个问题比上一个简单很多,却仿佛是一道惊雷当空劈下,让谢凌菲整个人都呆住了。

骆烨居然会问她这样的问题?难道他察觉了什么吗?

谢凌菲并没有让自己的震惊表露出来,她的脸上露出的是伪装出来的茫然和有些不解的微笑。

带着这样的表情,她反问:"骆烨,你又在胡说八道什么啊?什么我到底是什么人?"

"我知道你不会承认。"既然说出了口,骆烨也没有什么好顾忌的了,"你昨天进火场救我的时候,我看到了,你随手一推那些游戏机就变形了,普通人可没这个本事。"

谢凌菲的心脏狂跳不止,她没想到当时骆烨竟然已经醒了,可她表面上仍旧笑得仿佛听到一个天大的笑话。

"骆烨……你没事吧?我一推游戏机就变形了?拜托,我不是超人、奥特曼,你是被吓糊涂了还是迷迷糊糊产生了幻觉?"谢凌菲故意用很夸张的声音说着。

骆烨有些气急败坏起来,他一把拦住了谢凌菲:"你跟我来!"

"去哪儿?"谢凌菲问,骆烨却不回答,直到把谢凌菲拉到不远处一个街心花园里,骆烨才放开手。

他四下看了看,这个街心花园不大,随意种着些花草树木,一人多高的灌木正是郁郁葱葱的时候,站在这里,外面的人是看不到里边的他们的。

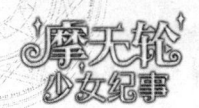

"谢凌菲。"骆烨第一次板起脸来郑重其事地讲话,他抿了抿嘴唇,凝视着谢凌菲好一会儿,轻轻笑了笑,带着一种下过决心后的坦然,他说,"我会隐身。"

骆烨的话音落下,他的身形就瞬间消失在谢凌菲面前,只听到他的声音:"你看不到我了,是吧?"

谢凌菲惊讶地注视着眼前的空气,她确实没有想到,骆烨居然当着她的面坦承自己的异能,甚至就这么表演给她看。

骆烨看着谢凌菲的表情,再次在她面前现身出来,他的脸色有些不正常地晕红,胸膛微微起伏着,注视着谢凌菲的目光中充满了紧张和期待。

谢凌菲有一刹那真的不知道如何是好。

看着骆烨,她并非不懂他这么做的用意,无非是要表示他的诚意,同时希望她也能说清自己的身份。

谢凌菲平生第一次不知如何决断。

骆烨的举动出乎她的意料,但在惊讶的同时,谢凌菲不能不说有点儿感动。

至少,骆烨这么做,代表了对她的信任吧?

可她还是不能说。

谢凌菲深深吸了口气,看着骆烨,一字一句地说道:"骆烨,我还真不知道,你什么时候学会了这么高明的魔术啊?"

骆烨不可置信地盯着谢凌菲。

她居然不相信他?

"谢凌菲……你……你是故意的吧?"骆烨忍不住叫了起来,"那不是魔术!你知道的!"

谢凌菲叹了口气,骆烨脸上那种带着愤怒和受伤的表情让她觉得很不忍心,但是她没别的选择,她必须要对自己的身份保密。

"抱歉,如果你叫我出来只是说这些事情的话,那我建议你还是留到明天的社团活动上跟大家一起分享比较有趣。"谢凌菲耸了耸肩。

骆烨死死瞪着谢凌菲,他什么都说不出来——他都已经在她面前主动展示了他隐身的异能,谢凌菲还是无动于衷,他还能怎么样?

"很好!"咬了咬嘴唇,骆烨冷笑起来,"我原本以为……你是不一样的,看来是我想错了!"

他丢下谢凌菲,转身就走。

谢凌菲静静地站在原地,看着骆烨走远,她一向冷静的表情渐渐有了一丝龟裂。

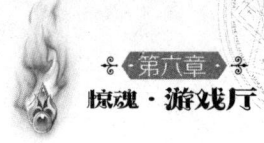

　　如果不是多年来的严格训练，谢凌菲真的会忍不住追上去，叫住骆烨，不知为什么，她不愿意看到他那么失望的样子。

　　虽然初相识的时候，谢凌菲的确很讨厌骆烨，可是一次次的机缘巧合，让骆烨在她心里的形象一点点变得可爱、幽默、直率、坦荡……

　　如果可以，她真的不想骗他的。

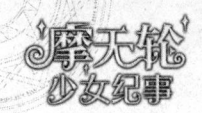

 1

灵异现象研究会成立之后的第二次集体活动，就有两位主要成员缺席：一位是冰山美人米小蕾，一位则是开心果和话痨王骆烨。

谢凌菲虽然知道昨天骆烨很生气，却也没想到他居然不来参加社团活动。

想想平时那家伙一提到社团活动就眉飞色舞的神气劲儿，谢凌菲不由得叹了口气。

按照原来的安排，这次的社团活动内容是观看一些有关灵异现象的视频，说白了就是大家坐在一起看看碟、喝喝茶、聊聊天。

这天放映的都是谢凌菲精心挑选过的片子，社员们都看得津津有味，只有迟月一个人坐在角落里，一副心神不宁的样子。

谢凌菲注意到了迟月的异常，她轻轻走过去在迟月身边坐下，小声问道："怎么啦？你不喜欢今天的片子吗？"

迟月整个人都在神游天外，谢凌菲的声音虽然很小，但还是吓了她一大跳。谢凌菲看着迟月全身一抖的样子，差点儿忍不住笑出声来。

"我有那么可怕吗？"笑着看着迟月，谢凌菲把声音放得更加柔和。

迟月总算反应过来坐在她对面的是敬爱的社长大人而不是会喷火的怪兽，她有些不好意思地半垂下头，长长的睫毛忽闪了两下，面颊上泛起一层淡淡的红晕。

谢凌菲也不急着催她说话，只是耐心地等着。

过了好一会儿，迟月终于抬起头来，有点儿胆怯地看着谢凌菲说道："社长，我……我可以退社吗？"

谢凌菲愣了一下，她不明白迟月为什么仅仅参加了一次社团活动就有了退社的念头，她不禁想起那次偶然看到骆烨用自己隐身的异能吓唬迟月的事情。

"能说一下为什么吗？"谢凌菲和颜悦色地问道，"是不是觉得社团里有些同学跟你合不来？"

迟月沉默了好一会儿，才轻轻摇了摇头，小声地说道："社长，我们出去说好不好？我不想打扰大家。"

"没问题。"谢凌菲站了起来，跟迟月一起走出了社团活动室。

灵异现象研究会的活动室正对着一个大露台，谢凌菲跟在迟月身后走到露台上，露台外围是五根米白色的石柱，白色大理石的栏杆上雕刻着天使像，从露台上看下去，那片翠绿色的茂密树林登时让人觉得心旷神怡。

谢凌菲靠在栏杆上，享受阵阵微风吹拂的清爽感觉，她看着站在旁边有些局促不安

第七章
猜测·究竟是谁

的迟月，鼓励地朝她笑了笑："好了，现在就我们两个了，有什么话随便说吧。"

迟月还是沉默了一会儿，才鼓足勇气开了口："社长，您为什么要创办这个社团啊？"

谢凌菲笑笑回答："因为我对灵异事件很感兴趣，所以就想找更多的同好啊。"

一直有些畏缩的迟月这时却抬起头来，眼睛直勾勾地盯着谢凌菲，谢凌菲对上迟月的目光，猛然一惊。

迟月的眼神里，有种让她不安的力量。

同一时间，谢凌菲片刻不离身的异能感应器，猛然间振动起来！

谢凌菲惊讶地瞪大了眼睛——迟月竟然也是异能者！

她一瞪眼睛，迟月以为是自己的注视让谢凌菲不满，急忙低下头道歉："对不起社长，我……我不是有意要盯着你看……"

谢凌菲正想说没关系，迟月的下一句话却让谢凌菲更加心惊肉跳起来。

"社长，我……"迟月犹豫了一下，还是咬了咬牙说道，"如果我，我能够看到未来，你相信吗？"

预知能力吗？谢凌菲不动声色地笑笑："你觉得我会相信吗？"

让她意外的是，迟月居然点了点头："我知道您相信了。"

她语气之肯定让谢凌菲皱了皱眉头，迟月补充道："您的心不会骗人的。"

读心术？这下子谢凌菲警惕起来——同时身兼两项异能，她真没有想到不声不响的迟月居然这么深藏不露。

大约是感觉到了谢凌菲身上不同的气场，迟月退了一步，脸上又露出害怕的神情。

"社长……"迟月一边摆着手，一边委屈地摇着头，"我不是故意的，我也不想的……但是没办法……"

这是什么情况？谢凌菲皱皱眉，看着迟月："你想要退社，是因为你的预知能力吗？"

迟月点了点头，她说："社长，其实我一直想找你说这件事情，可是我胆子小，一直不敢说，但是……但是我现在有种感觉，就是我再不说出来的话，就来不及了。"

谢凌菲惊讶地看着迟月，她也有种感觉，迟月想告诉她的，将会是一个天大的秘密。

迟月讲述的是一个有点儿混乱的故事，因为她虽然是故事的当事人之一，可她获得的预知能力和读心术，又让她多多少少地推测到了整个故事的前因后果。

一切都是从十年前开始。

那一天，迟月上大学的表哥到她家做客，表哥很喜欢乖巧听话的迟月，于是就提出带她去玩，迟月的爸爸妈妈当然不会不同意。

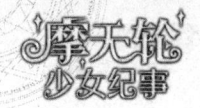

于是，表哥就带着迟月来到中心公园。

表哥虽然已经上了大学，但还是爱玩爱闹，带着迟月在中心公园的游乐区玩得乐不思蜀。

阿拉伯飞毯、空中大回环、旋转木马……表哥带着迟月几乎玩遍了所有的游乐项目，最后直奔摩天轮。

迟月还记得表哥带着她坐上摩天轮的时候，外面晴朗的天空开始被雾气笼罩，当摩天轮逐渐升高的时候，雾气已经浓得让他们看不清外面的景物。

表哥觉得很无趣——坐在这么高的摩天轮上，居然看不到下面，多扫兴！

迟月倒是无所谓，天生胆小的她其实有点儿害怕，她一直都紧紧抓着表哥的手，惹得表哥好一番取笑。

变故突然发生的时候，迟月其实并没有看到太多东西就已经吓得昏了过去。

一切都是她在医院醒来之后发生的。

"你是说，你恢复了神志之后，就发现自己有了从前没有的能力？"听到这里，谢凌菲不禁问道，"你是怎么发现的呢？"

迟月露出一个有点儿羞涩的笑容，继续说了下去。

刚开始的时候，她并不觉得自己有什么改变，但是渐渐地她发现自己好像可以"感觉"到甚至"看到"很多东西。

这些东西，都是她在看到一个人的时候，自然而然会在脑海中浮现出来的。

比如，她看爸爸妈妈，就感觉到他们以后会对她严加看管，以免再出现这种危险。

比如，她看到护士阿姨，就感觉到她虽然对自己笑得很和蔼，但内心里却充满了厌倦。

小小的迟月还不知道自己已经获得了如此神奇的能力，她只是觉得好玩。

可随着她能够"感觉"到的东西越来越多，迟月开始发现这不是一件好玩的事情。

她曾经看见邻居家的叔叔抱回一只超级可爱的小狗，但她却看到那只小狗因为叔叔的粗心大意而从阳台上跌下去摔死。

她跑去跟叔叔说，结果叔叔勃然大怒，把她大骂一顿，吓得迟月几天不敢跟那个叔叔碰面，直到后来的一天，她听到爸爸妈妈偶然的聊天，才知道小狗已经摔死了。

从这件事开始，迟月慢慢知道自己能够看到"还没有发生但是不可能改变"的未来。

她逐渐感觉到了痛苦。

当一个善良的人看到未来的幸福和快乐，她会同样觉得幸福快乐，但是当一个善良的人看到未来的痛苦和悲惨，她却无能为力的时候，她的痛苦和悲惨变成了双倍的。

唯一让迟月感到庆幸的是，随着年龄的增长，这种奇怪的能力似乎在逐渐减弱，也

第七章
猜测·究竟是谁

越来越可以控制。"

"那你是怎么知道,你的这种能力来自于十年前那场意外?"谢凌菲不解地问道。

"因为……因为在进入月舞之后,我……我看到了很多人……"迟月的声音有些发颤。

她看到了骆烨、骆捷,看到了米小蕾,看到了谢凌菲。

从这些人身上看到的东西,让迟月终于把过去、现在、未来联成了一体。

谢凌菲现在的心情已经不能用"惊讶"来形容了,她追问道:"你……在我们身上都看到了什么?"

迟月一边回忆,一边说道:"其实,我看得最清楚的,是米小蕾。"

第一次见到米小蕾时,迟月就感觉到了一种奇怪的恐惧。

米小蕾是月舞出名的美女,单看她的容貌和身材全然无可挑剔,虽然她的性格有些孤僻冷漠,可只要不去招惹她,米小蕾也绝对不会主动对谁表露出敌意或者恶感之类的。

迟月也不明白为什么自己一见到米小蕾就会那么害怕,不过从此之后米小蕾就被她列入了"看到了要绕开走"的名单里。

加入灵异现象研究会的迟月,在第一次社团活动上再次见到了米小蕾,而这一次她在无比惊恐的同时,也看到了她之所以害怕米小蕾的原因。

"她一走进来,我就觉得她背后有一个很大的黑洞……"迟月想起那天看到的情景心有余悸,"通过那个黑洞,我……我看到了十年前发生的事情……"

"等一下……"谢凌菲打断了迟月,"你不是说你看到的是未来才会发生的事情吗?"

"我……我也不知道……"迟月似乎也有些茫然,"我一看到那些画面,就知道那就是十年前发生的那件意外。可是……可是……我也知道,它其实发生在很遥远的未来……"

谢凌菲心中一寒,她猛地张大了眼睛。

"你……你到底看到了什么?"谢凌菲死死盯着迟月。

"我看到……一片很大很大的浓雾,浓雾中有三个人,其中一个男人一直在狂笑,但他的身体已经开始四分五裂了……"迟月描述的景象让她自己不寒而栗,仿佛又回到了那天的极度恐惧中,"还有一个……还有一个男人快要死了,因为他浑身上下都是血,对了,地上……地上还躺着一个很漂亮的女人,头发长长地散落一地,她的右手不见了,肩膀那里有好多好多血流出来……"

"别说了!"谢凌菲猛然打断了迟月。

她的心脏几乎要从胸口里跳出来。

迟月说的每一个场景,她都曾经在噩梦中一次次重温过。

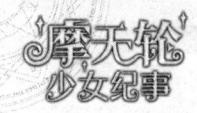

"社长?"迟月惊慌地看着谢凌菲,谢凌菲的额头上已经满是汗水,脸色发白,嘴唇哆嗦着,仿佛轻轻一碰就会倒下。

"社长你怎么了?"迟月掏出自己的手帕,踮起脚帮谢凌菲擦去额头上的汗珠,"你要是不想听的话,我就不说了。"

谢凌菲的心脏一下下地抽痛着,但她死命咬着牙关,慢慢平复着自己的情绪。

"你继续说……"她的声音虚弱无力,但语气仍旧坚持。

迟月于是继续讲了下去。

她看到那个狂笑男人的嘴巴一张一合,但她无论如何也听不见那个人在说什么。

第一次"看到"的东西,就这么多,但已经足够让迟月见到米小蕾就如见蛇蝎。

可第二次"看到"的更加恐怖!

就是迟月大着胆子在校门口拦住米小蕾,对她说不要去"拉斯维加斯"那一次。

"我……我这次看到,看到米小蕾从游戏厅里走出来,身后是……一片血海,好可怕!"迟月抖了两下,哀求地看着谢凌菲,"社长,我想退社,我真的不想再看到米小蕾了。"

谢凌菲似乎在发呆,她没有马上回答迟月,沉默了好一会儿,她才仿佛一下子醒过神来,点了点头:"好吧,如果你坚持的话,我也不勉强你。"

"谢谢社长!"迟月一下子觉得松了一口气,脸上顿时露出了微笑。

谢凌菲却没有笑,迟月的"预知"能力虽然跟她的"预知梦"很像,但比她的预知梦更加清晰准确,这种能力,也只有"夜帝"才会有。

"迟月,如果有一天,你的这种能力没有了,你会觉得开心吗?"谢凌菲忽然问道。

迟月愣了一下,忙不迭地连连点头。

"我才不想要呢!"她睁大了圆圆的眼睛,嘟起嘴,抱怨着,"谁会想要这种讨厌的东西啊!"

谢凌菲唇边勾起一抹淡淡的笑容——果然,并不是每个人都希望自己身怀异能的,而异能带给人类的痛苦往往才是最令人难以接受的。

"对了。"谢凌菲忽然想起了什么,"除了米小蕾,你刚才不是说你还看到骆烨和骆捷,难道他们身上你也发现了什么秘密吗?"

大约是因为终于可以摆脱米小蕾这个"恶魔",迟月显得开心了很多,人也变得稍微活泼了一点儿,她皱着小鼻子笑笑,点了点头。

"骆烨和骆捷,我一看到他们,就觉得很熟悉……开始我不知道是为什么,后来我才明白,原来他们十年前也和我一样,遇到了那次意外。"迟月说,"遇到'同类',多多少少都会有点儿熟悉感的。"

第七章 猜测·究竟是谁

"骆烨那个家伙,还吓唬过我呢!"想起骆烨的恶作剧,迟月吐了吐舌头,虽然那次的确把她吓得不轻,但是骆烨给她的感觉,还是要比米小蕾好多了。

"等一下……"谢凌菲皱起眉头,"你说……骆捷也是你的'同类'?"

迟月点点头。

谢凌菲愣了一下,她知道迟月不会骗她,可是……骆捷如果也是当年的"受害者",也就是说他同样身怀异能,可他为什么从来没有表露过这一点儿?甚至连有关灵异事件的话题也不愿意谈起。

比起骆烨来,骆捷还真是低调啊……

"那么除了是'同类'之外,你还在他们身上看到了什么呢?"把思绪拉回现实,谢凌菲继续问道。

迟月摇摇头:"没有什么很清晰的景象,其实除了米小蕾之外,我能看到的都是些支离破碎的东西,而且也只有一点点,不会那么多。"

她歪着头想了想,突然"哎呀"一声叫了起来。

"好像……我上一次见到骆烨的时候,看到他跟人打架……"说着,她自己也不好意思地笑起来。

的确,跟刚才那么震撼的场面比起来,男孩子跟人打架实在是太微不足道了。

谢凌菲也笑了起来,她拍了拍迟月的肩膀:"谢谢你今天跟我说了这么多,以后有什么想说的话又找不到人说的时候,就来找我吧!"

迟月开心地"嗯"了一声:"社长……啊,不,谢凌菲,我……"她有点儿犹豫,似乎觉得这样当面说穿谢凌菲的身份不太合适,不过在谢凌菲目光的鼓励下,她还是凑到谢凌菲的耳边悄声说:"我知道,你从一个很远很远的地方来,不过我会帮你保密的!"

谢凌菲微笑着,点点头,看着迟月仿佛放下了什么巨大的包袱一样轻松地走开了。

没想到,今天的收获还真大。

谢凌菲转了个身,抬头看了看明媚的碧空,大大地伸了个懒腰。

很多没有厘清的问题,都在和迟月一番谈话之后得到了答案。

十年前的那场意外,正是由于夜帝转移时空的能力造成的,在夜帝即将覆没之前,他运用自己的异能扭转了时空,在消失之前将自己的异能传播了出去。在那场意外中,很多人得到了夜帝的异能,比如迟月、米小蕾……当然,在他们当中,一定有一个不但继承了夜帝的异能,也继承了他的记忆的人,当有一天这记忆复苏的时候,夜帝就会再次复活。

谢凌菲跨越时间来到百年之前,正是为了找到这个夜帝,并阻止他觉醒。

141

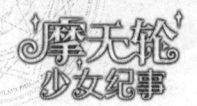

到目前为止,她发现的得到夜帝能力的人一共有三个:骆烨、迟月、米小蕾。

而骆捷,则是个例外。

谢凌菲的眼睛微微眯了起来——骆捷,如果你真的也曾经经历过那场意外的话,你真的没有得到任何异能吗?

还是说……你才是……隐藏到最后,让我一直寻找的那个人?

不过没关系,谢凌菲挺起胸来,抬起下巴,傲然朝远方望去。

不管是谁,她都会把那个家伙找出来,然后让夜帝从这个世界上彻底消失!

这不仅仅是为了这个世界和未来世界的安宁,也是谢凌菲从出生开始就不曾放弃过的坚持。

骆捷回到家里，才发现骆烨居然躺在床上蒙头大睡，他惊讶地看着骆烨，上前推醒了他。

"干什么啊？"骆烨一脸不爽地瞪了他老哥一眼。

骆捷疑惑地问道："你这么早就回来了？"今天可是月舞固定的社团活动日，他也是在学校参加了社团活动之后才回来的，没想到骆烨居然比他还早，而且还在睡觉。

骆烨翻了个身，发出懒洋洋的声音说："我没去参加社团活动……"

"怎么啦？碰了一鼻子灰，就不想去见人家了？"骆捷看着骆烨难得吃瘪的样子，笑了笑，故意嘲笑他。

"谁说的！"骆烨像被踩了尾巴的猫一样跳了起来，看到骆捷那一脸促狭的笑容才发现自己上了当，气呼呼地瞪着骆捷叫道："喂，你是我老哥吗？居然这样糗你弟弟？"

骆捷笑着摇摇头："我早就说了，她不会告诉你，是你非要去问个明白。"

骆烨扁了扁嘴，坐回床上耷拉着脑袋一言不发。骆捷这个家伙怎么会明白他的烦恼！要不是真的在意，谢凌菲跟不跟他说实话都不会影响到他的心情。

狠狠地白了骆捷一眼，骆烨发现自己有点儿莫名其妙地嫉妒起跟谢凌菲在一个班上的骆捷来了。

骆捷没注意骆烨的眼神，他正想要换衣服，手机忽然响了。

"我帮你看！"骆烨不由分说就抢过骆捷的手机，骆捷无奈地笑笑，也没跟他争。

骆烨看完了那条短信，脸色变得格外难看，他把手机往骆捷这边一丢，一头又倒回了自己床上。

不明所以地拿起手机，骆捷也看到那条谢凌菲发过来的短信：有时间的话，出来走走如何？

愕然地抬头看看骆烨，再低头看看这条短信，骆捷忽然有一种说不上来的感觉。

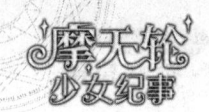

骆捷和谢凌菲约在本市商业区的一家咖啡厅见面。

骆捷在出门之前，一直被骆烨幽怨的目光盯得后背发凉，他想告诉骆烨自己答应谢凌菲的邀约完全是为了认清她到底是什么人，没有别的意思，不过就骆捷对骆烨的了解，他很清楚自己如果真的这么说无异于火上浇油。

没办法，骆捷只能硬着头皮先去赴约再说了，不过他出门后不久，就发现骆烨使用了隐身的异能偷偷跟在他后面。鉴于背后跟踪的那团东西散发出强大的怨气，骆烨觉得这次还是不拆穿为妙。

骆捷比约定的时间早到了五分钟，男孩子和女孩子有约，早到一些总是礼貌的。骆捷推开咖啡厅原木色镶嵌着水晶玻璃的大门走进去，快要落山的太阳把它温暖的余晖从闪亮的落地玻璃窗外投射进来，咖啡厅内小巧的桌椅被拉出长长的影子，显得幽深恬静。

骆捷找了一个离窗口不太远的位子坐了下来，点了一杯蓝山咖啡，服务生很快为他端来咖啡，骆捷静静地望着杯口袅袅的热气，有些失神。

他不知道谢凌菲为什么要约自己出来，难道是要说骆烨的事情吗？如果真的是这样的话，要如何回答呢？

不自觉地皱起眉，骆捷轻轻叹了口气——骆烨这个家伙，真是喜欢给自己找麻烦啊！

谢凌菲走进咖啡厅的时候，看到的就是骆捷静静看着面前的咖啡出神的样子。金红色的阳光仿佛将他整个人包裹起来，骆捷宽阔的额头被垂下的几缕黑发遮住，从谢凌菲这个角度看过去，只能看到他高挺的鼻梁和微微翘起的形状优美的唇瓣，浓密的长睫藏起了骆捷深邃安静的眸子，偶尔轻轻地翕动两下，在他饱满的面颊上留下浅浅的阴影。

骆捷看上去很安静。

谢凌菲一直奇怪，明明是双胞胎，为什么骆捷和骆烨会差得这么远。

要让骆烨这么安静地坐着，恐怕非把他打了麻醉药捆在椅子上不可！

想到这里，谢凌菲忍不住笑了笑，她大步走到骆捷面前说道："嗨，你来得好早！"

骆捷吓了一跳，他抬起头来，看到谢凌菲明亮的带着笑的双眼，不禁也回以微笑："我也是刚到不久而已。"

谢凌菲在骆捷对面坐下来，毫不客气地戳穿了他的谎话："行啦，我迟到了十分钟，看你对着咖啡发呆的样子就知道你坐了蛮久了。"

骆捷有些无奈地笑笑，打量着谢凌菲。她今天换了件亮蓝色的短上衣，贴身穿着件白色带淡紫色暗花的紧身小背心，一条皮绳穿着个小小的藏银的古怪吊饰，垂在她修长

第七章
猜测·究竟是谁

的脖颈下方。下身则配了条有些民族风的米白色长裤,勾勒出她笔直的双腿。一头短发似乎是刚刚洗过,有些蓬松,却让谢凌菲难得有了些天真烂漫的味道。

"要喝点儿什么吗?"骆捷把饮料单递给谢凌菲。

谢凌菲连看都没看,直接对站在一旁的服务生说道:"一杯加冰的苏打水。"

当服务生把苏打水送过来后,谢凌菲端起杯子喝了两口,露出一个享受的表情:"真舒服啊……"

骆捷微笑着看了看谢凌菲,索性直接问出了心中的疑问:"你找我出来有什么事呢?"

谢凌菲"哦"了一声,回答道:"骆烨今天没有来参加社团活动,我又联络不到他,所以只好找你出来问问。"

"问什么?"骆捷可不觉得只是没参加社团活动这点儿小事就足以让谢凌菲特意找自己出来。

谢凌菲沉默片刻,忽然笑了笑,说到:"也没什么啦!只是骆烨原来对社团活动很有兴趣,也很积极,今天突然无故缺席,又找不到人,我担心他是不是出了什么事。"

骆捷静静看着谢凌菲,他意识到面前这个女孩绝不简单。

谢凌菲倒是似乎根本没把骆捷的沉默当一回事,她又喝了一口苏打水,笑了笑说:"还有……"她突然停住,若有所思般抬起目光看了看骆捷,慢慢说道:"骆烨跟我说他自己就是异能人士,是真的吗?"

果然!

骆捷的心猛地一提,不只是因为听到谢凌菲这个问题,而且也是因为他感觉到刚刚有人推门进来时,跟着出现的那个熟悉的气息。

骆烨这小子!这样大庭广众的地方,尤其还是当着谢凌菲的面,他居然就这样使用"隐身"的异能!

骆捷搁在桌子下面自己大腿上的手猛地握紧了拳。

他没有注意到,谢凌菲原本满含轻松笑意的眼眸里,也在同时突然闪现出一丝惊异。

因为她放在裤子口袋中的异能感应器正在快速地振动着!

这里有异能者!

谢凌菲迅速地扫视了一下整个咖啡厅,因为天色逐渐暗了下来,咖啡厅里已经亮起了柔和的灯光,但谢凌菲并没有看到任何可疑的人。

难道是……骆烨?

猛然跳出来的这个判断很快被谢凌菲肯定了,骆烨多半是知道自己约了骆捷,所以忍不住跟了来。而让自己不发现他的最好办法,就是使用他"隐身"的异能。

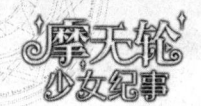

　　骆烨当然不知道自己的"出现"让自家老哥捏了一把冷汗，更不知道谢凌菲已经发觉自己来了，其实他一路跟着骆捷来到这里，又亲眼看到谢凌菲走进咖啡厅，已经在外面转了十七八个圈子，犹豫着要不要进去。

　　虽然凭借着"隐身"的异能，骆烨不担心会被发现，可是他总觉得自己这样跟来已经是大大丢了面子，再跑进去偷听……别人不知道骆捷总是知道的，他还不得笑话自己啊？

　　想要掉头就走，但腿上就好像绑了绳子似的，无论如何也迈不开步子，一颗心也仿佛长了草，骆烨盯着咖啡厅半晌，脑海之中不由自主地浮现出谢凌菲和骆捷谈笑聊天的样子，不知道是因为好奇他们的谈话内容还是其他什么原因，最终他还是忍不住跟着一个人一起进了咖啡厅。

　　他倒也不敢真的靠得太近，挑了角落里一个没人的地方坐下，一双眼睛却忍不住死死盯在谢凌菲和骆捷身上。

骆捷收回心神,看着谢凌菲笑笑,说道:"你刚才说什么?骆烨那家伙又在跟你吹牛了?"

谢凌菲定了定神,不去理会一直不停振动的异能感应器,朝骆捷挤了挤眼睛说道:"吹牛?就是说骆烨他是说谎?"

骆捷哈哈一笑:"你又不是第一天认识他,那家伙对灵异现象简直是沉迷,巴不得自己有一天变成超人拯救世界。他对你说他有异能,什么异能?内裤外穿吗?"

喂喂喂!

虽然坐得偏,但竖着耳朵的骆烨还是能够听到一星半点儿的,他气呼呼地盯着骆捷,恨不得冲上去给他一巴掌——你就这样败坏我的形象啊!

谢凌菲眼中却闪过一丝诧异:骆捷一向为人稳重,很少会开这样不分轻重的玩笑,尤其对象还是他那个宝贝弟弟。

莫非,他是有意要岔开话题,让我觉得骆烨说的是谎话吗?

好你个骆捷啊!谢凌菲开始有点儿忍不住佩服骆捷了,不过她也不是省油的灯,随口接着骆捷的话说道:"你是他老哥,我猜他一定也没少跟你吹嘘过吧?我们不妨来对一对,看看骆烨那家伙都吹了什么牛?"

啊啊啊啊啊啊!

旁听的骆烨快要去撞墙了,如果这时候有个人在他旁边,一定能够听到磨牙的声音。

哀怨地看着那两个人相谈甚欢,骆烨恨不得蹲到墙角去画圈圈。

骆捷看着谢凌菲,轻轻一笑:"对啊,我从小听他胡说八道,耳朵都快听出茧子了。而且他是一天吹一个样,今天是蜘蛛侠明天就是变形金刚了。"

"哈哈哈哈。"虽然忍了再忍,谢凌菲还是忍不住笑了出来,"骆捷,骆烨要是听到你这么说他,非和你翻脸不可!"

骆捷的嘴角轻轻抽搐了两下——他故意这么说,就是为了不跟谢凌菲在这个问题上继续纠缠,虽然知道骆烨就在这里,不过也顾不得那么多了。

谢凌菲笑够了,果然如骆捷期望的那样,不再说骆烨是否是异能人士的问题,而是问道:"骆捷,你从小就是在这里长大的对不对?"

骆捷端起咖啡轻抿一口,点了点头。

谢凌菲眼中光芒闪动,继续问道:"那么,十年之前,本市有一场很奇特的天文现象发生,你有没有印象啊?"

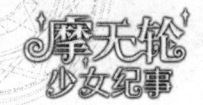

骆捷刚喝进嘴里的咖啡险些喷出来，他实在没想到谢凌菲刚刚放过骆烨，又挑了这么关键的问题来问。

谢凌菲当然没有放过骆捷神色里一掠而过的惊慌。BINGO（没错）！她得意地勾起唇角：等的就是你这个态度！

果然没错，现在谢凌菲百分之一百地肯定，那次夜帝扭转时空造成的意外，骆捷也在场！

骆捷放下咖啡杯，迅速地稳定自己的情绪，他沉默片刻，轻轻一点头说道："我知道你说的那场雷暴，当时我们一家人刚好在雷暴的发生区，那段回忆对我们来说都十分可怕，我的父母因此还受到了惊吓，十年来这都是我们家人的一个心结，所以如果不是必要的话，我不想再提这件事。"

骆捷说的确实是真话，如果没有那次意外，他们兄弟也不会变成异能者，他们的父母心灵上不会留下永远无法消失的伤口。

谢凌菲愣住了。

她没有想到骆捷承认得如此直接，同时也拒绝得如此理直气壮，让她根本无法再追问下去。

骆捷低下头，虽然是为了堵住谢凌菲的疑问，但是说到这件事，就不可避免地让他的情绪有些低落。

看着神色黯然的骆捷，谢凌菲不自觉地咬了咬嘴唇。

她约骆捷出来，就是为了印证他是否真的经历过当年的突发事件，但如今得到了答案，她却发现自己并没有想象中那样快乐。

因为她意识到自己似乎不经意间揭开了别人的伤疤。

"抱歉……"沉默了一阵子，谢凌菲先开口道歉，"我只是……随便问问……"

"没关系。"骆捷抬起头勉强笑了笑，"你是灵异现象研究会的社长嘛，对这种事好奇很正常啊。"

"不是……我……"谢凌菲看着骆捷，几乎脱口而出："我不是为了研究什么灵异现象，我是为了阻止夜帝的复活，为了拯救我生活的未来世界。"

她终于还是没有说出口。

骆捷的手机忽然响了，他抱歉地朝谢凌菲笑笑，接了电话：

"啊，是我，妈……我和同学在一起……小烨啊？他……可能有别的事吧……等一下我会去找他的……嗯嗯……你放心好了……嗯，好，我们会回去吃晚饭的……拜拜。"

挂掉电话，骆捷抱歉地朝谢凌菲笑了笑："不好意思，我妈妈很挂念我和骆烨。"

第七章
猜测·究竟是谁

谢凌菲没说话，只是轻轻笑笑，骆捷有些诧异地扬了下眉毛，因为他在谢凌菲的神色中看到了一抹悲伤。

不过骆捷没有开口问，他只是笑笑说道："我得走了，真是对不起，还没聊多一会儿。"

谢凌菲摇摇头："没关系，反正以后还有机会嘛。"

骆捷想了想，抬起头来，诚恳地看着谢凌菲，慢慢地说："谢凌菲，你对灵异现象应该是比较有研究的吧？你觉得那些有'异能'的人，他们会因为自己与众不同而感到快乐吗？"

谢凌菲愣住了，她看着骆捷，一时间忽然说不出话来。

她不知道该怎么回答骆捷这个问题。

不过骆捷似乎也没有等待回答的意思，他说完就站了起来，向谢凌菲点点头，就离开了咖啡厅。

谢凌菲的目光一直盯着骆捷的背影，若有所思。

骆捷，你到底在隐瞒什么？又到底想从我这里得到什么呢？

谢凌菲独自出神了好久，甚至她都不知道什么时候，异能感应器已经停止了振动。

骆烨也不见了。

谢凌菲当然不会知道，现在的骆烨正气呼呼地跟在骆捷身后，走在回家的路上。

骆捷也觉得有些奇怪：他知道骆烨也在咖啡厅里，但是他没想到骆烨会这么听话跟着他起回家，而且一路上竟然一直没说话，如果不是听到背后传来的粗重呼吸，骆捷简直会以为身后其实根本没有人。

他终于忍不住停下来，转过身看着骆烨问道："你怎么了？看你这副样子，好像在跟谁赌气一样。"

骆烨抬起头狠狠瞪了骆捷一眼："我才没有赌气呢！"

骆捷明显感觉对方是在生气，大惑不解地问道："骆烨，你今天到底是怎么回事？先是不去参加社团活动，我还以为你跟谢凌菲吵架了；可我收到短信出来找她，你又一直跟着我，现在你看看……"一边说，骆捷一边又好气又好笑地捅了捅骆烨，"你又莫名其妙地生我的气……喂，你不是因为我在咖啡厅的时候那么说你吧？"

"就是！"骆烨口不对心地顶了一句，扁了扁嘴巴，"你好歹是我老哥吧，居然那么损我！"

骆捷真的有点儿哭笑不得了："拜托，骆烨，我是为了岔开话题。你也在那里，也听到谢凌菲的话了，她就是想从我身上问出关于你的事情，难道我坦白地跟她说吗？"

"为什么不说！"骆烨气呼呼地反驳，"我都在她面前隐身过了！我不怕她知道！"

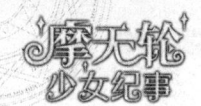

　　骆捷叹了口气，静静地看着骆烨说道："骆烨，你到底是怎么了？我知道你喜欢跟别人炫耀你与众不同，可是谢凌菲到底是什么人，我们谁都不知道，为什么你这么执着地对她开诚布公？为什么你好像很想让她了解所有的你？"

　　骆烨呆住了，他张大嘴巴看着骆捷，一个字都说不出来。

　　毕竟是双胞胎，骆捷这两个问题正中红心。

　　见骆烨一脸呆滞的表情，骆捷的眉头皱得更紧，他忧虑地看着骆烨："而且，骆烨，你不觉得你对谢凌菲已经关注得太多了吗？"

　　"我……我……"骆烨结巴了两下，猛然涨红脸大声说道，"我……我只是觉得她是个好女孩，不想骗她！更不想让她受到伤害！"

　　其实通过这一段时间的相处，骆烨渐渐发现谢凌菲和他以前见过的任何女孩都不一样，她为人果敢大方，又有其他女生少有的坚毅和勇敢，什么困难在她面前都不值一提。但他有时会注意到，她深邃的眼睛时而会透露出一种难以言表的哀伤，让他想要拼尽全力去保护她。但是他又不想让倔强的谢凌菲因为自己的想法而产生负担，所以每次在她面前会刻意装出一副吊儿郎当的样子。

　　可是谢凌菲似乎根本不领他的情，反而对骆捷更加感兴趣，这让他有一种被忽视的感觉，因而将内心的不忿通通转移到骆捷身上。

　　目瞪口呆的骆捷盯着他看了好一会儿，才长长地叹口气，摇摇头拍拍骆烨的肩膀："骆烨，如果你不说这句话，我或许还不知道你居然是这么想的……"

　　没想到平时看起来大大咧咧的骆烨居然会有这么细腻和温柔的一面，而且像个大人一样想要去保护自己在乎的人。看来，这么多年一直让自己操心的骆捷要比自己想象的要成熟。

　　至于谢凌菲，究竟有什么样的魔力，居然能让玩世不恭的骆烨突然变得成熟起来？

第七章
猜测·究竟是谁

和骆捷分手之后,谢凌菲在回家的路上一直都在想着骆捷最后的那句话。

迟月也曾经对谢凌菲说过,如果可能的话,她宁愿自己从来没有得到过那些超越常人的本领,那些东西带给她更多的是烦恼。

作为一名从小就被特殊训练的精英战士,谢凌菲从来没有想过异能会给持有它的人带来痛苦。毕竟,在她能够接触到的环境里,所有她知道的身怀异能的人,要么是用自己的能力保卫和平的战士,要么就是像夜帝那样利用异能危害人间的坏蛋,平凡人有了异能是什么样子,谢凌菲似乎真的没有想过。

直到来到百年前的这个世界,谢凌菲才渐渐意识到,原来异能并不是人人都会视若珍宝的。

难怪联合政府中有不少人支持对那些被夜帝影响的异能者采取比较柔和的态度。谢凌菲想,或许,他们是对的。

忽然之间,谢凌菲猛地停下了步子,因为她口袋中的异能感应器突然间疯狂地振荡起来!

有人在使用异能!而且就在附近!

谢凌菲迅速地抬起头环顾四周。

天色已经变得昏暗,夕阳落了下去,天空被染成了娇艳的蓝紫色,瑰丽的金红色云层仿佛被染过色的一大堆棉花糖一样层层叠叠。晚风拂动着人们的头发和衣摆,路灯还没有亮,黄昏特有的朦胧和沉静让人觉得格外惬意。

街道两旁的一些商店的霓虹灯却已经早早亮起,闪烁的灯光将一条空阔的马路点缀得格外绚烂,说说笑笑三两成群的孩子们、并肩缓步耳语着的情侣们、相互扶持慢慢走着的老人们……这是一幅让人觉得多么温馨的情景啊!

然而,谢凌菲全身的汗毛几乎都立了起来。

与以往不同,这一次,在感应器有反应的同时,谢凌菲也感觉到一股可怕的寒意!

她甚至无法判断这是为什么,只是心脏在不停地狂跳着,仿佛有一只冰冷的手正慢慢朝她伸过来,然而谢凌菲发现自己如同石雕般僵硬了,她想要回头却一动不能动!

到底是谁?

谢凌菲死死咬紧牙关,她的脖子好像生了锈的齿轮一样艰难地缓缓移动着,一点点地向后转。

但是刚转了一点点,她就停了下来。

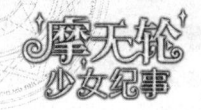

虽然她看不到,但是脖颈后面传来的触感是如此真实!

冰凉的,仿佛是一根冰柱,甚至还有一丝黏湿的感觉,让谢凌菲有种错觉——那正在触摸自己的东西上沾染着鲜血。

他是什么?

他要干什么?

谢凌菲目光所能看到的范围里,所有路人都仿佛没有看到她一样。即使有人从她身边走过,也对保持着一个奇怪姿势的谢凌菲视而不见。

是四维空间吗?

谢凌菲额头上渐渐沁出了冷汗。

四维空间就是平行空间,进入这样的空间,就仿佛被一层透明的薄膜包裹起来,即使能够看到另外一个空间的景象,但事实上已经置身其外。

而原来所处空间的一切,都是无法介入这个新空间的。

这种能力,也是夜帝所擅长的!

到底是谁?

是米小蕾?还是骆捷?甚至是骆烨?

不……不可能是骆烨!

谢凌菲立刻否决了这个猜测,骆烨得到的异能不过是隐形而已,依照他那样喜爱炫耀的性格,如果他真的拥有这样的异能,他上一次会一起展示给自己看的。

那个冰冷的触感一直游弋在谢凌菲的脖颈和后脑之间,谢凌菲猛然意识到,他是想探知自己的记忆!

难道在这个城市里,还有她不知道的异能者吗?

纷乱的思绪几乎要将谢凌菲的脑子挤破了,她一边命令自己必须冷静下来,一边调动起全部的精神力,和那种包围着她的奇怪力量抗衡着。

那个冰冷的触觉渐渐停滞了,似乎正在一点点地离开。谢凌菲在训练期间接受的封锁心灵课程这次可是帮了她大忙,她相信,那个东西一定是发觉无法在她脑子里探测到任何东西才放弃的。

终于……似乎只是几秒钟的事情,一切又恢复了原样。

谢凌菲双腿一阵阵发软,不用看她也知道自己现在大汗淋漓,脸色一定不比死人好看到哪里去!

即使如此,她还是飞快地转过头,朝自己的后面看去。

如她所料,空无一人。

第七章 猜测·究竟是谁

但是谢凌菲知道,刚刚发生的一切都不是自己的幻觉!

这件事,要马上汇报给教官!

谢凌菲几乎是一路飞奔回了家里,迫不及待地抓起了电话,联系周教官。

当周教官熟悉的面孔在小小的屏幕上显示出来的时候,谢凌菲松了一口气。

"你这是怎么了?"虽然远隔百年时光,但周教官依然从谢凌菲苍白的脸色上发现了异常,他的语气倏地变得十分紧张,"你……难道是遇到敌人了吗?夜帝复活了吗?"

谢凌菲摇了摇头,她把今天和骆捷的谈话内容以及回家路上遇到的奇怪事件一一向周教官汇报,最后总结道:"我不知道后来袭击我的到底是谁,但是我能够感觉到他拥有很强大的力量。"

周教官紧紧皱起眉头:事情变得越来越严重了!

沉吟片刻,周教官问道:"那么你是否确定了骆捷也是异能者?"

谢凌菲一时间有些为难,但她还是如实说道:"他只承认经历了当年的事件,但据我判断,他一定也和骆烨一样,获得了某种异能,但骆捷似乎很排斥异能的存在,所以我无法证实。"

"必须证实!"周教官斩钉截铁地说道,"据你现在汇报的情况看,骆捷是最为深藏不露的一个,所以他的嫌疑应该是最大的!"

"不会的!"谢凌菲几乎是下意识地说道,"我觉得,骆捷是一个没有攻击性的人……"

"谢凌菲!"周教官板起了脸,"觉得,只是你主观的判断。你现在连骆捷到底拥有什么样的异能都无法了解,又怎么可以确定他没有攻击性?"

谢凌菲无法回答这个问题,但她内心深处,却始终有一种感觉:骆捷绝对不是那样的人!

虽然谢凌菲没有说话,但是周教官知道她的沉默其实就是不同意,他的声音更加严肃了几分:"谢凌菲,我希望你不要在任务中掺杂太多的私人感情。你要记住你肩负的是多么艰巨的任务,不能有任何差错,否则的话……"

"我一定会完成任务!"谢凌菲打断了周教官的话,她的声音因为激动而有轻微的颤抖,"请您相信我!我不会感情用事!"

周教官点了点头,但他微微皱起的眉头却始终没有解开。

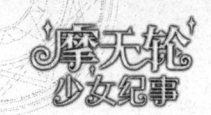

第二天放学的时候，谢凌菲刚刚走出校门就看到了站在不远处的骆烨。

他套着校服的上衣，下身是一条水洗布的休闲裤，书包斜斜地挂在腰侧，骆烨整个人也仿佛没骨头一样倚在一棵大树上，带着几分慵懒的随意。他今天换了个发型，头发剪短了一些，本来长过眼眉的刘海儿现在只能勉强遮住他光洁的额头，这样让他那仿佛会跳舞的眉毛显得更加浓黑，仿佛是炭笔画过的。他的眼睛一直望着校门口的方向，在看到谢凌菲的一刹那，犹如被点亮的火炬般绽放出兴奋的光彩。棱角分明的双唇拉开一个欣喜的弧度，笑容让他那张仿佛漫画中美少年般俊美的脸也平添了一缕孩子气。

谢凌菲走到骆烨面前，上下打量他几眼，撇了撇嘴说道："在等我？"

骆烨连连点头。

谢凌菲叹口气，但出手用力拉着骆烨的肩膀往上提了提："站没站相……"

骆烨立刻露出一副小动物般的委屈神情，谢凌菲看得眉头直皱，她翻了翻眼睛说道："装可怜也没用，找我干吗？是不是要为昨天的无故缺席找点儿原因啊？"

骆烨摇摇头，拉着谢凌菲就走，谢凌菲挣扎了两下发现骆烨拉得很用力，也懒得再跟他计较，只是扬声问道："要去哪儿啊？"

骆烨没回答，一直拉着谢凌菲走了好一阵，他才放开手，站定了，回过头盯着谢凌菲。

谢凌菲愣了下，骆烨的眼睛里有种让她觉得有些陌生的东西，仿佛有火焰在不停地跳动，谢凌菲甚至有种错觉：如果她一直这样跟骆烨对视的话，他眼睛里那种东西会燃成熊熊大火，把她整个人吞噬掉。

"你中邪了？"谢凌菲仔细看了看骆烨，"干什么这么看着我？就跟饿了几天没吃东西的狼似的……"

虽然是在开玩笑，不过谢凌菲真的觉得骆烨那个眼神可以用"择人而噬"来形容了。

骆烨险些一口血喷出去。

有没有搞错啊！他那么热情奔放的目光，居然会被形容成……饿狼！

太过分了吧！

可看着谢凌菲一副"我开玩笑啊，你别介意"的神情，骆烨只能默默地把那口血又咽回去，咬牙切齿地问道："你昨天是不是跟骆捷说我是在吹牛？"

谢凌菲其实猜到了骆烨找她大概是为了昨天她跟骆捷的谈话，既然当时骆烨也在场，那么他知道她和骆捷说了什么也不奇怪，所以谢凌菲很坦然地点点头回答道："是啊，不过不是我说你吹牛，是骆捷说的……"

第八章
成员·来自未来的战士

"那你相信他?"骆烨头顶上已经快要冒白烟了。

谢凌菲有些犹豫,这个问题还真的有点儿不太好回答,可还没等她开口,骆烨已经爆发了。

"我到底要做什么你才肯相信我啊?"骆烨嚷着,"我都当着你的面隐形了,你还是不肯信我!为什么骆捷说什么你都肯信,我说什么你就都觉得是在吹牛!有异能怎么了?你会觉得我是怪物吗?"

"喂!"谢凌菲怎么也没想到骆烨突然就嚷了起来,她急忙一把捂住了骆烨的嘴巴,"你嚷嚷什么啊!我什么时候说你是怪物了?"

"我本来就不是怪物!"骆烨甩开谢凌菲的手,盯着她,"我不明白,有异能不是件好事吗?别人梦寐以求的超能力,得到它有什么不好?你呢……你不是也同样有异能吗?为什么爸爸妈妈会因为我跟别人不一样就怕我?他们应该高兴啊!"

谢凌菲认识骆烨的时候也不短了,却是第一次看到他这样爆发出来。

骆烨越说越觉得委屈,他伸出手扣住谢凌菲的肩膀,声音低了下来:"我知道不是我一个人这样,还有很多人或许跟我一样,所以我要加入灵异现象研究会,我想有个同伴!你知道吗?我那天在火场里看到你的异能,我以为我终于找到和我一样的人了……"

"骆烨!"谢凌菲花了好大力气才把骆烨的手拉开,她无奈地看着骆烨,"昨天骆捷对我说,有异能的人不一定会觉得快乐,这是因人而异的。"

"那你呢?"骆烨追问道,他仿佛黑宝石一样的眸子闪动着急切的光芒,"你觉得……"

"我……"谢凌菲知道,一旦回答了这个问题,无异等于在骆烨面前承认了自己是一个异能者。

然而,要她欺骗这样的骆烨,谢凌菲又实在觉得不忍心。

是的,如果说,昨天跟周教官的通话中,为骆捷辩护是谢凌菲下意识的反应,但现在,看着骆烨那急需认可和安慰的求助的目光,谢凌菲觉得自己的心脏微微地疼痛起来。

就在她迟疑着的这一刻,从谢凌菲和骆捷身边的一家珠宝店里,传来了枪声!

"抢劫啊!抢劫啊!"店里同时也传来了呼救声。

骆烨猛地一抬头,他转头看了看谢凌菲,飞快地说道:"你看着,我这就用我的异能,证明给你看!"

话音未落,骆烨在谢凌菲面前消失了。

"骆烨!"谢凌菲猛地伸出手去拉,她的手在虚空中触摸到了骆烨的衣袖,随即落空。

谢凌菲知道,骆烨所谓的"证明",就是要以他隐形的异能冲进珠宝店,劫匪看不到他,

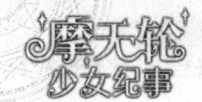

他却可以看到劫匪,他打算这样子来证明给谢凌菲看,异能是有用的!

可是,这样太危险了!

谢凌菲片刻都没有犹豫,就紧跟着也冲进了那家珠宝店。

原本装修得金碧辉煌的珠宝店现在已经变得一塌糊涂,玻璃的展柜被悉数打破,四五个头上套着丝袜的劫匪正"各司其职",显然,他们是有预谋的。

其中三个手持枪械,胁迫着珠宝店的店员和保安,一个保安已经中了枪,奄奄一息地躺在地上,而另外两个劫匪则动作迅速地把展柜中的珠宝一把把抓起来放进他们事先准备好的袋子。

谢凌菲冲进店里的时候,刚好看到一个正在装珠宝的劫匪猛然一个趔趄,整个人向前一头栽倒在砸破一半的展柜上。

很显然,是骆烨从背后踹了他一脚!

另一个正在装珠宝的劫匪呆了一下,他显然没弄明自己的同伴怎么好好的就栽倒了,可他也没逃过同样的厄运,"哎哟"一声就被骆烨踹翻在地。

可骆烨毕竟只有一个人,虽然他的隐形术让劫匪们一时根本摸不着头脑,但他也只能够把那两个装珠宝的劫匪打倒。

另外三个执枪的劫匪的枪口对准了店员和保安,如果骆烨扑上去压枪,万一走火就麻烦了!

谢凌菲咬了咬牙,她知道不应该在大庭广众前施展自己的异能,尤其是在骆烨的面前,可是,难道就这样见死不救吗?

她抬起了手,然而这一瞬间,一个持枪的歹徒已经发现了冲进来的谢凌菲,他毫不犹豫地掉转枪口扣动了扳机!

子弹在距离谢凌菲仅有半米的地方停了下来,谢凌菲控制金属分子的能力,让她不可能被任何的子弹打伤。

就在谢凌菲迟疑着要不要让子弹转过头去以其人之道还治其人之身时,一股可怕的气息猛地铺天盖地般笼罩上来!

谢凌菲心中的警铃大作。

她感觉得到,这个气息、这种阴森的压迫感,就是那天突兀地将她拉入四维空间的力量!

在这样的力量的压迫下,谢凌菲都无法抵抗,更何况是骆烨!

在谢凌菲目光所及的地方,骆烨的身影正慢慢从完全透明变得朦胧可见!

这股力量……难道是在吞噬异能吗?

脑海中电光石火般掠过这样一个念头,谢凌菲突然觉得毛骨悚然!

就是这个时候,忽然有个清朗的声音在珠宝店大门那里响了起来——

"啊哟,我来的还真是时候啊?"

谢凌菲的眼睛猛然一亮。

这个声音,她太熟悉了!

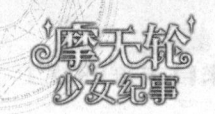

珠宝店门口走进来一个身高近一米九的男子，他肤色白皙，一头浅栗色的蓬松头发长及肩头，简单地在后脑扎起一个辫子，两缕长发从额头正中垂下来，遮住了他仿佛白玉般细腻的面颊，他的眼睛是仿佛猫眼石般的浅褐色，迎着珠宝店中炫目的灯光仿佛有一种变幻的魔力；深陷的眼窝和高耸的鼻梁一看就是个混血儿，一个浅淡的微笑挂在他饱满的双唇边。他走进珠宝店的步伐轻松优雅得仿佛不是踏进抢劫现场，而是走在 T 型台上的顶尖模特儿。

而事实上，他的着装也和模特儿相差无几：一身特别设计、手工剪裁的休闲服，随意中不失精致，普通的白衬衫搭配紫水晶的纽扣，外面一件米黄色的短风衣，收紧的袖口和下摆让这件衣服显得有些运动风，但竖起的半高领又让它显得时尚文雅。

他的下身穿的是同色系的长裤，配白色的运动鞋，让他整个人看起来既显得青春，又不失高贵典雅。

但从他踏进珠宝店的一刹那，那种刚才压迫感十足的神秘力量，忽然间消失了！

男孩子朝谢凌菲抛了个媚眼过来，换回了谢凌菲恶狠狠地一瞪——牧焱！你既然来了就赶紧给我解决麻烦！

牧焱耸了耸肩，目光转向从他进来的那一刻开始，就仿佛失了魂儿般的五名劫匪。

有奇异的光彩在他那双眼眸中流动着，牧焱的双唇不时开合着，口中念念有词。

不过片刻，他打了个响指，那五名劫匪乖乖地放下了武器和袋子，双手抱头蹲在了墙角，而珠宝店的店员和保安们，也仿佛陷入了一场大梦一样，目光茫然。

这其中，也包括了已经从隐形中恢复的骆烨。

牧焱走到谢凌菲面前，笑着凑到她耳边低声说："算你欠我个人情如何？"

"你怎么来了？"谢凌菲不答反问。

牧焱轻轻比了个"嘘"的手势："以后我会告诉你的，拜拜。"

看着牧焱潇洒地走了出去，谢凌菲长长地舒了一口气。

幸好他来了。

牧焱，跟自己一样从小受训的精英战士，能力是无可匹敌的催眠术以及强大到不可思议的精神控制力。

第八章 成员·来自未来的战士

珠宝店的抢劫事件以非常诡异的结果落下帷幕——当警方赶到的时候，所有的匪徒都乖乖地坐在墙角，好像等着人来抓他们一样！而最有意思的是，当天所有的相关人员，似乎都患上了失忆症，没有一个人想得起事件的过程！

就连珠宝店里的闭路电视也跟着一起罢工了，根本调不出来那天的录像。

失忆症的始作俑者是牧焱，而破坏闭路电视的则是谢凌菲。

他们都不想让自己的行动留下任何痕迹。

那天之后，牧焱并没有马上出现在谢凌菲面前，而谢凌菲也没有刻意去询问周教官，毕竟，她现在有个更加难对付的对象——骆烨。

虽然骆烨和其他人一样忘记了珠宝店的劫案，可他却天天黏着谢凌菲！似乎不从她身上得到一个满意答案就誓不罢休。

这天放学之后，谢凌菲又被骆烨缠住了，下了课非要一起，说是最近治安不好，一个女孩子孤身上路不安全，其实不过就几站地的距离，骆烨还非要送谢凌菲。

谢凌菲没有办法，只好让他跟着。两个人走在闹市区的时候，忽然看到有一群人围着大屏幕叫喊不已，甚至还有人拿出相机拍照。

骆烨看到这一幕眼睛就亮了，好奇的天性大爆发，马上拉了谢凌菲就钻进人群之中。大屏幕上正放着 CK（美国服装品牌）牛仔裤最新一季产品的广告，广告里的男孩子有着一头浅栗色的头发，眼睛不同于东方人的黑色，而是浅浅的褐色，身材高大，俊朗阳光。他裸着上身在海边沙滩上散步的样子，引得旁边围观的小女生们尖叫不已。

广告之后，屏幕上打出了巨大的两行字：代言本季产品的超级模特儿牧焱将会来到本市宣传，如果想和这位模特儿有更近距离的接触，请千万不要错过这个机会！

谢凌菲看到广告笑了起来，这让她有些冷冽的脸，马上柔和了起来，骆烨看得呆住了，心里暗暗感叹，果然就是漂亮的男孩子吃得开，但是那人也没有我帅啊！

骆烨一时郁闷，就用身体挡在了谢凌菲的面前，孩子气地抓着谢凌菲的胳膊："不许你看他，你只能看我！"

谢凌菲被骆烨逗笑了，她甩开骆烨，白了他一眼："你有什么好看的？"

骆烨一挺胸，大声回答道："我比他好看！"

"喊……"谢凌菲不再理会骆烨，自顾自地往前走。

那个广告片开始了重复播映，骆烨边走边回头看着，自言自语："为什么我觉得我在哪里见过他呢？"

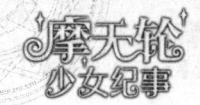

谢凌菲紧张地回过头看着他,虽然上次牧焱救他们的时候使用了催眠术,后来还把所有人的记忆给洗去了,但她也不知道这项能力对同样有异能的人是否也那么有效。

"哎呀,想不起来了,也许是在哪里看过那个广告吧!"骆烨不好意思地挠着头笑了起来。

谢凌菲松了一口气,看来牧焱的异能对同样有异能的人也是有用的。

骆烨跟着谢凌菲到了她家门口,骆烨挡住要上楼的谢凌菲。

"今天你还不请我进去喝杯茶吗?"骆烨故意问着谢凌菲。

谢凌菲愣了一下,她没有想到在自己拒绝了骆烨之后,骆烨还敢提出这种要求。

其实骆烨只是逗着她玩的,并没有真的准备跟她回家。当他看到谢凌菲的表情之后,朝着她扮了个鬼脸,笑着挥挥手和她说了再见。

谢凌菲看着骆烨跑远的样子,觉得如果这个人不是那样的身份,也许……

谢凌菲摇了摇头,没有再想下去,现在有件更重要的事在等着她,今天是固定的和未来世界联系的日子。

当周教官的脸出现在电话上方的小屏幕上的时候,谢凌菲便急忙问:"牧焱是为了任务而来的吗?"谢凌菲看着周教官,试图从他的脸上看出些端倪。

"是的!"周教官知道这是瞒不住的。

"是因为我工作上有疏忽吗?"谢凌菲看着周教官,她的脸上没有什么特别的表情。

"这是上级的指示,这关系着整个人类的命运!"周教官板起了脸,教训着谢凌菲。

谢凌菲抿紧嘴唇,按断了电话。其实如果牧焱来了,她也会觉得轻松一些,牧焱在受训的时候,是训练班里最优秀的学员之一。但现在的情况,已经够乱的了,有个黏人的骆烨,还有个身份不明的米小蕾,希望牧焱的到来可以给这混乱的事情理出个头绪。

和周教官通话之后,谢凌菲猜牧焱很快就会来找她了。果然,在第二天上学的时候她收到了一个短束,短束上只有一个店名。谢凌菲知道那是在自己家旁边的一间小小的咖啡馆。

放了学,谢凌菲好不容易摆脱了骆烨的纠缠,来到咖啡馆赴约。

牧焱在看到谢凌菲进门的时候就已经站了起来,他体贴地为谢凌菲拉开了椅子。他今天穿了一件米色麻质衬衫,配的是白色的麻质裤子,配上他那一头栗色的头发,整个人看起来清爽又随和。

"没有想到会是你来!"谢凌菲谢过了牧焱之后,就坐了下来。

"是啊,我们有很久没有见过了吧?"牧焱招呼侍者上了饮料。

"周教官让你来是因为米小蕾和骆烨吗?"谢凌菲玩弄着手里的吸管,看着牧焱。

第八章
成员·来自未来的战士

"夜帝是个危险的人,上级不希望有任何闪失!"牧焱的回答算是默认了这件事。

谢凌菲在牧焱提到夜帝时眉头皱了一下,她对那人只有恨,如果不是因为他,自己不会失去亲人,妈妈也不会到现在还只能靠着营养剂来维持生命。

是夜帝夺走了她的幸福。

"凌菲,我来之前去看过你妈妈了,她的情况好了一些!"牧焱轻轻拍了拍谢凌菲的手,算是对她的安慰。

"谢谢你!"谢凌菲轻声道了谢,"如果你没别的事,我要走了!"说着,她拿起书包离开了。

牧焱站起身看着谢凌菲的背影,这个女孩子的身体里好像永远贮藏着强大的能量,又那么坚韧,训练营里的项目让很多男生都叫苦不迭,只有她一声都不吭。

也正是她的这种特质吸引了牧焱,牧焱对谢凌菲有种本能的想要亲近的冲动,她的身上有很多别人没有的东西。

牧焱轻轻叹了口气,说实话,这次的任务是自己向周教官争取来的。消灭夜帝固然是很大的原因,但分离已久,他也很想来看看谢凌菲。

放学时候的校园总是给人一种熙熙攘攘的感觉，很多人背着书包往外跑。

"今天社长大人有空吗？"骆烨总是在放学的第一时间就冲到 D 班来找谢凌菲，这几乎已经成了他的习惯。

所以今天谢凌菲又被骆烨堵到也就不是什么新鲜的事情。两个人并肩走出了教学楼，骆烨手舞足蹈地讲着今天的篮球赛。

忽然有人叫了一声"谢凌菲"，两个人朝着声音的方向看去，谢凌菲一眼就看到牧焱。牧焱今天打扮得很时尚，却也很有校园嬉皮士的感觉：贴身的黑色长裤、淡蓝色的紧身钉亮片 T 恤，整个人看起来神秘中又带着几分调皮。

谢凌菲没有想到牧焱会公然到学校来找她，以为出了什么问题，连忙跑了过去。

穿着校服短裙的谢凌菲，依旧有一种清爽健康的感觉，和站在她身边的牧焱十分相配，俊男美女的组合自然打眼得很，从骆烨身边经过的同学都议论着。

有人认出了那个人就是当红模特儿牧焱，于是惹来尖叫声不断。

骆烨看着牧焱和谢凌菲说话的样子，很是不爽，也跟着谢凌菲跑到了牧焱的身边。

"你好，我是骆烨！"骆烨主动的自我介绍让牧焱皱了皱眉头。

牧焱知道骆烨，就是谢凌菲说过的有异能的人，他也许就是夜帝的继承人，但是他刚才和谢凌菲一起走出来的样子，多少让人怀疑他们之间有些不一样的关系。

如果说谢凌菲接近他是为了任务，那个骆烨接近谢凌菲又是为什么呢？难道谢凌菲的身份已经泄露了？还是骆烨能感知到谢凌菲的不同。

不管是哪个选项，对于牧焱来讲都是十分不利的。所以牧焱看着骆烨的眼神不禁冷厉了起来。

"我是牧焱！"牧焱伸手要和骆烨相握，但是他浅褐色的眼睛里，却忽然发出了不一样的光芒。

谢凌菲知道，那是牧焱准备使用异能的预兆，连忙挡在了骆烨的面前。

"他是我的同学！"谢凌菲挡在牧焱和骆烨之间，拦住了牧焱。

牧焱眼中的光芒消失了，他的眉头皱了起来，他不敢相信，谢凌菲居然会不让自己使用异能来探看骆烨这个人，难道她不想完成任务吗？还是这个骆烨真的有什么地方吸引着谢凌菲，可以让她抛开任务。

或许就是因为加入了太多的感情色彩，谢凌菲的任务才迟迟不能完成吧。牧焱看着骆烨眼神里又多了一些东西。

第八章
成员·来自未来的战士

谢凌菲知道牧焱误会了自己，校园终究是公众场合，如果牧焱贸然使用异能，这可能会影响到其他人，谢凌菲不希望出现这样的事情才会挺身而出，打乱了牧焱的计划。

"我是谢凌菲的朋友，不知道谢凌菲有没有和你提起过我！"牧焱轻轻笑了，再次朝着骆烨伸出了手。

"朋友？"骆烨看着身旁的谢凌菲，他从来不知道谢凌菲还有这样一个朋友，因为谢凌菲总是独来独往，并没在她的身边看到任何朋友。而且骆捷也说过，谢凌菲是个没有过去的人，怎么可能又冒出一个朋友来。

谢凌菲没有反驳牧焱的说法，这更让骆烨觉得奇怪：谢凌菲是怎么和当红模特儿搭在一起的呢？

骆烨迷惑不解的样子，让牧焱冷笑了一下。

"我们是一起长大的！"牧焱这样的话对骆烨来说无疑是一个挑衅。他在向骆烨展示着他对谢凌菲的重要，也显示着他在谢凌菲生命中的不可替代性。

一起长大，那是一段相当长的日子，那也是唯一让骆烨无法去追回的一段日子。

谢凌菲本想反驳，但是她想了想，牧焱说的也没有错，他们确实是在训练营里一起度过了很长很长的一段时间。

骆烨有些气闷，他没有想到这个突然出现的人居然会对谢凌菲有那么大的影响力，又是她的朋友还和她一起长大。但这些事情谢凌菲都没有和他提起过，自己什么都可以和谢凌菲说，为什么谢凌菲却有这么多的秘密，从来都不肯跟他说呢？难道他在她心目中，真的不重要吗？

但年轻气盛的骆烨并不是那么轻易服输的人，他站到谢凌菲的身旁，笑着和牧焱说："不管你们原来怎么样，但现在我们是很要好的朋友！"

谢凌菲惊讶地看着骆烨，但骆烨却没有看谢凌菲，他只是盯着牧焱的脸，年轻的脸上带着一丝好斗的气息。

那是赤裸裸的挑战，牧焱神秘地笑了，看来这个人没有那么好对付，如果这个人真的是夜帝，就一定要摧毁他，不能让他对谢凌菲产生任何不利的影响。

忽然牧焱的电话响了起来，牧焱看了看电话号码，还是接起了电话，牧焱用流利的法语和那边的人在谈着话。

谢凌菲可以感受到身旁骆烨那熊熊燃烧的小宇宙，所以她并没有接话。再说骆烨也并没有完全说错，他们这样应该可以称为"朋友"吧。虽然在谢凌菲的生命里，还从来没有过像骆烨这么黏人的朋友。

"对不起，我想我要先失陪了！"牧焱接完电话，朝谢凌菲笑了笑，算是道别。

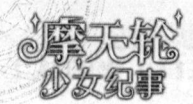

牧焱就这样突然出现，又匆忙地走掉了，留下骆烨和谢凌菲两人。

"我刚才那么说，是不是惹你不高兴了？"骆烨小心地看着谢凌菲的脸色。他可不希望再惹谢凌菲不高兴了，他可是好不容易才有机会靠近她的生活的！

"没有，只是没有想到你会那么说！"谢凌菲朝骆烨笑了笑。

"我们现在算是朋友了吧？"骆烨小心地把手伸到了谢凌菲的面前，脸上摆出一副委屈的样子。

谢凌菲被他的样子逗笑了，轻轻拍他的手掌一下。

看着骆烨因为自己一个小小的动作而开心地笑起来，笑容里有着他自己都不知道的满足，谢凌菲忽然觉得，心里有了种以前从来没有过的感觉。

第八章
成员·来自未来的战士

如果说和牧焱的相遇让骆烨很是不爽，那么再接到牧焱相约的短信时，骆烨就只剩惊讶了。

不过骆烨还是决定赴约，因为牧焱对谢凌菲来说是那么重要，也许可以从他的身上找到突破点。骆烨越来越对谢凌菲感到好奇了，谢凌菲就像一个你永远无法解开的谜团一样，但骆烨坚信自己一定会把这个谜团解开。

骆烨见到牧焱的时候，牧焱正在喝茶，他今天穿了GUCCI（意大利服装品牌）的夏季西服，头发被他规矩地梳了起来。

骆烨低下头看着自己，很普通的牛仔裤，贴身T恤，果然和牧焱不是一个世界的人。

"对不起，下午有个SHOW（演出），希望你不要介意！"牧焱看出了骆烨的局促，倒了杯茶递到骆烨的面前。

英式的白瓷茶杯，配上大吉岭的红茶，淡淡茶点的香气，这一切让骆烨觉得有些不真实。

如果世上真的会有王子这种生物存在的话，那坐在骆烨对面，正悠闲地喝着红茶的牧焱应该就算是其中一位了。

"我想知道你今天找我来的目的！"骆烨轻轻咳了一声，决定还是尽早结束谈话。

"我知道你是个异能者！"牧焱放下了茶杯，看着骆烨。

骆烨的眉头皱了起来，这个人不是刚刚才到本市吗？那他又是如何知道自己的异能的？

难道是谢凌菲说的，但是骆烨马上就推翻了这个猜想。

"你可能不记得我了，但是也许这对你会有所帮助！"

骆烨忽然觉得有种奇怪的感觉，他无意识地抬起了头，看着对面的牧焱，牧焱的眼睛里发出了淡淡的光芒。

一个个画面就像电影一样，在骆烨的脑子里播放着。那天在珠宝店里的一切记忆重新回到了骆烨的脑海中，一时激动而冲进去的自己，担心自己所以跟进去的谢凌菲，而突然之间自己似乎被什么东西包裹住了，无法动弹……然后……就是面前这个人……

骆烨猛地惊醒过来，他看着坐在自己对面的人。牧焱也同样看着他，嘴角挂着一丝笑意，在骆烨的眼里，那丝笑意有一些冷酷的味道。

怪不得前两天自己觉得这个人如此眼熟，原来就是他救了自己和谢凌菲。

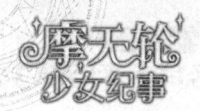

"我想你已经想起来了!"牧焱看着骆烨,不能不说,这个男生也是出色的,只是自己比他更优秀罢了。

"你来找我,是想让我和你说声谢谢吗?"骆烨对牧焱找他的目的依旧不是十分清楚。他也不明白为什么自己会忘记那天晚上的事情,而现在又一下子想起来了。

难道这个人也是有异能的?

"我想我不需要一声谢谢!"牧焱拿起小碟子里的茶点咬了一口。

"那你为什么要找我,为什么又要让我想起那天晚上的事情!"骆烨就像夯了毛的猫一样看着牧焱。

"我知道你对谢凌菲很感兴趣,我今天约你来就是想和你谈谈她!"牧焱的话让骆烨马上安静了下来。

"我想你可能也已经猜到了,我和你一样,身怀异能!"牧焱伸出手看了看自己的手指,白而纤细的手指,皮肤下青色的血管透了出来。这看起来和平常人没有相异的地方,但身体里却藏着那样的秘密。

骆烨看着牧焱,到目前为止,牧焱所说的话,都让骆烨半信半疑。

"好吧,我想你已经有准备接受一个很长的故事了。我和你说过,我和谢凌菲是一起长大的,她是个孤儿!"牧焱轻轻吐了口气,他还记得自己第一次见到谢凌菲的时候,她就已经看起来像个大人一样了,她的果敢、坚强,甚至让以魔鬼训练出名的周教官都感叹不已。

"这座城市在十年前,曾经有过一次可怕的雷暴,你的异能就是在那个时候有的,不是吗?"牧焱抬起头看着骆烨,最后一句,并不是疑问句,而是反问句。

"这关你什么事?况且我也看不出这和谢凌菲有什么关系?"骆烨看着牧焱,眉头打了好几个结。

"是和谢凌菲没有特别的关系,但是和她的父母却有着很深的关系!"牧焱觉得自己就好像一只捉到了老鼠的猫一样,耍弄着面前的骆烨。

"你们的记载里,是不会有一个人的名字的,那就是夜帝,他是一个拥有强大异能的人,而且他还有着可怕的野心,他要让这个星球由异能者来统治,这样他就拥有无上的力量和统治权了!"牧焱一边说,一边看着对面骆烨的脸色。

骆烨的脸色十分不好看,在他的印象里,这些东西都是陌生的,但是"异能"和"夜帝"这两个词从牧焱的嘴里说出来的时候,骆烨的心还是震了一下。

"夜帝做了很多的坏事,他几乎是无法被摧毁的,但是人类终究是聪明的,而且我们也有一批出色的异能战士。后来,我们发明了C32波粒光束,那是一种可以同时摧毁

第八章
成员·来自未来的战士

心脏和大脑的光束，足以杀死夜帝。当然，夜帝是不可能站在那里让我们打的，所以有两个异能者充当了殉道者的角色，那就是谢凌菲的父母，谢洋和林妙娜。他们是唯一可以限制夜帝行动的人。"牧焱平静地述说着，他自己也觉得很是疲倦，那些在教科书上知道的事情，像过电影一样在牧焱的脑海里涌动。

"但是，结局却是残忍的。C32波粒光束虽然发挥了作用，但是谢洋和林妙娜也与夜帝同归于尽。"牧焱按了按额头，敏感纤细的神经被回忆摧残着，带来了生理上的疼痛。

"那这和我有什么关系？"骆烨嘴硬地反驳着，他的心里有一种本能的抗拒，他拒绝相信这一切会与自己有所关联，但隐隐地他又知道，牧焱不会无聊到和自己说这些无谓的话。

"那个时候，我们都以为夜帝被摧毁了，但他留下了一个预言，说他会跨越一百年的时空，再次复活。后来经过调查我们得知，他在爆炸前一刻转移了时空，同时把自己的异能分了出去，分给了很多人……这里面就有一个他的继承者，夜帝的力量会在他的身体里苏醒，他会成为第二个夜帝！"牧焱的眼睛里闪动着危险的光芒。

"我……我不明白！"骆烨匆忙地站起了身，他的快速站立，让椅子失去了平衡，椅子倒地发出声响。

"邪恶的力量啊！"牧焱残酷地下定语。

是的，这一切异能的源泉居然会是这样一个残忍的、邪恶的故事，不，不应该是故事，这是事实。

骆烨傻了，他从没有想过自己一直引以为傲的异能会是如此残酷，甚至沾染着谢凌菲父母的鲜血。

"幸运的是，谢凌菲的母亲并没有在那次爆炸中死亡，而是被保护了起来，她受着最精心的照顾，生下了谢凌菲，但她永远无法醒来了，也不会对她的女儿笑一笑，更不可能会拥抱她。小小的谢凌菲最大的安慰就是每天隔着玻璃罐子和她的母亲说话，你可以设想这样的场面吗？"牧焱抬起头看着已经傻住的骆烨。

他知道他所述说的一切都让这个男孩子痛苦无比。没有什么比看到自己在乎的人受苦更能让人痛苦的了。

"为什么要告诉我这一切！"骆烨握紧了拳头看着对面的牧焱，这一切让骆烨痛苦不堪，他从没想过那么坚强的谢凌菲的身上隐藏着如此巨大的一个秘密。

"我只是想告诉你，谢凌菲对那个人的恨。我所要说的话已经说完了，你可以走了！"牧焱拿起了茶杯，喝掉了已经冷了的红茶，他现在需要可以让他清醒的东西，回忆让他

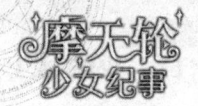

这个神经无比纤细的人十分不舒服，他的痛苦甚至在骆烨之上。

"噢，我忘了告诉你，所有那天得到异能的人，都有可能是夜帝的继承者！"牧焱的话再一次在骆烨的心上狠狠划了一道。

但是骆烨却知道他说的一切都会是事实。

而世上最伤人的事，也就是事实。

第九章 花海·惊险再现

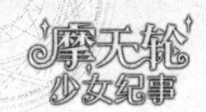

骆烨失魂落魄地走着，他没有想到，谢凌菲的身后有这样一个血淋淋的秘密，虽然父母一直因为十年前的事情对他们有所疏远，但是不管是在物质上还是精神上，他都可以感知他们对他的爱。

而这些爱，谢凌菲都没有，骆烨甚至可以想象出小小的谢凌菲对着冷冰冰的玻璃罐子说话的样子，这一切差点儿把骆烨逼疯。

他不自觉地走到了谢凌菲的家门口，他现在真的很想见到她。

"谢凌菲！"骆烨轻轻拍了拍自己的脸颊让自己看起来和平时没有什么不同之后，朝着大楼叫喊着谢凌菲的名字。

谢凌菲正拿着书包从转角的地方转过来，她听到有人叫她，马上加快了速度。

"骆烨！"谢凌菲叫了一声。

骆烨回过头，看着朝着自己微笑的谢凌菲，忽然有种想哭的冲动。

他想给谢凌菲依靠，告诉她一切都好，没事儿了，有什么痛苦都可以和他讲，但是骆烨做不出来。

他的脑海里总是盘旋着牧焱的话，她恨夜帝，自然也会恨那些因为夜帝而得到异能的人，这一切都像绳索一样勒住了骆烨的脖子，让他无法呼吸。

"我只是顺路来看看你！"骆烨僵硬地朝着谢凌菲露出了一个笑容。然后挥挥手算是和谢凌菲告别。

谢凌菲看出了骆烨的不对劲儿，她喊了一声骆烨，但骆烨却没有回答，而是快速地跑开了。

骆烨回到家时，已经到了吃晚饭的时间。

骆捷和平常一样帮着妈妈在摆碗筷，并没有什么不同，但看着陈雨涟那闪躲的眼神，还是让骆烨一阵气闷。

他终于觉得自己的异能是个包袱了，而且这个包袱还是那么残酷，压得他喘不过气。

"骆烨，你怎么了？脸色不好看，是不是病了？"陈雨涟下意识地要用手去碰骆烨的额头，但是在距额头很近的地方，却又停住了手，她不知道该如何面对这样的儿子。

"我没事，你们吃吧！"骆烨咧开嘴笑了一下，转身上了楼。

陈雨涟求救似的用祈求的目光看着骆捷。骆捷点了点头，会意地上了楼。

"你怎么了？"推开门的骆捷看到骆烨正用被子把自己包了起来。

"我只是困了！"骆烨把自己缩进被子里，面朝着墙壁的方面，摆明是不想和骆

第九章
花海·惊险再现

捷谈话。

"我想你忘了双胞胎之间会有心灵感应这件事情，下午你和什么人谈了些什么，为什么你会那么痛苦？"骆捷坐到了床边的地板上，他下午确实感应到了骆烨的痛苦，他不知道源头是什么，但隐约猜到可能是和他们身上的异能有关。

"下午谢凌菲的一个朋友牧焱和我讲了什么是邪恶力量！"骆烨用牧焱的话来给他们身上的异能定义。

骆捷没有说话，只是静静地等着弟弟把后面的话都说出来。是的，他们兄弟俩一直回避着异能源头这个问题，因为骆烨总认为这是上帝对自己的恩赐，可以让自己成为像超人一样不同的人类。而骆捷总认为，这是一件不好的事情。这也就是骆烨总会炫耀自己是有异能的人，而骆捷却从不这么做的原因。

"我们的力量来源于一个叫夜帝的人，他是一个邪恶的人，虽然他最终被人类摧毁了，但是他的异能却在另外一些人的身上得到了保存，这些人里就会有一个人成为夜帝的继承者，而谢凌菲就是因为这件事情失去了自己的父母，她恨夜帝！"骆烨用最简略的话讲述了牧焱所告诉他的事实，他不知道这些事实会让骆捷作何感想，却让他痛苦不堪。

他对谢凌菲有好感，他从来没有想到会伤害她。他也从来不知道，自己一直引以为傲的异能，竟然会是谢凌菲痛苦的源头。

骆捷站起身，轻轻拍了拍骆烨。

"你如果想睡，就睡一下吧，我们的异能是我们无法改变的事情，而即使我们知道了源头，我们也无法把它还回去，不是吗？"骆捷的话，听起来倒真的不像是在安慰骆烨，但骆烨却又不得不承认，骆捷说出了重点。是的，不管这个力量是如何来的，他们都永远无法回避一个现实，就是他们现在是拥有异能的人，而且这异能他们是无法让它消失的。

骆烨甚至赌气地想，如果这个异能就这样消失就好了，这样自己就可以毫无愧色地面对谢凌菲了。

骆捷关上了房门，走到了饭厅，他安慰了不安的陈雨涟，骗她说骆烨没有什么事情，只是累了。

陈雨涟有些不相信，无奈地叹了口气。

骆捷知道骆烨喜欢谢凌菲，却不知道骆烨喜欢得这么深，他也从没想到，骆烨甚至为了谢凌菲而怨恨他一直引以为傲的异能。

这也就解释得通，为什么谢凌菲一直在追问自己是否是个异能者。看来有必要和谢凌菲谈一谈了。

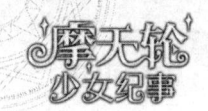

骆捷是个想到就会去做的人,他把谢凌菲约到了学校顶楼的天台上。

谢凌菲对于他的主动邀约很是纳闷,因为骆捷对她态度虽然温柔,却一直比较抗拒,也是明摆着不合作。

"你不是一直想知道我到底是不是一个异能者吗?我现在可以告诉你,我是!"骆捷看到谢凌菲上来的第一句就是这个,这么开诚布公的态度让谢凌菲很惊讶。

她知道骆捷一直对他有异能这些件事很是回避。

他从来不主动和别人提起,他甚至不会轻易去用他的异能,但是今天他却主动承认了自己是有异能的,这又是为了什么?

"我和骆烨出生在一个幸福的家庭,我们的父母虽然都是普通人,却用他们最大的爱来爱着我们,他们最大的希望就是可以看着我和骆烨快乐地长大,成人。他们用他们最大的努力给我和骆烨幸福。我和骆烨也按照他们的想法成长着,我们是快乐的两兄弟!"骆捷忆起出事前的自己,也和骆烨一样调皮捣蛋,甚至有的时候闹得比骆烨还要凶。但是,后来却没有了这样的事情。

谢凌菲张嘴想问为什么骆捷要和自己说这些。

骆捷朝着她做了一个少安毋躁的手势。

"十年前的一天,父母带着我们去了中心公园,很不幸,那天的公园里发生了雷暴,那是这个城市最大的一场灾难!"骆捷看着安静下来的谢凌菲。

谢凌菲明白了,骆捷在和自己说十年前的事情。

"我和骆烨在雷击中晕了过去,等我们醒过来的时候,却发现我们拥有了和别人不一样的东西。当骆烨像炫耀新玩具一样炫耀他的异能的时候,我从我母亲脸上第一次读到了恐惧!我甚至看到在病房外,妈妈无助地哭着问爸爸,该怎么办?后来妈妈对我们的态度越来越疏远,她很害怕我们,虽然我知道她依旧爱我们,但是那爱却比不上恐惧的力量。"骆捷轻轻叹了口气,这些事情,他没有和任何人说过,甚至是骆烨。

他希望骆烨可以像原来一样,快乐地长大,如果有什么痛苦,那就让他一个人来背负好了。

"你可以想象在一个家庭里,父母对自己的孩子客客气气的样子吗?这么多年了,妈妈甚至没有主动拥抱过我一次,我们生病时,她甚至不敢用她的手帮我们量体温,你可以想象这对一个孩子来说是多么残酷吗?"骆捷平静地述说着,是的,他已经被这些

第九章
花海·惊险再现

东西压迫得够久了,这是一种心理上的伤害,你最爱的人却不敢亲近你,你明明知道她爱你,却又无法从她的身上感知这一切。这对一个孩子,不,两个孩子来说是多么大的伤害。

"我宁愿我没有异能,我宁愿我只是个普通的人,所以我隐藏我的力量,很想和普通人一样,我想上街时可以牵着妈妈的手,而不是和她保持三步之遥,我想让父母带着我们去野营,而不是看着他们把我们当成怪物一样。"停止了述说的骆捷看着谢凌菲。

谢凌菲可以感知他的痛苦,谢凌菲还感受到了骆捷身上的孤单和无助,这让谢凌菲想到了孤单地坐在玻璃罐子外面的自己。

自己的妈妈就在里面,却无法拥抱自己,明明知道她爱你,却又无法得到最小的一个肯定。

"我的妈妈也无法拥抱我!"谢凌菲看着骆捷。

"异能者并不是都愿意过着这样特殊的生活,他们也渴望平淡的生活,并不是每个人都像骆烨一样想成为拯救世界的救世主!"可能是因为提到了自己的弟弟,骆捷紧绷的脸上终于出现了一丝笑容。

骆烨真的是一个可爱的孩子,在自己那些痛苦的岁月里,如果没有他的陪伴,想来自己也不会坚持下来,就是因为抱着要让弟弟快乐生活的信心,自己才可以和他一起走到现在吧。

昨天骆烨失魂落魄的样子又出现在了骆捷的脑海里,他从没有见过骆烨那个样子。不心疼,那是不可能的,但骆捷也同样相信,这样也许对他是有好处的,起码可以让他长大懂事一些。

"我要回家了,再见!"骆捷伸了伸胳膊,长长地呼出了一口气,可以把自己想说的说出来,这也是一件很幸福的事情啊。

谢凌菲看着骆捷消失在门外,她从来都没有考虑过异能人是否想拥有异能,这是第一次有人和她说,不想拥有异能,她的异能是生下来就有的,所以早已经和自己融成了一部分,而骆捷他们不同,他们是被人强加上去的。没有人问过他们是否愿意要这样的异能。

谢凌菲终于发现,自己对异能人了解得居然会那么少,自己原来所有的想法居然会是如此幼稚和狭隘。

她一出生就注定是个身怀异能的人,而她想要运用异能的原因,也是如此的简单,她要给死去的爸爸报仇。

仿佛她的出生,就是为了再一次摧毁夜帝。谢凌菲第一次开始审视自己身为一个异

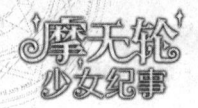

能者到底可以为这个城市，为这个世界做一些什么。

谢凌菲想到了营养罐里的妈妈，她的面容总是如此安详，她的牺牲被永远雕刻在星球的功劳板上，而她自己呢，她又要做些什么？谢凌菲第一次明白了摧毁夜帝的重要性，不是要为自己的父母报仇，而是为了人类，为了整个星球。

这也是身为一个异能者和普通人不一样的地方，异能者的存在就是为了保护全人类和他们赖以生存的星球，并为此而进行战斗。

第九章
花海·惊险再现

自从得知谢凌菲的身世之后,骆烨忽然感到十分心疼。左思右想,鼓起勇气去女生精品店专门买了一只浅绿色的蕾丝发卡,想要送给谢凌菲,弥补自己因为异能的关系而产生的愧疚。

但是总不能在学校里交给她吧,万一被骆捷班上的其他同学看到,多没面子。因为一向只有骆烨收礼物的份儿,从来没有给其他女生买过礼物啊!

骆烨对着天花板已经踌躇了很长时间了。他想约谢凌菲出去,亲手把发卡交给她,更想和她说"让我保护你吧",但是他实在想不出应该在什么地方做这些事。是在咖啡厅,还是在游乐场?或者书店会不会气氛更好一些?

骆烨有点儿挠头,他从来没像现在这么为难过。

骆捷进来的时候,就看到骆烨对着电脑屏幕唉声叹气,骆捷一时好奇便凑过去看,看到骆烨手中的女生发卡,骆捷惊讶地看着骆烨。

"干吗?"骆烨扁扁嘴,"送给谢凌菲的!不过我不知道约她去哪儿,才比较方便把礼物交给她。"

骆捷笑了笑,拍拍骆烨的肩膀:"要不要我帮忙指点一下?"

"你?"骆烨吓下了一跳,他可不知道他老哥居然还对这个有研究,他惊讶地看着骆捷,"哇,老哥,看不出来你平时不声不响的,居然还心思挺细腻的啊!"

骆捷翻了翻眼睛:"你到底想不想听啊?"

"想!"骆烨赶紧换了一副巴结相,嘻嘻笑着回答,"老哥推荐的一定是好地方!"

"你们去中心公园的游乐场吧。"骆捷胸有成竹地说道。

那个地方是十年前一切开始的地方,骆捷可以肯定,谢凌菲会对那里非常有兴趣。

骆烨虽然十分怀疑,但看着骆捷那认真的脸,还是决定听信哥哥的话,虽然他真的没有什么信心。

"谢凌菲,周末有空吗?"骆烨又是一副不正经的样子,出现在了谢凌菲面前。

难得,这次谢凌菲没有回绝他,而是点了点头。

"那你愿意和我去游乐园吗?"骆烨的眼睛一亮,终于说出了自己的邀请。

谢凌菲犹豫了一下,骆烨赶紧补充:"就是中心公园的那一个,很有名的!"

中心公园?

十年前那场雷暴发生的地方,夜帝曾经出现的地方!

"几点钟?"谢凌菲问道。

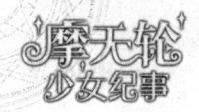

"你答应了,你真的答应了?"骆烨高兴得有些不知道所措,他没想到骆捷的建议居然真的有效。

谢凌菲叹了口气说:"难道你想我不答应吗?"

"当然不,当然不!明天上午十点,中心公园,不见不散哟!"骆烨像怕谢凌菲改变主意一样,马上报出了地点和时间,挥着手和谢凌菲说再见。

谢凌菲看着骆烨那高大的背影跑远,骆烨好像永远是个无忧无虑的大孩子,他的喜怒从来都是那么直接。如果,如果自己也可以像他一样该有多好,谢凌菲叹了口气,但想想妈妈,便又满怀信心了。妈妈,你一定要等着我。

骆烨几乎在脑海里预习了见到谢凌菲的所有场景,第一句话应该说什么?不知道谢凌菲会不会喜欢自己买的礼物呢?

骆捷看着骆烨紧张地对着镜子反复练习待会儿要说的话,忍不住笑了起来。自己这个弟弟,一直是个很随性的人,很难看到他认真的样子,现在为了谢凌菲却这么认真,也许是件好事,但是谢凌菲的身世,却又让他们俩的关系蒙上了一层阴霾。

骆烨有些紧张地做着出发前的最后一次准备,所有和女生相处的礼节跟禁忌都已经在心里默想了无数次,骆烨对着镜子长长吸了口气,然后做了个得胜的手势,给自己打气。

中心公园在周末永远是人满为患的,所以当骆烨和谢凌菲到达的时候,一眼望去,人头攒动。

谢凌菲远远地听到欢快的音乐声和孩子们欢笑的声音。看着被大人拉着的孩子,谢凌菲心里不由得一阵感伤。她在小时候也很希望可以拉着妈妈的手,可以和她一起去玩,尤其是看到别人的父母来训练营接他们的时候,谢凌菲总是很羡慕。

谢凌菲抬起头看着蔚蓝的天空,虽然看不到妈妈的样子,但她却依旧坚信妈妈一定会好起来,他们一定会再打败夜帝还这个世界一个清净。

"谢凌菲!"骆烨的声音在谢凌菲的身后响起,谢凌菲回头,看着正向自己跑来的骆烨。他今天没有穿校服,只是简单地穿了件淡蓝色的T恤,配的是纯黑色的牛仔裤,鞋是涂鸦款的帆布鞋。因为跑动的关系,骆烨的脸上红扑扑的,十足一个阳光男孩的样子。

骆烨快跑了几步到了谢凌菲的面前。今天的谢凌菲,穿了件淡粉色的T恤,可能是来游乐园的原因,所以特意穿了条紧身的白色七分裤,配的是白色的运动鞋,再配上那一头短短的栗色短发,整个人显得清爽又青春。

看到这么不一样的谢凌菲,让骆烨笑得更加灿烂起来。

"你今天很漂亮!"夸赞女生,是男生该有的绅士风度,也是一种示好的表现。骆烨不停地在心里重复着网上所看到的和女生相处的守则。

第九章
花海·惊险再现

谢凌菲"扑哧"一下笑了，她一边打量着骆烨一边问："你今天感觉有点儿不一样！"

废话！骆烨在心里吐了吐舌头，虽然平时跟谢凌菲笑啊闹啊的似乎已经习惯了，可是今天不同，今天他……他第一次送礼物给女生啊！

买了票进了游乐园，谢凌菲才知道这里有多么热闹。虽然在她的世界里也有这样的设施，但谢凌菲却从来没有进去过，所以她对一切都是那么好奇。

而一向以吃喝玩乐专家自称的骆烨此时就充当了一位最尽职的导游。

"这是摩天轮！"骆烨站在高大的摩天轮下给谢凌菲介绍。

谢凌菲抬起头看着那高高的摩天轮，上面是一个一个的小房子，隐约可以看到里面的人影。那些人在里面干什么呢，这是让谢凌菲十分好奇的地方。

"这个地方呢，现在还有个名字叫作花海游乐园，你知道为什么吗？"骆烨故意卖了个关子，他站到谢凌菲的面前问着。

谢凌菲挑着眉说："因为这里有一大片花地，像海洋一样？"谢凌菲是在接到邀请之后特意上网查的资料。

"哦，天哪，你太聪明了！"骆烨皱着眉，很夸张地赞扬着谢凌菲，但谁都听得出来，这赞扬里带着揶揄的意思。

谢凌菲虽然在网上看到过这片花海的照片和介绍，但是当你身处这个花的世界里的时候，你却依旧不得不唏嘘和惊叹。

花海中种满了紫色的薰衣草，紫色的花蕾配上绿色的长茎让一切变得梦幻起来，风轻轻吹过的时候，薰衣草香随风飘散。

谢凌菲被这个巨大的花海镇住了，她从没亲眼看过这么大面积的花田。她觉得自己的眼睛都不够使了。

花海里有些小径，可以让游人进去，谢凌菲此时就踩在这样的一条小径之上。她的身旁种着无数的薰衣草。

紫色的花蕾，时不时地碰到谢凌菲的身体。谢凌菲蹲下身子，用手轻抚着那些花朵和茎叶。

"好漂亮！"谢凌菲觉得自己说不出更准确的话来形容这片花海了。

"当然，这片花海，可是游乐园的重点保护对象呢，而且有个传说，如果在花海许愿，以后就一定会实现！"骆烨说的时候脸微微有些红，他希望和谢凌菲一起许下愿望。

但显然谢凌菲已经被那大片的薰衣草吸引住了，完全没有听到骆烨的话。

"谢凌菲！"骆烨叫了一声。

谢凌菲转过头看着他，她总觉得今天骆烨有些怪怪的，总有些欲言又止的样子，而

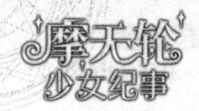

且双手一直放在口袋里,像是要掏出什么东西来,不知道是什么事情在困扰着他。

谢凌菲迷惑地看着骆烨,他那微微涨红的双颊,还有身体两侧不知道该放在哪里的双手,都显示着他要说的事情的重要性,可是为什么,骆烨却又说不出来呢?

不管了,今天一定要说出隐藏在心底很久的话,骆烨在心里给自己打着气,然后拿出浅绿色蕾丝发卡的精美包装盒,迅速放到谢凌菲手上,生怕她拒绝。

"那个……这是送……送给你的!以后就让我保……保护……"

第九章
花海·惊险再现

突然，四周安静了下来，好像被什么东西隔开了一样。只有微微的风偶尔吹过，游人的吵闹声、孩子们笑的声音，都没有了，如同一幕偶像剧或是默片。这一切如果是在平时会让谢凌菲和骆烨变得警惕，但是现在骆烨一心想着告白，而谢凌菲也已经被骆烨的紧张吸引住了，两个人都没发现危险已经离自己越来越近了。

"我想说……小心！"谢凌菲身后的空间忽然扭曲了起来，一股大力冲了过来。

骆烨一转身，把谢凌菲抱到怀里，自己用身体挡住了那一股力量。

那一股力量，把骆烨和谢凌菲推进了花海，被两个人的身体压倒的薰衣草却忽然都飘浮起来。

紫色的花蕾此时一点儿都不会让人有幸福的感觉，只会让人觉得诡异。

谢凌菲从骆烨的怀里挣扎出来，轻轻推着骆烨的肩膀。

骆烨睁开眼睛，觉得自己的身体好疼，他咧着嘴朝谢凌菲摇了摇头，以表明自己没事。

"可以站起来吗？"谢凌菲紧张地看着骆烨。

骆烨点了点头，站了起来，和谢凌菲背靠着背站着，此时的薰衣草在他和谢凌菲的身旁越聚越多，那绿色的长茎上，还泛着诡异的光。

"小心，那些花茎上有些东西很奇怪！"谢凌菲不放心地提醒着骆烨。

骆烨小声应了一声，他心里都快恨死了，早知道要被攻击的话，应该早点儿和谢凌菲说交往的话，现在如果真的有事情的话，恐怕自己连说的运气都没有了。

"谢凌菲，我想……"就在骆烨又一次想要告白的时候，攻击开始了。

那些茎和花朵的攻击路线十分诡异，好像并不是想要谢凌菲和骆烨的性命，却又总是在他们的身旁游移。

没有办法，骆烨只好隐身，但是那些花却像知道骆烨在哪里一样，即使他隐了身，那些花却依旧可以跟随而至。

花越来越多，不光有花朵，有茎叶，甚至还有花粉。

无数的花粉掉落下来，沾在谢凌菲和骆烨的身上。那些花粉沾到身上，就会燃烧起来，幸亏花粉的力量不是很大，只是在两个人的衣服上烧出了无数的小孔。

因为异能过度的使用使骆烨有些体力不支，他粗声地喘着气，谢凌菲的异能是控制金属分子，对待植物却束手无策，所以她和骆烨现在十分被动。

花朵大面积压了上来，花茎连在了一起，想要捆绑住骆烨和谢凌菲，花朵压在谢凌菲和骆烨的身上，像有几百公斤的重量，花粉依旧在他们的身上燃烧着。

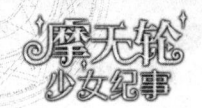

"谢凌菲!"骆烨一边努力挣扎着,一边惦记着谢凌菲。骆烨后悔了,如果早知道是这样的局面,还不如随便找间甜品店约见好了,因为被蛋糕压死总比被花压死好一些吧,骆烨苦着脸暗暗盘算着。

但谢凌菲现在却思索着是谁向他们发起的攻击,看着攻击的规模和方式,不像是突发性的攻击,似乎是特意针对他们两个的。

压在他们身上的花朵越来越沉,好像要把他们带到不知名的地方去。感觉被压得要窒息,谢凌菲伸出手,想要抓住骆烨的手,却怎么也抓不住。

谢凌菲觉得四周全部都是薰衣草,刚才还觉得清爽宜人的味道,现在却让自己快要窒息了,那些气味随着呼吸进入谢凌菲的身体里。谢凌菲觉得自己的神志开始模糊了。大脑中一片混沌,花朵依旧源源不断地涌过来,死死地压在她的身上,她的感觉却已经越来越麻木了。

那些花朵好像是一堆堆的铅块,死死地压在她的身上,窒息和缺氧带来了幻觉。谢凌菲似乎看到了什么地方,那地方有人在呼唤着自己,谢凌菲下意识地伸出手,却什么也抓不住。

"妈妈……妈妈!"谢凌菲小声地在心里呼唤着,她的眼睛已经闭紧,她的脑子里只有妈妈的样子,还有骆烨,还有学校,还有那一张张笑容满面的脸,但转眼之间那些熟悉的面孔全都狰狞起来,仿佛要吞噬她。

谢凌菲觉得自己似乎已经失去了所有能力,那些像铅块一样的薰衣草依旧死死压在她的身上,让谢凌菲有种这些花就是长在自己身上的错觉。

神志越来越模糊了,谢凌菲努力仰起头,窒息、高热,胸膛中压满了薰衣草的花粉和气味,这些都把谢凌菲推入一个不知名的黑暗世界。

骆烨现在的处境也比谢凌菲好不了多少,他身上的薰衣草一样也压着他。但令他更焦急的是他完全得不到谢凌菲的一点点回应,甚至连最细小的呻吟声都没有,这都让骆烨害怕不已,他害怕谢凌菲就这样晕过去,那就只有死路一条。

所以骆烨不管身上被压得多么重,还是一直坚持在叫着谢凌菲的名字,虽然那声音越来越小,越来越无力。

突然,一切都好像消失了一样,四周又恢复了吵闹,孩子们的笑声,大人叫喊的声音。

谢凌菲和骆烨发现,两个人躺的地方距离不过一米远,都粗声喘着气,窒息的感觉已经消失,他们都努力地吸着气,可以自由呼吸的感觉真好。谢凌菲和骆烨互相看着,都有一种劫后余生的感觉。

"你们没事吧?"骆捷此时扑了过来,死死抓着骆烨的肩膀。如果不是心灵感觉,

第九章 花海·惊险再现

如果不是有牧焱的帮忙，那么自己也许就真的见不到骆烨了。

骆捷看着一身狼狈的骆烨，他真的感觉到了骆烨的痛苦。

那窒息的感觉是如此真实，真实到让在家里帮妈妈做家务事的骆捷一下子摔在了地上。太痛苦了，骆捷不知道骆烨是怎么熬过来的。

"没事，谢……"骆烨躺在骆捷的怀里，喘着粗气，他用手指了指谢凌菲的方向。

"牧焱在那边，你放心吧！"骆捷轻轻拍了拍骆烨的手，骆烨放下心来，微微笑了一笑，又晕了过去。

此时的谢凌菲已经被牧焱抱到了怀里，谢凌菲努力想和牧焱说点儿什么，却发现自己根本说不出话，窒息的恐惧依旧残留在她的身体里，那感觉太过真实，让人心生俱怕，谢凌菲从来没有意识到死亡会离自己如此之近，而且过程是如此痛苦。

"谢凌菲，你再坚持一下，救护车就要来了，谢凌菲，不要睡！"牧焱觉得自己的心都要碎了，他从来没有见过如此狼狈的谢凌菲，谢凌菲的身上脸上都有烧炙的痕迹。

她躺在牧焱的怀里，就如同一个破碎的旧娃娃一样，毫无生气，那苍白的脸颊，那皱紧的眉毛，还有抿紧的嘴角，都让人觉得她已经失去了生命力。

许多游人围了上来，不知道为什么会有四个人在花海中间，他们也不明白为什么还有两个人好像受了伤的模样，游人们嘀咕着，救护车的声音越来越近了。

谢凌菲再醒来的时候，只看到了白茫茫一片，直到她看到那独有的医院的红十字标志时才相信自己现在是在医院里，自己是安全的，再也不会有那些花死死压在自己的身上了。

谢凌菲苍白着脸回想着那一幕一幕。虽然残酷，却依旧要回忆，要从回忆中找出疑点，她一定要知道是谁要把她和骆烨都置于死地，如果他会向自己下手，那其他的异能者应该也不会幸免，可谁有这样的本事呢？

那花海中的攻击绝不可能是幻觉，因为那幻觉太过真实具体。况且，如果真的是幻觉，最多只能带来精神上的伤害，而现在不用看，谢凌菲也知道自己身上受到了真实的伤害。

"真高兴可以看到你醒过来！"牧焱拿着一瓶花走了进来，清新的花香却让谢凌菲的脸色难看了几分。

牧焱马上醒悟过来，把花从花瓶中抽出来，直接丢进了垃圾桶。

"对不起，我忘记你刚刚被攻击过！"牧焱坐到谢凌菲的旁边，轻声道着歉。

"不，是我应该和你说谢谢呢，如果不是你，我想我已经……"谢凌菲朝着牧焱笑了笑，那笑容里有几分庆幸也有几分信任，她并没有说下去，她知道她和牧焱都知道那下面的意思是什么。

183

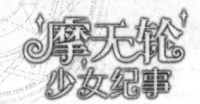

谢凌菲的笑容，反而让牧焱觉得十分内疚。如果不是自己被骆烨气疯了，没有多多关注谢凌菲的话，真的不会有这次谢凌菲的遇险。果然他们都太小看夜帝了。

一切都是自己的原因啊，牧焱每次看到躺在病床上的谢凌菲的惨状，就一阵心疼。

牧焱曾经以为谢凌菲是不可战胜的，但是他发现他错了，当他把谢凌菲抱在怀里的时候，他才知道谢凌菲是如此脆弱和柔弱。

虽然那只是短短几分钟，但那一切给牧焱的冲击却是巨大的，不可磨灭的。

"你们赶到的时候，有感觉到什么吗？"谢凌菲接过牧焱递过的水杯喝了口水。

"我们赶到的时候，只看到花海里有些不一样，应该是被什么人控制了，但是那个人却好像也不太想惊动其他人的样子，因为花海是被单独隔离起来的，其他的游人都没有感觉到有什么不妥的地方！"这也是很让牧焱奇怪的地方，如果说那个人可以隔离出一个空间的话，那他的力量就太强大了。

但是他又不得不相信这一点，因为那就是实实在在发生在他面前的事情。

四维空间？

谢凌菲不由得想起了自己曾经遇到的情况，没错，这次跟上次一样……

"你觉得那只是幻觉吗？"牧焱问着谢凌菲。两个人都在想那个攻击谢凌菲他们的人到底还有什么样的能力。

"不太像是幻觉，因为那感觉太过明显了，而且你也看到了我身上的伤痕。如果真的是幻觉，我想不应该会有伤痕吧？"谢凌菲指了指身上受伤的痕迹。

"那就是说，那人不但可以隔开一个空间，还可以利用那个空间中的物品向你们进攻？"牧焱大概理了一下头绪。

"对的！"谢凌菲点了点头，好像应该就是这个样子，"我曾经遇到过一次这样的情况，也向周教官汇报过！"

牧焱一愣，他紧张地看着谢凌菲。

谢凌菲把上一次的情况大略向牧焱说了一下，她问道："你和骆捷是一起来的吗？"

牧焱摇了摇头："我是恰好到这里进行调查，因为周教官说过夜帝十年前曾在这里出现，所以我来看看能不能发现什么，然后……"

"然后？"谢凌菲疑惑地看着牧焱。

牧焱有些尴尬地移开目光，他总不能说，是看到骆烨和谢凌菲在一起，心里很不痛快，所以故意跟踪他们，才发现他们的样子似乎有些奇怪吧！

"那骆捷呢？"幸好谢凌菲也没再继续追问。

牧焱皱了皱眉："我没注意他是什么时候出现的，只是看到他，想起你跟我说过他

第九章 花海·惊险再现

和骆烨是双胞胎,我才知道他是谁。"

谢凌菲眉头皱了皱,虽然骆捷曾经向她坦承十年前的一切,可是……周教官的话总是回荡在她耳边:

有些时候,越是深藏不露的人,越是可怕。

牧焱继续说了下去:"但是,最奇怪的是,我们赶过去的时候,攻击就中断了,完全没有预兆,而且,我们进入的时候,没有受到一点儿阻碍,而且当时花海也没有受到一点儿损害,这是最让我迷惑的事情!"牧焱忽然想起,如果要造成像谢凌菲这么重的伤,那么起码花海里应该会有一些残存的痕迹,但是一点儿都没有。

"我们刚刚进去的时候,没有发现什么事情,攻击是后来开始的,那些花像疯了一样压在我们的身上,花茎捆绑着我们的手脚,吸入的花香好像要把空气都挤走一样,那些花香很浓郁,花茎上面也有奇怪的光点,让我们没有办法行动,挣扎也不行,越挣扎反而被束缚得越厉害!异能也没有办法应对,我当时做过几次瞬移,都不成功,或者说是成功了,只是那些花却依旧跟随着过来了,还有那些花粉,居然会燃烧。"谢凌菲努力回想着当时的情景。

"那个人的力量太可怕了,他居然可以运用植物本源的攻击性来攻击敌人!"牧焱惊呆了。他曾经听到别人说过,有一种异能人,可以根据植物不同的本性来攻击敌人。

像花香、花粉还有茎叶,其实这些都是植物本源中所带的武器,只是人类并不知道,其实就是知道了,那么弱小的攻击对人类也是构不成威胁的。但是现在不一样,那个异能人竟然可以把这些微小的力量集中起来,构成这么大规模的一次攻击,差点儿让谢凌菲失去了生命,那就只能说,是那个异能者太过强大了。

"你是说,那种异能真的存在?"谢凌菲的眉头也皱了起来,她也曾听别人说过有这项异能,但是她从来没有见到过,她还以为那只是传说中的一种异能,现在却发现自己错了。

"我希望这只是偶然的事情,但在我看来,那是不可能的!"牧焱苦笑了一下,他和谢凌菲都知道,他们将要面对多么强大的一个敌人。

如果他可以操控植物,那还有什么是他不能操纵的呢?那个人应该是夜帝的继承人吧,或者说只有这样的人才有可能成为夜帝的继承人吧。

沉默,谢凌菲和牧焱现在可以做的都只有沉默。敌人所展现出来的强大攻击性和异能,让两个年轻人暗暗吃惊,他们终于知道了这次任务的艰巨性和他们所要面对的敌人有多强大。

185

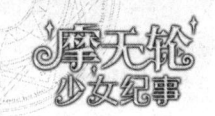

"谢凌菲!"骆烨的声音在门外响起。那声音是如此焦急。

"骆烨!"谢凌菲也叫了一声,其实她刚醒来的时候,也很担心骆烨,如果自己的情况都那么糟的话,那骆烨也一定好不到哪里去。但是对敌人的猜想和牧焱的到来都让谢凌菲把这些暂时放到了一边。

牧焱听到骆烨的声音,只是皱了皱眉,他对骆烨没有半点儿好感,且不论他在追求谢凌菲,单凭他可能是夜帝的继承者这一点儿,牧焱根本不明白谢凌菲为什么要对骆烨另眼相看,如果不是他把谢凌菲带到花海里去,那么就不会有这样的一次植物攻击,那么谢凌菲也不用躺在这里。

骆烨听到谢凌菲的声音,推开了门,却看到谢凌菲躺在床上,牧焱正在她的床旁坐着。

"谢凌菲!"骆烨走到谢凌菲的床旁,他的脸上满是懊恼,如果不是自己把谢凌菲带到那个什么游乐园去,也就不会有这样的一次攻击,差点儿害谢凌菲丢了命。

"哼,你还来干吗,谢凌菲现在很好,拜托你下次离她远一些,她就会更安全一点儿!"牧焱站起身,小声地哝了一句。

"牧焱!"谢凌菲小声叫了牧焱一声,她知道牧焱只是在迁怒罢了,她和牧焱知道这次的攻击是针对她和骆烨的,意图很明显,就是要拿走他们的性命,这不是不去公园就可以避免的。如果不去游乐园的话,那么攻击也有可能是在另外的地方展开。

牧焱看了谢凌菲一眼,谢凌菲的脸上有一抹淡淡的笑容,牧焱觉得自己刚才的话确实有些孩子气了。他轻轻叹了口气,拍了拍谢凌菲的手。

"我先走了,如果有事,你知道怎么找我的!"牧焱很绅士地退场了。

安静的房间里,只剩下谢凌菲和骆烨。

"对不起!"骆烨低声重复了一句,虽然他也知道这次攻击不是单单对付谢凌菲,但他依旧觉得有责任,自己没有保护好谢凌菲。

"又不是你的责任,而且你当时不是也想救我的嘛!"谢凌菲朝着骆烨伸出了手。

骆烨拉住谢凌菲的手,那手真的很温暖。

得到了谢凌菲的"原谅",骆烨又变得活泼起来,他努力和谢凌菲找着话题。

"好可惜,没有和你一起坐摩天轮,从上面看下去,可以看到整个城市,你知道吗,花海是心形的啊!"骆烨话刚出口就知道自己说错话了。自己不该提到花海,花海里的九死一生,至今让骆烨难忘,他当然知道对谢凌菲也是一样,却又不自觉地说了出来。

"没有什么遗憾的,下次再去就好啦!"谢凌菲却只是轻轻地笑了一下。

第九章
花海·惊险再现

"那我们约定好了，下次不许失约，来拉钩！"骆烨像小孩子一样朝着谢凌菲伸出自己勾起的小手指，谢凌菲伸出自己的手指，却不知道该怎么办，骆烨就用自己的手轻轻把谢凌菲的手勾了起来，然后和自己的手指钩在了一起。

勾起的手指，在空中，轻轻晃了几晃，骆烨的嘴里还念念有词，拉钩上吊，一百年不许变。

谢凌菲显然不知道这东西所代表的含意，骆烨便告诉她，这是他们特有的一种约定方法。谢凌菲点着头笑，原来还有这么奇怪的约定形式。

两个人说说笑笑，居然忘了时间，如果不是护士小姐来赶人，骆烨恐怕就要在谢凌菲的病房中待上一天了。

下午的时候，阳光很暖，谢凌菲拿了本书，轻轻翻动。就在这个时候，门被轻轻敲了几下。

"进来！"谢凌菲收起了书，好奇是谁来了。

原来是迟月，她拿着一袋水果，还背着书包，应该是从学校直接过来的。

"社长，听说你生病了，我来看看你！"迟月羞涩地把水果放到了床旁的小桌上。

"谢谢你，坐啊！"谢凌菲朝着迟月推了推身旁的椅子，笑着看着她，"你不是都退社了吗，不用再叫我社长啦！"

"我叫习惯了。社长，你怎么受伤了？"迟月看了看谢凌菲露在外面的胳膊。

"不小心烫到了！"谢凌菲不想让太多人知道自己被攻击，所以就没和迟月说真话。

"你要小心些啊，上次我妈妈做饭的时候我也被烫到过，当时真的太疼了，疼得我都哭了呢！"迟月有些不好意思地笑了起来，小小的脸上带着一丝羞涩的笑意。

"是啊，所以下次要小心了！"谢凌菲朝着迟月扮了个鬼脸，迟月被她逗笑了，两个人对着笑了起来。

两个人又说了一些学校里的趣事，气氛渐渐轻松了下来。

"社长，我和你说件事，不过你要帮我保密啊！"迟月用手揪着衣角，小声地说着。

"好啊！"谢凌菲想都没想就答应了下来。

"我……我的异能，在消失！"迟月抬起头，眼睛红红，眼泪也在眼眶里打转，好像随时都有可能落下来。

"什么意思？"谢凌菲皱紧了眉头，异能还会消失，这是怎么回事。

"我……我也不知道，就是有的时候会觉得好像有什么东西在吸走它们一样，不是很疼，但是会觉得好奇怪。我……我不会形容！"迟月的脸已经涨红了，眼泪也犹如断了线的珠子一样落了下来。

"你先别哭,慢慢和我说!"谢凌菲拿过纸巾递给迟月。

"我的异能是可以预知一些事情,在我想知道的时候,它们自然就会浮现在我的脑海里,但是现在却不行,只是偶尔在我很想很想知道的时候才可以看到模糊的样子!我总觉得好像有什么东西在吸收我的异能,就像用吸管吸东西一样,一点一点地吸走!"迟月不停抽泣着,她在讲述时,脸上是一副迷惘的样子。

"吸走?"这是一个新鲜的词语,却让谢凌菲有些吃惊和害怕,如果真的有人在用手段吸走异能人的力量的话,那么这个人最有可能的是夜帝,也说明他正努力恢复着自己的异能,如果他的预言成真,他将要以十倍百倍的报复来对付人类。那将是一场浩劫,一场没有人能阻挡的浩劫。

"没有关系,也许只是因为你太紧张了,所以才会让异能消失也说不定啊!"虽然谢凌菲的心里因为迟月所讲述的事情,掀起了巨大的波涛,但还是努力安慰着迟月。

"真的吗?"迟月拿着纸巾,双眼红红地看着谢凌菲。

"当然,你别忘了,我是'不一样的人'哦!"谢凌菲努力地安慰着这个娇弱的女孩,她不希望这个混乱的事件再多掺进来一个受害者。

"谢谢你,社长,本来是探望你,却又让你操心了,真的不好意思呢!"迟月站起身,朝着谢凌菲深深鞠一躬,脸上依旧是一副羞涩的表情,不过神情倒是平和了一些。

"不会啊,你可以和我说这些,我很开心的,如果你不和我说,我可要生气了!"谢凌菲拍了拍迟月的手继续安慰她。

"是啊,因为异能的事情一直没有人可以分享,现在可以和社长说了,真的觉得轻松了好多啊!"迟月长吸了口气笑了起来。

"放心吧!"谢凌菲很喜欢迟月,把她当作自己的妹妹一样。如果自己有妹妹,也应该是这样的女生吧,而自己也一定会拼了全力保护她的。

从医院出来的时候,外面早已夜色如墨。迟月一个人走在回家的路上,看着那黑沉沉的天空,迟月觉得有些怕怕的。

当她拐入一道偏僻的巷子里的时候,这种感觉越来越强烈,强烈到让迟月忍不住叫了起来。

黑暗中一抹银光闪过,迟月被狠狠地打倒在了地上。

迟月感觉到有一个影子在自己的面前,那影子好像很熟悉,但那散发出来的感觉却又如此的陌生,陌生得让人害怕,迟月知道,这个人要伤害自己,但是她却没有力量反抗。

只有眼睁睁看着那人离自己越来越近,越来越近。

"不,不要伤害我!"迟月叫喊着,她到底怎样才可以帮到自己,她现在唯一能做

第九章
花海·惊险再现

的只有祈求那个坏人不要伤害她的性命，她还很年轻，她还有很多的事情想去做，她不想就这样死在这个简陋的巷子里，明天被当成受害人来报道。

迟月的身体，被一股力量推到了空中，她的身体发着光、热，很热，白色的光芒，疼痛的感觉让迟月暂时清醒，她看着那个坏人，她想要记住那个坏人的脸，但是可惜，时间太短了，清醒的时间太短了。

光芒消失的时候，那股推着迟月的力也消失了，迟月就像一个破旧的娃娃一样被丢到了地上，发出一声闷响。

黑暗掩盖了一切罪恶，也让一切都好像没有发生过一样。

迟月醒来的时候，只是觉得自己浑身就像散了架一样，不过不管怎样，那个人好像并没有伤害自己的性命，这就够让迟月觉得庆幸的了。

她觉得自己的身体有一点儿不一样，她努力想着，但她的脑海中什么都没有浮现出来，她忽然明白了，那个人攻击她，并不是为了要她的命，而是要她的异能，她的异能已经消失了。

迟月傻了，她躺在地上，无声地哭泣着。

此时的谢凌菲依旧在想着迟月所说的事情，异能被吸走，这要拥有比异能持有人更高的异能才可以，意思就是说，那个异能人必须比他们强大很多倍才可能。

那和在游乐园里攻击自己的，会不会是同一个异能人呢？而这个人为什么要吸走异能呢？难道是要壮大自己的异能？每个人都会有一项单独的异能，如果异能太多，这些异能会相互纠缠，对异能持有人并不是什么好事情，那这个人为什么还要把异能吸收过去。

为什么他想要自己的命，而不是吸收自己的异能？

这一切的一切，都需要有一个答案，而问题的答案又在哪里呢？

夜晚的天空中，挂着闪亮的星星，把天空映得那样美丽，可是谁又知道，为了保护这一份美丽，有多少人做了多少努力，花费了多少精力，又有多少人为此付出了生命。

骆烨的病房要比谢凌菲的病房更热闹一点儿,骆年和陈雨涟听到骆烨受伤的消息几乎吓得魂飞魄散,匆匆忙忙赶到了医院,还特意煮了好吃的东西带给他。

骆烨看到自己喜欢吃的东西,立刻笑得眼睛都眯成了一条缝,捧着碗像饿了几天的狼似的拼命往嘴里塞。陈雨涟看着他这个样子,心疼得掉了眼泪,骆烨看到老妈偷偷擦眼泪的样子,心里也不好受,只好装作没看到,继续埋头苦吃。

"是不是……"陈雨涟看了看骆捷,欲言又止。骆烨性格比较冲动,虽然容易惹出是非,却从来没有受过这么严重的伤,所以陈雨涟很容易就猜到多半是异能给骆烨惹的麻烦。

骆烨拿着碗的手抖了一下,抬起头看着骆捷。

骆捷轻搂着陈雨涟的肩膀:"妈,你想多了,这次是偶然的事件,不是你想的那样,不用担心了!"

陈雨涟听到骆捷的保证才相信,她觉得自己有些小题大做了,站起来接过骆烨的碗,问道:"够了吗?要不要再吃一点儿?"

骆烨朝陈雨涟挤了挤眼睛说:"妈做的排骨汤特别好喝,我喝多少都不会腻呢!"

陈雨涟笑了笑,转身去给骆烨盛汤。

骆年看着妻子转过身时,低头擦掉眼角的泪水,轻轻叹了口气。终究还是自己的孩子,虽然骆烨和骆捷兄弟俩十年前开始变得不一样,但看着骆烨那笑得灿烂的脸,骆年还是觉得如果一切都没有发生过该多好。

陈雨涟盛好汤,转身递给骆烨,骆烨有些迟疑地伸手去接,在他印象中,妈妈很少这么直接地递东西给自己,似乎生怕碰触的是一个幻象。

骆捷抿了抿嘴,抢先接过了汤碗放在骆烨面前的小桌上。

陈雨涟轻轻退后了一步,她看着低头喝汤的骆烨和站在一旁沉默着的骆捷,忽然觉得自己很对不起这两个孩子。

如果自己不是那么懦弱的话,她就可以把骆烨毫无顾忌地抱在怀里,看着他向自己撒娇,缠着她不放,而不是像现在这样,母子三人之间总有一层无形的隔膜。

骆年看到了妻子的失落,也看到了两个儿子的尴尬,便借口让骆烨多休息,带着陈雨涟离开了。

病房里只剩下骆烨和骆捷两个人。

"老哥,你依旧想隐藏那些异能吗?"骆烨看着正在给自己剥橘子的骆捷。

第九章
花海·惊险再现

骆捷听到骆烨的问题，剥橘子的手停了下来，抬头看了看骆烨，然后低下头继续剥橘子，没有回答骆烨这个问题。

"喂，你真的觉得你隐藏异能就真的可以当一切都没有发生吗？"骆捷的态度让骆烨十分不满，长久以来积压的情绪终于发泄了出来。

"我想这是我的选择！"骆捷抬起头看着骆烨，相同的两张年轻的面庞，一个狂傲，一个沉静，就如同镜的两面，却都折射出致命的吸引力。

"骆捷！"骆烨忍不住跳下了床，他一直都很反感骆捷这种好像什么都无所谓的态度，"你不要以为你隐藏异能，你就可以当它不存在的！"骆烨朝着骆捷大叫着。

骆捷沉默地看着骆烨，他原本想告诉骆烨，他已经把自己身怀异能的事情告诉了谢凌菲，可是骆捷觉得在这个时候说出来的话，可能会让骆烨误会。

骆烨被骆捷的态度气得直跳脚，却又没有办法发作，穿上鞋就跑了出去。

骆捷追了两步还是停了下来，他看着骆烨的背影，眼中浮现出一丝纠结。

谢凌菲坐在医院的凉亭里看着天上美丽的星星，她觉得回到这个时空里，她可以看到很多在他们的时空里没有的东西，漂亮的星空，还有这些花花草草。

"骆烨！"谢凌菲的目光忽然被一个从住院部大楼里冲出来的身影吸引住了，她站了起来叫了那个人的名字。

"谢凌菲！"骆烨听到叫声，看到了站在凉亭里的谢凌菲，一眼就看到浅绿色蕾丝发卡将她的额前碎发弄得服服帖帖，她穿了一件纯白色的短袖T恤，配的淡蓝色的裹腿七分裤，因为天晚的关系，所以穿了一双蓝色的人字拖，整个人显得很随性又很舒服。

"你怎么在这里？"骆烨跑进了凉亭。

"屋子里有点儿闷，出来透透气，你呢？"谢凌菲看着骆烨，他穿了一件大大的有ROCK(摇滚)字样的T恤，配了一条蓝灰白色的百慕大短裤，脚上是一双纯黑色的人字拖。

"我……我和骆捷吵架了！"骆烨鼓了鼓嘴。

"为什么？"谢凌菲好奇地看着骆烨，在她的印象中骆捷除了在不使用异能这点上十分固执以外，对骆烨这个弟弟还是十分好的，兄弟俩怎么又会吵架呢？

"我哥哥也有异能！"骆烨忐忑了一下，还是说出了骆捷的"秘密"。

谢凌菲不知道该作何反应，所以只能看着骆烨。骆烨看到谢凌菲的表情，以为她被这个消息吓到了，便苦笑了一下，继续说："他和我不同，他不想让别人知道这件事！"

谢凌菲轻轻地点了点头，想起了天台上她和骆捷的对话，是的，骆捷十分不愿意让别人知道他有异能这件事。

"我不明白，我们拥有异能就真的那么无法让人原谅吗？妈妈他们是这个样子，现

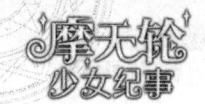

在连骆捷也是这个样子,谢凌菲你告诉我,拥有异能真的是错吗?"骆烨抓着谢凌菲的肩膀,让她的眼睛和自己平视。

"异能本身并没有错误,如何运用这些异能,才是最大的问题!"

"谢凌菲,你说的太对了,可是如果异能本身没有错,为什么骆捷要隐藏异能呢?"骆烨看着谢凌菲。

"每个人的选择不同吧!"谢凌菲无法把骆捷的话转达给骆烨,那对骆烨来说太过残忍,所以只好含糊地答复骆烨。她却没有想到,就是因为她的含糊,让骆烨对她起了疑心。

骆烨觉得谢凌菲很有问题,谢凌菲好像是突然出现在他的生命中的。虽然牧焱曾经和他说过谢凌菲的身世,但是谢凌菲到这个时空就是为了寻找夜帝的继承者,并把他消灭,她当时因为知道自己是异能者才刻意接近自己的,难道自己会是夜帝的继承者,还是她是冲着自己的异能来的呢?

越来越多的问号,和越来越危险的问题出现在骆烨的脑子里,他觉得自己的脑子有点儿乱,所以他必须要弄清楚谢凌菲真实的目的,因为谢凌菲在他的心里早已不是简单的一个同学,而是可以分享各自秘密的好朋友,两个人如果没有办法坦诚相见的话,那怎么可以算是朋友呢?

"谢凌菲,你告诉我,你来的目的到底是什么?"骆烨终于没忍住,还是问了出来。

谢凌菲张了张嘴,却没有办法回答骆烨,她也很想告诉骆烨她来的目的,但是这个任务是秘密的,是没有办法和别人说的,这是会打扰那个人的人生轨迹的,但这一切谢凌菲又没有办法和骆烨讲。

骆烨只是个怀有异能的人,但他终究只是个男孩子,他没有受过训练,他甚至对自己的异能的来源都无从了解,他怎么可能理解和读懂那一百年前的世界,他又怎么能明白夜帝的可怕和她必须回来的理由。

谢凌菲低下头,她无法给骆烨答案,所以她选择了逃避,也许这并不是一个好的办法,但这是现在唯一一个可以不让他们起冲突的办法。

骆烨看着谢凌菲低下的头,他明白了,谢凌菲无法说出她来此的目的,那他的猜测都有可能是真的,他如果是夜帝的继承者,那么谢凌菲的任务就是消灭他;如果他不是,那么谢凌菲对他的亲近都会是假象。

骆烨的脑子里回响想着牧焱说过的话。"你们是不可能成为真正的朋友的。"

是的,他和谢凌菲真的很难成为真正的朋友。

骆烨失望地看着不发一语的谢凌菲,异能,一切的起源都是因为异能,骆烨笑了,笑容里却是那么沮丧,他快速跑开了,他不想看见骆捷或是谢凌菲,不想,不想,他的

第九章
花海·惊险再现

脑子里,只有一个字,跑!

奔跑可以让发烫的脑袋冷静下来,奔跑可以发散骆烨心里的苦闷,所以奔跑就成了骆烨的唯一出路。

"骆烨!"谢凌菲看着骆烨奔跑的背影,叫出了声,却没有追赶上去,她虽然很担心骆烨,但是她知道,如果没有办法解释给骆烨听的话,她即使追上了骆烨,两个人也会不欢而散,还不如像现在这样,两个人分开冷静一下。

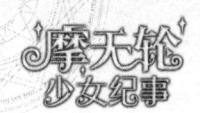

夜幕下，骆烨跑得筋疲力尽，他低下头，用手臂撑着双腿快速地喘着气，就在这个时候，有一个人出现在了他的面前。

"骆烨！"那人轻声叫着骆烨。

骆烨抬起头，却看到了米小蕾。她穿着白色的半袖公主式洋装，黑色的头发披散在肩上，在月影的照耀下，显得那么不可侵犯，又拒人于千里之外。

"好巧啊！"骆烨扯了个笑容给她，深深吸了几口气。快速的奔跑，让他的呼吸有点儿急促。

"你怎么了？"米小蕾轻轻地笑了，那笑容里有些诡秘的味道。

"没有什么，我要回家了！"骆烨把手插到裤兜里，绕过米小蕾，往前走去。

"骆烨，你真的不想让别人对你刮目相看吗？"米小蕾的话带着蛊惑的味道飘到了骆烨的耳朵里。

骆烨回过头，看着月影下的米小蕾，她的笑容更加神秘。

"明天就是校际篮球赛，你真的想放弃这个机会吗？"米小蕾把手背到自己的身后，轻快地跳到骆烨的身边，仰着头看着骆烨，看似纯洁无瑕的她，在骆烨的眼里，却有一点点邪恶的味道。但是，那让人刮目相看的诱惑确实太大了。

"明天赛场上见了！"米小蕾踩着轻快的脚步走远了。

骆烨看着米小蕾的身影，狠狠握了握拳，他要让那些对异能者怀有偏见的人瞧瞧，他也要让骆捷和谢凌菲瞧瞧，身为异能者的他，会有那么让人骄傲的一番作为。

因为是校际篮球赛的大日子，所以学校特意放了一天假来配合。各个班也早就为这场篮球赛做好了准备。

骆烨的身高和体育方面的特长，使他成为了赛场上的一道风景线，还没有开赛就已经有啦啦队大喊大叫了。

骆烨冷冷地看着那些狂欢尖叫的啦啦队还有对面的对手，他们也一副信心满满的样子。骆烨咧开嘴笑了，今天一定要你们好好看看。

哨音一响，比赛开始了。

对手明显是有备而来，自己这边除了骆烨算是主力以外，其他的人基本上都没有太大的能力。

骆烨注意着四周的动静，因为骆烨太过强大，对手们也临时改变了策略，专门找个人来盯着骆烨。

第十章
绝望·走投无路

骆烨的假动作没能逃过死盯着他的那个人的眼睛，篮球被截住了，换成对手发球。

比分牌不停地翻动着，骆烨他们班明显落后了一截。这个时候对手的啦啦队员们得意了起来，口哨声和呼喊声很明显地压倒了骆烨他们这方。

骆烨他们这方的啦啦队也不甘示弱，很快两班的啦啦队就开始了新一轮的对峙。

这一切在骆烨眼中，都不过是小朋友的游戏一样幼稚，他要的就是这样的效果，他知道怎么才可以成为别人眼中的焦点，怎么样才可以更好地吸引住别人的注意力。

就在这个时候，对方的先锋拿了球就要投篮，骆烨却不声不响地接近了那人。

那人的眼睛一花，直觉地认为有什么东西从自己身旁划过去了，再定睛一看的时候，才发现手里的篮球已经易主了。可是骆烨是什么时候接近他，并拿走球的，那人却实在是没有发现，那人惊讶地看着自己的双手，又看着骆烨得意地笑着起跳，完美的三分球入篮。

场上一片欢呼，所有人都为骆烨的出色表现欢呼雀跃着。骆烨投完球，回过头轻蔑地看着自己的对手，那露出的笑容里又带了些挑衅的味道。

对方的人不干了，冲上去就推搡骆烨，骆烨自然也不甘示弱，也用手推着对方，这时候其他队员也围了上来，裁判也赶了过来，当然是判对方不对。

对方虽然不服气，却也没有办法，只能怨自己技不如人，他们却不知道骆烨用了隐形的异能。

骆烨用手轻拍着球，他的四周差不多围了三个对方队员，每个队员都是一副紧张的样子，他们死死地盯着骆烨，也盯着骆烨手里的球。

骆烨朝着他们笑了一下，再然后所有的人都没有看清骆烨的动作，骆烨却已经绕过了三人，来到了篮筐底下。

三个人虽然不相信在这么严密的防守之下，骆烨依旧可以冲破出去，但也只好朝着篮筐方向跑动，希望可以拦住骆烨的进攻。

骆烨不紧不慢地看着对方过来后，才当着他们的面起跳，并将球稳稳地投入了篮筐。

有效得分，记分牌努力地刷着分数。

啦啦队员们高声呐喊着："骆烨骆烨你最棒，骆烨骆烨我们爱你！"

骆烨挥舞着双手朝着欢呼的观众和啦啦队员们示意着，顺便也算是对对方的一种示威。对方明知道这里面有鬼，却怎么也想不通是为什么，明明自己方拿到的球，转眼就变到了骆烨手里，明明防守得那么成功，骆烨却偏偏能冲破出去。每一个进球，每一次刷分，都让对方恨得牙根直痒，却又没有任何办法。

这是男子组这边，而女子组那边却更是混乱。

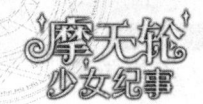

米小蕾的上场是出乎所有人意料的,她独来独往是出了名的,从来不参加任何的社团活动,这次她却意外地出现在篮球馆里,不禁让那些暗暗仰慕她的人眼前一亮。白T恤白短裤的造型,再加上绑起来的长发,与平时的冰山形象完全不一样。除了米小蕾脸上那永远冷漠的表情以外,相信所有人都会喜欢这样的一个运动女孩。

米小蕾没有像骆烨一样在最重要的时候才出手,而是一上场就开始给对方颜色看。

对方的队员一再要求中断比赛,因为她们都觉得自己被电击到了,虽然没有伤痕,也只是手臂偶尔麻一下,却屡屡都让米小蕾得到控球权。

篮球在米小蕾的手中投入篮筐,虽然那起跳入篮的动作还有些生涩,但她次次可以成功从对方手中拿到球,就已经让所有人都对米小蕾刮目相看了。

欢呼声、叫喊声,甚至口哨声音,响彻了体育馆,米小蕾高傲地站在场中享受着这一切,这一切原来都与她无缘,她知道这一切的到来都是因为自己的异能。

又一轮比赛开始了,米小蕾在奔跑的时候,脑子里不自觉地出现着小时候的情景,自己被欺负了,却只能躲起来哭,所有的人都把自己当怪物一样躲着。就像现在她的对手们一样,她的对手们都知道米小蕾有问题,却又没有办法,因为这是比赛,所以她们必须围在她的身边,她们必须和她拼抢,虽然不可能抢得过米小蕾,虽然依旧会被电击,她们却不得不这么做。

米小蕾拿着球,只要稍微一靠近哪个队员,哪个队员马上就会露出一副紧张害怕的样子,下意识地就会往外后退几步,这样防守自然会出现漏洞。米小蕾自然不放过这样的机会,她甚至会在投球入篮之后,朝着刚才躲开她的队员有礼貌地说着"谢谢"。

虽然那笑容满含轻蔑,但对方队员却什么也做不了。

米小蕾很享受这一切,如果得不到他们的爱,那就得到他们的恨,这就是米小蕾的信条,这也是长年的孤儿生涯给米小蕾留下的最深的体会。

对方队员一直在抗议,裁判却看不出有任何问题,因为她们说她们被电击了,身上却没有伤痕,米小蕾又不会与她们特别近地相撞与交流,所以最后裁判吹哨说,如果再有这样的情况,要不然让对方队员出示证据,要不然就判她们输。

观众席上更是嘘声一片,所有的人都认为对方队员在说谎,没有人相信她们。

对手们的信心在崩溃,对米小蕾的恐惧也就越深,比赛到了最后,几乎成了米小蕾自己的表演赛。

米小蕾又一次投球入筐之后,看着吓得胆战的对手们,她们此时也在瞪着米小蕾,当然她们现在也只能用这样的方式来提出自己的抗议和不满了。

"有本事,你们来啊!"米小蕾又一次控球在手了,她挑衅地对对手叫嚣着。

第十章
绝望·走投无路

  其中一个队员忍不住了，跑到了米小蕾的身后，故意撞了米小蕾一下，没有防备的米小蕾球脱手了，这也给了其他人机会。

  球被对手截走了，并顺利投入了篮筐，而米小蕾，却因为那一个撞击而摔倒在地。

  啦啦队员们纷纷要求裁判判犯规，而对方的队员，却只是耸耸肩说："对不起！"虽然那话一听就没有多少诚意在里面。

  跌倒在地的米小蕾，仰着头看着那队员，笑了。

  再次进攻的时候，所有人都领教了米小蕾的厉害，只要靠近她，就会被电击到，而且这次的电流增强了，电得对手们怪叫了起来。

  "怪物！"终于在米小蕾又一次投篮之后，对方的队员不干了，朝着米小蕾吐了唾沫。

  怪物，那两个字是米小蕾心底最深的伤痛，是的，在她成长岁月中，无数次地听到人这么咒骂她。米小蕾的眼睛颜色加深了许多。

  怪物是吗？好吧，那就让你们真正见识一下什么是怪物。米小蕾朝着那个女孩伸出了手，强大的电流，通过手掌击到了那个女孩身上。

  女孩被电狠狠击倒在地，她的脸上一片恐惧。那强大的电流穿过身体所带来的疼痛让她无法形容。女孩的眼泪落了下来。

  观众席也是一片哗然，所有的人这次终于发现了米小蕾的不正常。

  观众席发出了嘘声和议论声。

  "怪物！"

  这样的喊声不断刺激着米小蕾。

  米小蕾的笑容更明显了，但那笑容里却有着嗜血的光芒。她朝着对手们伸出了手，电流穿过了她们，把她们击倒在地。

  米小蕾朝着观众席伸出了手，所有人都吓坏了，尖叫着跑开。

　　谢凌菲跑到篮球馆的时候，差点儿被拥出的人群给撞了出来。她跑进场馆时，发现还有很多人没能跑出去，都躲在椅子下面，看着赛场。

　　米小蕾压低了身子看着对方的队员，她用手捏住她们中的一个人的脸，让她把脸面向自己。

　　"我是怪物吗？"米小蕾问着那个女孩，那无辜的样子和眼神让那个女孩下意识地点着头。

　　但立刻，她就又被电流击中了，那个女孩倒在了地上。

　　米小蕾又换了另一个女孩再问，那个女孩显然是被刚才的一幕吓坏了，不管米小蕾问她什么问题，她都摇着头。

　　自然她的下场也是被米小蕾电晕了。

　　谢凌菲看不下去了，她想冲上去救那些人，这时却有一个人把她拉住了。谢凌菲回头一看，拉住她的人是骆捷。

　　骆捷说："你的异能虽然能救那些女孩，但还是太危险了，我帮你！"

　　谢凌菲愣住了，这是一直坚持不使用异能的骆捷所说的话吗？所以她下意识回问了一句："你是骆捷，还是骆烨？"

　　骆捷笑了："也许骆烨说的是对的，异能不是我想隐藏就真的可以隐藏得了的。但是我现在还不太方便出面，但我会用我的异能帮你的！"

　　骆捷深深地吸了一口气，伸出手，一道看不见的光幕蔓延开去。

　　世界上，只有骆捷一个人知道，除了能够通过触摸物体来得知它的过去之外，他还有一项更为可怕的异能：

　　他可以使时间倒流！

　　就好像是快退的录像带一样，刚才在球场上发生的所有事情都迅速地向后倒退着，空旷的体育场似乎成了一个大屏幕，一切都重新开始！

　　谢凌菲的眼睛倏地张大了，她几乎不相信这个世界上居然真有人有这样的异能！

　　趁着米小蕾精力不集中的时候，谢凌菲一次又一次地运用瞬移的异能从米小蕾的控制下救出了那些被吓得晕头转向的女孩们。

　　她们缩成一团，看着谢凌菲，哆哆嗦嗦地想把刚才的事情说清楚，但是越是这样，她们就越是恐惧和慌乱。

　　谢凌菲朝着她们摇摇头："你们快点儿走吧！"

女孩们朝着谢凌菲道过谢之后,连忙跑了出去。

谢凌菲朝着隐在柱子之后的骆捷笑了一下,并扬起手做了个"OK"的手势。骆捷笑了,悄悄退出了篮球馆。

这虽然不是骆捷第一次使用异能,却是他最有成就感的一次,他虽然不愿意使用异能,但是他的心灵却是那么柔软,他不希望有人受到伤害。

走出体育馆的骆捷回头看去,他知道自从这次之后,他对异能的态度又一次改观了。当然,他也知道,现在还有另一个麻烦在等待着他。

篮球馆里,谢凌菲站在观众席上看着米小蕾。

因为骆捷的离开,那些影像也都消失了,诺大的篮球馆里,只有两个女孩互相打量着。

"谢凌菲!"这不是疑问,而是肯定。米小蕾看着高高在上的谢凌菲。

"米小蕾,你不能因为人们对你的不公平,就去随意伤害其他人!"谢凌菲看着底下的米小蕾,从谢凌菲的角度看过去,米小蕾依旧还只是柔软的女孩,但她的眼睛里,却有着不同于其他人的冷漠和怒火。

"谢凌菲,你会后悔的!"米小蕾知道这一次自己败了,她看着谢凌菲。

"米小蕾,收手吧,不要让更多的人受到伤害!"谢凌菲做着最后的努力,她不希望看着这个简单的女孩成了仇恨的奴隶。

"为什么要我收手,凭什么是我收手,那些欺负过我的人呢,他们收过手吗?"米小蕾朝着谢凌菲大喊着。

"那都已经过去了,现在没有人可以伤害你!"谢凌菲想用自己的努力改变米小蕾。

"哼,那些伤痕,是不会被抹去的!"米小蕾不愿意再听谢凌菲的任何一句话,转过身朝着大门的方向走去。

"米小蕾!"谢凌菲想追上去,米小蕾却回过身朝着谢凌菲伸出手,谢凌菲下意识地停住了脚步,趁着这短短的几秒钟,米小蕾迅速地消失在了校园里。

男生的比赛依旧在进行着,骆烨凭着他的异能,屡建奇功。

骆捷站在观众席上看着底下的骆烨。谢凌菲到的时候,骆捷朝着她点了点头。

就在骆烨再一次隐形抢对手的篮球的时候,怪事发生了,那球不在了,转眼间却又出现在另一名队员的手里,那个队员虽然不知道那个球的来历,但依着本能的反应,投篮了。漂亮的进球,让对方的啦啦队再一次兴奋起来。

骆烨下意识地抬起头看着,他看到了观众席上的骆捷和谢凌菲。他知道,他们一定会阻止他,但骆烨却不是这么容易被阻止的。

观众们都以为自己不是在看篮球比赛而是在看魔术,篮球总是从一个队员的手中消

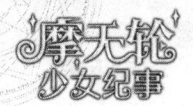

失,却在另一个队员的手中出现。

对方险险追平了比分,终场的哨声响起的时候,对方以三分之差,胜利了。

骆烨脱下了球衣,狠狠丢到了地板上。

"骆烨!"谢凌菲站到了骆烨身后。

骆烨回过头,看着谢凌菲,他眼中的失望是藏不住的。谢凌菲也因为那失望而停止了自己靠近骆烨的步伐。

骆烨跑出了篮球馆,他没有想到破坏自己出风头机会的,居然会是自己心里在乎的人。

谢凌菲不忍心看着骆烨那么失望,想要追出去的时候,却因为看到迟月的身影而改变了主意。

迟月原本不想来看比赛的,却架不住同学们的左劝右劝。没有办法,她只好跟来了。她自然也知道骆烨在比赛中使用了异能,但是她没有办法说出来。当她看到谢凌菲出现的时候,就知道一切都可以搞定了,却没有想到谢凌菲现在却追上了她。

"迟月!"谢凌菲站到了迟月的身后。

"社长!"迟月低声叫了谢凌菲一句,她不想再给谢凌菲添麻烦了,所以她不希望让谢凌菲知道自己的异能没有了。

"迟月,你的异能……"谢凌菲还没有说完话,迟月却马上接了下去。

"我的异能恢复了,挺好的,真的,我现在可以知道很多的事情!"迟月的话有些颤抖,因为说谎的关系,她根本无法面对谢凌菲。

"迟月,你抬起头看着我再说一遍刚才的话!"谢凌菲绕到迟月的面前,握住她的肩膀。

"社……长!"迟月无奈地抬起了头,她的脸上早已挂满了泪水。

"迟月,你怎么了?"迟月的样子,吓了谢凌菲一跳,她没有想到这不过只是普通的一句问话,怎么就会让迟月哭了出来。

"我的异能没有了!"迟月哭着扑到谢凌菲的怀里。藏在心中的石头,终于可以移开了,迟月放声大哭起来。

"怎么回事?"谢凌菲着急地问迟月。

"那天我去医院之后,在回家的路上,被人袭击了,那人吸走了我全部的异能!"迟月哭着告诉了谢凌菲当时的全过程。

"怎么会这样,什么人会这么做?"谢凌菲彻底地被镇住了,世上还会有这样的事情,迟月的异能并不像她和骆烨的那么明显,一经使用就会被人知道,那为何这么隐蔽的异能者都能被袭击,那他们呢?这里面一定有问题。

第十章
绝望·走投无路

　　谢凌菲的眉头紧皱了起来，这不会是针对异能人的一项攻击吧？谢凌菲的脑子里想着这件事情的可行性，她真的觉得事情好像越来越复杂了。迟月的异能在他们这些人之中算是最弱小的一项，如果她的异能可以这么被吸走的话，那么他们的异能是不是也可以呢？可是为什么要吸走异能，而不像对自己一样要将她置于死地呢？

　　谢凌菲的脑子里转了太多的念头，却一时又找不到一根可以穿起来的线。她的眉头不禁越皱越紧。

　　迟月看到谢凌菲皱紧的眉头，眼泪又落了下来。她总觉得是因为自己不够强大，才被别人吸走了自己的异能，如果自己能像谢凌菲一样坚强就好了。

　　"迟月，不要哭，这一切都不是你的错，相信我，我一定会查出来的！"谢凌菲一边帮着迟月擦去她的泪水，一边保证着。

　　迟月点了点头，因为她是谢凌菲，她说到的就一定能做到，不知道为什么，迟月就是相信这一点。

安慰了迟月并把她送回家之后,谢凌菲朝着自己的家走去,却在门口意外地看到了牧焱。

牧焱穿着舒适的夏季薄西服,整个人温润和善,没有任何人会把他和战士联想到一起。但他又确确实实是一名战士。

"进屋坐吧。"谢凌菲虽然皱了下眉头,却还是邀请他进去坐。

牧焱想了想,便点了点头。

谢凌菲的家不太大,但确实够她一个人住了,房子摆设也很精致。

"你的房子很好啊!"牧焱坐在沙发上看着谢凌菲。

"谢谢,只是个屋子罢了!"谢凌菲递给牧焱一瓶冰咖啡。

"你来不是要和我谈论我的房子的吧?"谢凌菲自己喝了一口麦茶之后看着牧焱。

"你就不能委婉一点儿,欢迎我一下?"牧焱看到谢凌菲猜到了自己的来意,自然也不必隐瞒。

"夜帝的事情查得怎么样了?教官已经在问这件事了!"牧焱坐直了身子,谈论正事的他是很严肃的。

"夜帝的事我想暂时放一放!"谢凌菲拿着装大麦茶的瓶子在手中转了转,回了牧焱一句。

"为什么?"牧焱的眉头皱了起来,他今天来就是想让谢凌菲快一点儿结束夜帝这件事。牧焱对夜帝这件事总觉得十分不安,强大的敌人,以及谢凌菲暧昧的态度,当然还有骆烨的对谢凌菲的殷勤态度,这都让牧焱十分恼火。

他想如果这次的任务完成了,回到他们自己的时空,这一切也许就好了。因为骆烨不可能去他们的时空,而因为妈妈的关系,谢凌菲自然也不可能留在这个时空。而且夜帝这么强大的敌人,如果不在弱小的时候就被铲除的话,那么壮大起来的夜帝将是不可战胜的。越来越大的危机感,时刻不停地提醒着牧焱。

"你知道迟月吗?那个我和你说过的有预示能力的女生!"谢凌菲把装大麦茶的瓶子放到茶几上之后看着牧焱。

牧焱皱了皱眉,努力在脑子里寻找着迟月的资料。

"她的异能被吸走了!"谢凌菲看着牧焱说。

"不可能!"牧焱不相信地盯着谢凌菲。

"是真的!"谢凌菲叹了口气。

第十章
绝望·走投无路

"为什么？是谁？"牧焱的问题也正是谢凌菲想问的，为什么，又是谁？

而且为什么是在夜帝出现的这个时候，这一切好像都太巧合了一些，这一切来得好像也太快了一些。

"先不去管她了，也许只是暂时的现象，在现在的异能者资料中，并没有发现异能可以吸收并转移的例子，所以这件事情可以放一放，但是夜帝的事情，已经不能再拖了！"牧焱的心中虽然也有着疑虑，但是现在最重要的就是完成夜帝的事情，然后回到属于自己的时空。也许正是因为这样的急切的心情吧，所以牧焱变得盲目了起来。

谢凌菲看着那一脸急躁的牧焱，这还是自己认识的那个人吗？为什么到了这个时空之后，牧焱变得有些不像自己了呢？

"不，我要先查明这件事情！"谢凌菲坚持着自己的意见。

"谢凌菲，你想想教官对你的期望，你想想夜帝，如果你再不行动的话，等夜帝的能量变得更大一些，那时候，就不是你我可以对付得了的了，难道你想百年前那样的浩劫再来一次吗？你再想想你的妈妈，你的妈妈还在等着你！"牧焱尽力在说服谢凌菲。

谢凌菲有一刻真的动摇了，只要能找到夜帝并毁灭他，那么自己就可以回到妈妈的身边。妈妈，想着妈妈的样子，谢凌菲真的想马上找到夜帝，毁灭他。

但是，真的可以放着吸收异能这件事情不管吗？这很明显是针对异能者的一次行动，自己也是异能者，如果现在放着这件事情不管，也许有一天，自己也会成为他们的目标，就像迟月一样，还有骆烨、骆捷，还有许许多多的异能者，难道就这样放着不管，任由他们被别人伤害吗？不可以，谢凌菲摇了摇头，妈妈和爸爸虽然没有真正教育过自己一天，但是他们的精神却活在谢凌菲的血液里。

"我必须要查清楚这件事情！"重新面对牧焱的谢凌菲眼睛里写满了坚持。

"希望你不要后悔！"牧焱知道自己再劝也没有用处，丢下这一句，就走了出去。

谢凌菲看着那晃动着的门，轻轻在心里问：妈妈，难道是我错了吗？

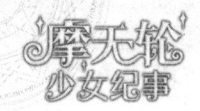

牧焱走后，谢凌菲一个人坐在房间里，呆呆地望着外面的夜空。

不知不觉间，来到这里已经有一段日子了，谢凌菲发现自己已经习惯了这里，虽然带着各种化学污染的味道，却仍旧有让人觉得澄净通透的夜空。

每当遥望着这样的夜空的时候，谢凌菲都会有一种错觉——原本她就是这个世界的人，没有一百年后的恐怖和黑暗，没有她会面对的艰巨的任务，一切都仿佛没有发生过。

用力甩了甩头，谢凌菲不容许这样脆弱的情感侵袭自己。她知道，刚刚牧焱的话并不是没有道理的，他们面对的危机一次比一次更加可怕，如果不尽快做出决定的话，万一夜帝真的复活了，那将是整个世界的末日。

可是……谢凌菲猛地咬紧嘴唇。

就算是这样，她也一定要查出真相！

就算每个异能者都可能是夜帝，可谢凌菲决不同意牧焱所提出的不分青红皂白就一网打尽的观点。

虽然，在她刚刚接受使命的时候，她也和牧焱一样，把一切值得怀疑的人都当成了敌人，但是，在这里生活的几个月，谢凌菲学会了很多她以前不知道的东西。

不是所有的异能者，都会利用自己的异能为非作歹。

就像迟月，她甚至愿意放弃自己的异能，因为那带给她的并不是快乐，而是痛苦，还有骆捷，他不想让任何人知道自己的与众不同，只想当最普通的人过最普通的人生，即使是骆烨……

想到那个顽皮的家伙，谢凌菲不由自主地笑了起来。

并不是每一个人都甘于平凡的，谁没有过幻想呢？当有一天自己真的拥有了幻想中的能力，试问又有几个人能那么平静？

骆烨也许调皮捣蛋了一些，但是他是个真实的家伙啊。

而且，他从来没有真的伤害过谁，只是喜欢开一些无伤大雅的玩笑罢了……

谢凌菲想着骆烨在她面前的坦率和认真，想着骆烨希望她认可他的异能时的急切，她忽然发现，也许正是因为认识了骆烨，自己才会有这样大的改变。

原本横亘在心头的沉沉的东西似乎散开了，谢凌菲的目光变得坚定而平静，她站了起来，走到书桌前，拿起了那部用来和一百年之后的世界联系的电话。

该说的事情，她一定会说，而该做的事情，她也一定会去做的。

当周教官的影像出现时，谢凌菲挺直了身体，大声说道："报告教官，关于这次任务，

第十章
绝望·走投无路

我有新的情况需要汇报。"

周教官有些诧异地看着谢凌菲,上一次联络的时候,正是由于谢凌菲犹豫不决的态度,才让他把牧焱派过去协助谢凌菲,而从牧焱最近的汇报来看,他和谢凌菲之间似乎产生了矛盾,然而今天周教官看到的谢凌菲却似乎已经恢复了往日的冷静,目光清澈,再无一丝杂质。

"你说吧。"周教官看着谢凌菲,"看你的样子,似乎已经有了主意。"

"是的。"谢凌菲把牧焱来到之后发生的一切都向周教官报告了一遍,最后,她说道,"教官,我知道牧焱可能已经向你汇报过这些情况,但是我希望能从我的角度再向您阐述一次,您会明白的,是吗?"

周教官看着谢凌菲,笑了:"我明白,谢凌菲,我知道你的用意。你觉得牧焱的说法太武断了是吗?你希望能够先查明整件事情的真相,把那个藏在幕后的家伙抓出来是吗?"

谢凌菲用力点了点头:"教官,是这样的。"

周教官沉默了片刻,说道:"可是你有没有想过,从你们现在掌握的情报来看,最有可能是夜帝的,就是骆捷,不是吗?"

使时间倒流的能力,正是夜帝最为可怕的一项异能,否则的话,他也不会在最后关头扭转时空,留下那样可怕的预言了。

谢凌菲却很坚定地摇了摇头。

"教官,我觉得,骆捷和骆烨,都不可能是夜帝。"

"为什么?"周教官皱了皱眉,"谢凌菲,我不想再一次提醒你,不要让个人的情感左右你的决定。"

"我没有。"谢凌菲抬起头,目光平静,"虽然我也无法说出到底为什么,但是我的直觉告诉我,目前我们遇到的所有异能者,可能都只是用来吸引我们注意力的幌子,他们其中任何一个都不会是夜帝。"

"那……"周教官疑惑地看着谢凌菲。

"我觉得,真正的夜帝一定还深藏不露。"谢凌菲回答道。

是的,她一直有一种感觉,似乎在他们不知道的地方,有一双眼睛正注视着事态的发展,至今为止所有的事情,可能都是一个阴谋。

骆烨并不知道谢凌菲因为他和骆捷的事情,与牧焱产生了分歧,他现在正气呼呼地蹲在街心花园里。

天色已经完全暗了下来,骆烨知道这个时候还没回家,爸爸妈妈一定已经快急疯了,

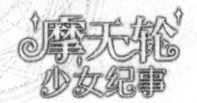

可是他就是不想回去。

他不想面对骆捷。

篮球赛场上，如果不是因为骆捷和谢凌菲，自己本来可以好好出一次风头，让所有人都看到自己多了不起的。

骆烨真的不明白谢凌菲到底在想什么。

自己的话说得还不够清楚吗？他甚至把自己的异能也展示给谢凌菲看了，他只是希望谢凌菲也把自己的秘密说出来而已。

可是她还是拒绝了他。

就因为他身怀异能，就会是那个什么见鬼的夜帝吗？这是哪门子道理啊！骆烨一想起来就忍不住想破口大骂，他是喜欢用自己的异能耍耍花样，可是他从来没想过要统治世界什么的！有异能怎么啦？他才不相信世界上只有自己和骆捷是异能者，难道就凭这点，谢凌菲就要把他当作敌人来看待吗？

如果真的是这样的话，那……

骆烨简直想找块豆腐来一头撞死了。

正想着，一个熟悉的感觉朝着这个方向靠过来。

骆烨对天翻了个白眼，他就知道，骆捷会来找他！

反正跑也跑不掉，骆烨干脆站了起来，朝远处那个模糊的身影挥了挥胳膊大声叫道："喂！别找了！我在这里！"

骆捷听到他的声音，转头朝这个方向看了过来，随即便大步跑了过来。

骆烨双手抱胸，优哉游哉地站在那里，看着满头大汗气喘吁吁的骆捷跑到他面前，他抢在骆捷之前开口："来找我回家是吧？别让爸爸妈妈担心是吧？你还有没有别的话可以说的？"

骆捷看着骆烨，他知道骆烨现在的情绪有多糟糕，看他那一脸不耐烦的样子，就知道不管自己说什么他都会反驳，可是，有些话他必须要说。

"骆烨，谢凌菲已经知道我也是异能者了。"骆捷定了定神，开口了。

骆烨从鼻子里哼了一声："是啊是啊，你们两个配合得还很默契呢。"他想起来篮球场上那一幕就很不忿，如果不是谢凌菲和骆捷在，自己又怎么会输。

"骆烨。"骆捷叹口气，走到骆烨身边，"你为什么要这么做呢？你以为这样闹，谢凌菲就会对你改变看法吗？"

"我高兴做就做！"骆烨冷笑一声，"她怎么看我我很清楚，用不着你来告诉我。"

骆捷有些诧异地看着骆烨，良久，他皱起眉，轻声问道："骆烨……你……没觉得

第十章
绝望·走投无路

有什么地方不对吗？"

"什么地方不对？反正我做什么不都是不对吗？"骆烨没好气地回答。

对了，就是这里不对！

骆捷猛地握住骆烨的肩膀："骆烨，你……你的情绪好像很不对劲？"

骆烨被吓了一跳，他挣扎了两下，但是骆捷抓得很紧，一双眸子死死盯着他，在那样的目光的逼视下，骆烨有些茫然起来。

"骆烨，是不是有谁跟你说了什么？"骆捷终于发现是哪里出了问题，骆烨的情绪太不稳定了，暴躁得有些奇怪。

"谁跟我说了什么？"骆烨茫然地看着骆捷，眼睛里浮起一丝疑惑。

骆捷点了点头，他的声音柔和而低沉："骆烨，你不觉得奇怪吗？你应该是喜欢谢凌菲的，对吗？"

骆烨点点头。

骆捷继续说道："那么你为什么明知道她讨厌什么，还要去做？"

讨厌……骆烨的脑子忽然有点儿昏沉沉的感觉，好像是被人扔进了一团迷雾里，他下意识地甩甩头，是啊，谢凌菲不是一直都不喜欢异能者滥用能力吗？自己明明知道，为什么会一下子那么冲动呢？

"还有，你为什么会跟米小蕾在一起？"这是骆捷最想不通的地方。

米小蕾？骆烨的脑子越发混沌起来，是她吗？

"等……等一下，"骆烨伸出一只手按住自己一跳一跳的太阳穴，脸上泛起痛苦的神色，"骆捷，你到底想说什么……为什么我……我的头越来越痛了……"

骆捷的脸色变得越来越严峻了，他从刚才就发现骆烨的情绪近乎失控，似乎是被什么人有意地误导了，现在看来，这并非他的错觉，而是事实！

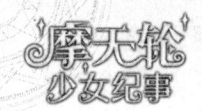

骆捷扶起骆烨,毕竟已经很晚了,不管骆烨遇到了什么样的事情,也都还是回家去再说比较好。

骆捷已经可以预想到回到家里会被爸爸妈妈用怎样哀怨的目光盯着,他一边头痛着要找个什么理由来解释,一边抓着骆烨的手臂,正准备转过身的时候,一阵突如其来的寒意仿佛针一样刺上了他的肌肤。

骆烨几乎是同时猛地全身一震。

骆捷和骆烨都感到了空气中不同寻常的波动,他们彼此对视了一眼,骆烨咬紧牙关站直了身体,和骆捷一起盯着那股异常的波动传来的方向。

中心花园不知什么时候,仿佛陷入了一个完全不同的空间里,远远望去,附近的居民区的灯光仍旧依稀可见,但是全部都好像被扭曲了一样,荡起一层层的波纹。骆烨抬头望望天空,原本皎洁的月色也已经变成了诡异的暗紫色,如同浸泡在福尔马林溶液中的标本般让人心生寒意,刚刚微凉的清爽的晚风不知何时也已经感觉不到了,甚至连一丝声音都听不到。

"我们好像被装进一个巨大的玻璃盒子里。"骆烨环视着四周,嘟囔着,"最近真是倒霉到家了。"

骆捷比骆烨要紧张很多,他下意识地将骆烨护在身后,低声说道:"骆烨,我有种很不好的预感……"

"这时候不用'预感'了吧……"骆烨的语气里多多少少还有点儿跃跃欲试,他天性中好战的分子正在蠢蠢欲动,篮球场上没能全部发挥出来的实力这会儿如果有用武之地也不错啊!

骆捷自然明白骆烨心里在想什么,他加重了语气,同时用力扣住骆烨的肩膀:"别胡闹了,相信我,这次的事情没那么简单。"

骆烨瞥了骆捷一眼,他有些惊讶骆捷如此凝重的神情,印象中,他这位平时沉默寡言的老哥很少板起一张扑克脸,现在居然黑得像锅底一样,难道说真的有这么可怕?

被骆捷的情绪感染,骆烨也沉静下来,兄弟两人并肩站在一起,双手交握,警惕地扫视着四周。

一个娇小纤秀的身影慢慢从不远处走了过来。

"是你?"当看清来人时,骆烨惊讶地叫了出来。

米小蕾的一头长发仿佛丝缎一样飞扬在空气中,虽然感觉不到一丝风,但她的头发

第十章
绝望·走投无路

却的的确确在飘动着,两根细细的白色镶湖水蓝的丝带缠绕在她的长发上,也衬得她那白皙的肌肤仿佛象牙一般流淌着光泽。

她那幽深得好似黑洞般的大眼睛中映射出奇异的光芒,仿佛是金色的猫眼一般,高挺的小鼻子在她姣好的脸蛋上投下淡淡的阴影,她密匝匝的长睫毛不时地轻轻翕动着,仿佛小鸟的翅膀,然而却掩盖不住她那双眸子中射出的夺人心魄的光彩。

她看着骆捷和骆烨,忽然侧着头轻轻地笑了,细碎的贝齿轻轻咬着仿佛一瓣花瓣似的下唇,然而那花瓣的颜色却是让人觉得有些窒息的血红色。

"骆烨,你干吗这样看着我呢?"米小蕾一步步朝骆捷和骆烨走近,她那纤瘦的身子裹在一件长长的白色蕾丝的连衣裙里,及地的裙摆犹如荷花的叶子般层层叠叠,华丽得让人有种迷失了时空的错觉。

她的声音仍旧清冷,但语气里却带着骆烨所不熟悉的一种压迫感。

"骆烨,你不是答应我了吗?"米小蕾始终盯着骆烨,"我们是同类,都有神奇的能力,你不是和我一样,觉得应该用这种能力去做点儿什么,让别人对我们刮目相看吗?"

骆烨还没有来得及回答,骆捷已经上前一步,挡在了骆烨面前。

骆捷静静地看着米小蕾,平静的面孔上看不出任何情绪的波动,只有那双淡然的眼眸中,不时掠过一丝惊诧与警觉。

米小蕾的眼神倏地变得有些阴冷,她恶狠狠地看着骆捷,仿佛骆捷抢走了她的东西一般。

骆捷向后退了半步,终于开口了:"米小蕾,骆烨今天会跟你一起在篮球赛上使用异能捣乱,其实是你故意这样设计他的吧?"

骆烨愕然张大了嘴巴看着自己的老哥。

怎么会……

可是,如果仔细想一想,骆捷刚刚的质问还回响在耳边,骆烨突然发现自己今天的行为的确有些奇怪。

虽然在跟谢凌菲赌气,可是米小蕾轻飘飘的几句话,就好像让自己一下子热血冲上头顶心,然后就什么都不顾地跟着她一起折腾得天翻地覆……骆烨,你是这么容易被人家撩拨动怒的人吗?

而且……米小蕾为什么会知道自己和谢凌菲的关系?她不是什么都不关心什么都不在意的吗?

她又为什么会那么恰好在那个时刻出现?

疑虑就像烧开的水里的气泡一样一个个咕嘟嘟地冒了上来,骆烨终于知道骆捷为什

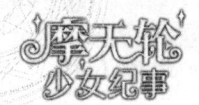

么说自己不对劲了。

"喂!"一想通,骆烨立刻觉得自己是一只被人玩弄于股掌之上的猴子,他愤怒地一抬手,指着米小蕾,"你到底要干什么?"

米小蕾笑了起来,她笑的样子不再是平时那种冰冷的感觉,而是很得意,仿佛一切已经在她的掌握之中。

"我要干什么?其实这句话应该问你亲爱的哥哥吧?"

"骆捷?"骆烨瞠目结舌地看着自家老哥,可骆捷也是一头雾水地回看他。

米小蕾似乎一点儿都不着急,她悠闲地站在那里,仿佛一头看着在自己爪子下挣扎但根本无法逃出去的猎物的豹子。

"骆捷,你不是一直都觉得,有异能这件事,不但让你的家人不快乐,也让你这些年来都过得很痛苦吗?"米小蕾抬起漂亮的眼睛看着骆捷,"所以,今天我就帮你一个忙,让你以后都不用再为你身上的异能苦恼了,怎么样啊?"

"你是怎么知道的?"骆烨这一下可吓了一大跳,要知道,他老哥对这件事可是百分之一千一万地保密。

骆捷一直盯着米小蕾,似乎想从她身上看到些什么,米小蕾注意到了他的目光,她轻轻地转了转身,对骆捷挑了挑眉毛:"看到什么了吗?骆捷?我知道你的能力是什么,你还没有接触到我,所以你看不到我的过去,不过就算被你看到了也没什么,你想看吗?"

骆捷摇了摇头,他明白米小蕾是故意的,想让他靠近。

"这个空间是你造出来的?"骆捷随手画了个圈子,"或者,我可以把这个叫作'结界'吗?"

米小蕾点了点头:"这里就是四维空间,你们可以看到外面,但外面的人看不到你们,无论我们在这里做什么,都不会影响到外面……当然,这也要看我的意思……"

"喂!"骆烨实在忍不下去了,他指着米小蕾大声说道,"谁稀罕听你在这里唠唠叨叨没完没了啊!我肚子饿得很了!我要回家吃饭了!"

"没问题……"米小蕾丝毫没有因为骆烨的态度生气,她耸了耸肩,"只要你们把我想要的东西留下来,你们就可以走了。"

"你到底想要什么啊?"骆烨不屑地翻了翻眼睛,"就算你看上了本大帅哥,我也不能答应做你的男朋友……"

骆捷忍不住笑了一下,他看了看骆烨,骆烨就是这一点可爱:不管情况多糟糕,也不管事情多可怕,他似乎永远都会是一个开心果。

米小蕾却似乎很开不起这种玩笑,她的脸色猛地一沉,恶狠狠地盯着骆烨:"我想

第十章
绝望·走投无路

要的就是你们身上的异能！"

什么？

骆捷和骆烨大惊失色。

因为就在米小蕾话音落下的那一刻，她猛地张开了双臂。

细瘦的双臂此刻却仿佛成了魔鬼的羽翼，骆捷和骆烨同时感到了一种可怕的吸引力，就好像他们面前忽然出现了一个巨大无比的吸尘器，而他们则变成了灰尘，随时都会被吸进去！

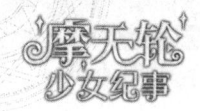

躺在床上的谢凌菲猛然弹了起来。

额头上的汗水涔涔而下，谢凌菲盯着窗外并不深沉的夜空，一颗心狂跳着，似乎马上就要蹦出她的胸口。

预知梦？

她想起刚刚在梦中所见的一切——

骆捷和骆烨似乎被无形的触手抓住，他们挣扎着，呼救，但是徒劳无功，终于被缓缓拖入了深不可知的地方。

谢凌菲突然有一种那不是梦的感觉。

和周教官通完电话之后，因为今天过多地使用了异能，谢凌菲有些疲倦，她冲了一个澡，本来只打算躺下来小憩一下，可是不知不觉间，她就睡去了。

瞄向书桌上的闹钟，谢凌菲惊讶地发现现在距离她躺上床过去了不到半小时！

似乎就是为了让她做这样一个梦……

这到底是怎么回事？

谢凌菲下意识地抓过手机，拨出了骆捷的电话。

"您呼叫的用户不在服务区。"

电话那一头传来的机器应答让谢凌菲的心提得更高了，她随即又拨了骆烨的手机，得到的是相同的答复。

他们一定出事了！

谢凌菲想也不想就冲出门去，朝骆烨和骆捷家的方向赶去。

她刚刚跑到街口，迎面撞上了一个人。

"牧焱！"谢凌菲惊讶地看着衣冠不整，头发也乱七八糟的牧焱，以顶尖模特儿的身份为掩护来到这个世界的牧焱，向来都是风度翩翩，今天的他简直让谢凌菲以为自己认错了人。

牧焱的脸色铁青，他一把抓住了谢凌菲，上气不接下气地说道："你……你有没有感觉到什么？"

"感觉到什么？"谢凌菲被这没头没脑的一句话问糊涂了。

牧焱来不及多做解释，拖起谢凌菲就跑。

"喂！你要带我去哪儿？"谢凌菲现在可没有时间跟着牧焱到处跑，她必须要去骆捷和骆烨那里看看才安心。

第十章
绝望·走投无路

"我没时间跟你说太多!"牧焱把谢凌菲一直拉到不远处停着的一辆摩托车前,丢给她一顶安全帽,"我只能告诉你,我感觉到一个很可怕的气息,就在这附近!"

谢凌菲愕然,牧焱用力把她拉上车:"相信我!我们必须马上赶去!"

"好!"没有再犹豫,谢凌菲迅速戴好安全帽,坐在摩托车的后座上,牧焱发动车子,银白色的摩托车仿佛一道闪电般划开了夜色,飞驰而去。

牧焱擅长的异能是催眠术和精神控制,也因此,牧焱有着极为敏锐的洞察力和感知力,正是因为了解牧焱的这种能力,谢凌菲才选择了相信他。

"你怎么会突然有这种感觉?"坐在后座上,谢凌菲大声问道。

牧焱也大声回答:"我也不知道,就是刚才突然有了一种心血来潮的感觉,而且我感觉到空气中似乎有一种很强大的压迫感,仿佛是……有什么东西要降临一样!"

谢凌菲不再说话,牧焱的回答让她联想到了自己那个奇怪的梦境。

"就在前面了!"牧焱的车子风驰电掣般驶过几条街道,最终戛然停下。

"天哪……"跳下车来的牧焱和谢凌菲呆住了。

就在前面不远的地方,两条街道交会之处,一般人肉眼无法看得见的神奇景象在牧焱和谢凌菲的眼中却仿佛打开的地狱之门。

"那是……四维空间吗?"望着那个仿佛透明的玻璃罩子一样的东西,牧焱惊异地张大眼睛,虽然曾经在接受训练的时候知道这种异能,但是亲眼看到它的时候,牧焱还是无法置信。

"没错……"虽然上一次曾经陷入这样的境地,但是谢凌菲也是第一次亲眼从外部看到它,"这么巨大的空间,创造它的人一定具有极为可怕的异能!"

牧焱看了看谢凌菲,他从她的眼中看到了同样的猜测。

也许……只有夜帝,才能创造出这样的四维空间吧?

"现在怎么办?"牧焱皱起眉头,虽然知道四维空间的存在,但是他不知道如何打破这个空间。

"你看……那是什么?"谢凌菲忽然指着一道若隐若现的白光,惊讶地说道,"好像……好像是空间打开的一道缝隙?"

牧焱和谢凌菲快步朝前走去。

果然,越走近也看得越清楚,如同水晶玻璃上的一道裂痕一样,那道白光不断游走着扩散着,为牧焱和谢凌菲提供了一个入口。

牧焱不禁冷笑起来:"简直像是在欢迎我们到来一样!"

谢凌菲却是神色一惊,从外面她无法看到四维空间内部的情形,可是从这道裂缝中,

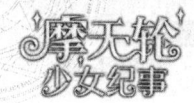

她却瞥到了空间里似乎有两个她熟悉的身影。

"骆烨！骆捷！"谢凌菲再也无法忍耐，一步踏进了那道缝隙之中。

"谢凌菲！"牧焱急忙追了上去。

在他们两个人的身影消失在白光中之后，白光也悄无声息地消散，仿佛一个刚刚吞噬掉鲜活生命的沼泽，恢复了平静。

谢凌菲一进入四维空间，立刻就冲向了骆捷和骆烨。

米小蕾看到谢凌菲冲过来，咯咯地笑了起来，放下了手臂，骆捷和骆烨立刻感到全身一轻，但浑身上下却一点儿力气都没有，只能像没了骨头一样瘫倒在地上。

"骆烨！骆捷！"谢凌菲扑到他们面前，一把扶住了骆烨，焦急地盯着他问道，"你们这是怎么了？"

骆烨瞪大了眼睛看着谢凌菲，他以为自己是在做梦。

如果今天的一切都是梦就好了，骆烨喃喃自语着，伸手轻轻地碰了碰谢凌菲光洁的面孔，手指仿佛触电一样收了回来。

"好真实……难道不是我在做梦吗？"骆烨真的已经分不清现实和梦了。

谢凌菲抓紧了骆烨的手："骆烨！不是梦啊！你没有感觉的吗？"

随后跟来的牧焱无言地看着紧紧抱着骆烨的谢凌菲，随后把目光移向了站在一旁看好戏的米小蕾。

没错。

牧焱的眉头越皱越紧，现在他已经可以肯定，他感觉到的那个可怕的气息，那种强大的压迫感，都是来自面前这个美得像洋娃娃一样的女孩子。

米小蕾瞥了牧焱一眼，脸上露出了一个诡异的微笑。

"你……是叫牧焱对吗？"她看着牧焱，"和她一样，来自一百年之后的世界。"一边说，她一边指了指谢凌菲。

牧焱不动声色地望着米小蕾，他眼睛里的异彩开始涌动起来。

米小蕾却大笑起来。

"好啦……别在我面前玩你那套催眠术的把戏了！"她的一句话让牧焱的心猛地一沉，目前为止，牧焱还没有碰到过能摆脱他的精神控制的人。

米小蕾是第一个。

"你到底是谁？"牧焱盯着米小蕾，一字一句地问道。

米小蕾抬了抬她尖尖的下巴，修长的手指轻轻点了点自己的鼻尖："我是谁？这个问题的答案你还不知道吗？你和她，为什么到这里来？"

"你是……夜帝？"牧焱惊讶地看着米小蕾。

"夜帝？"谢凌菲也讶然地抬起头看着米小蕾。

骆捷和骆烨也愣住了，他们已经了解了事情的前因后果，但是他们谁都没有想到，米小蕾，这个平时看上去娇滴滴仿佛一碰就会碎的瓷娃娃，竟然会是夜帝！

米小蕾没有承认也没有否认，她只是轻轻地笑着，看着牧焱和谢凌菲。

"你们要找的人就是我，现在已经找到了，你们打算把我怎么样呢？"

谢凌菲一手扶着骆烨，盯着米小蕾："你既然知道我们的身份，也自然应该知道我们是为什么而来的。"

米小蕾似乎听到一个无聊的笑话那样不屑地笑了笑："你们为什么而来，我的确知道，不过我想告诉你们的是，为什么我要来。"

骆烨忍不住低声骂了一句粗口："什么来来去去的，这家伙烦死人了！"

骆捷有些担心地看了看骆烨又看了看谢凌菲，谢凌菲朝骆捷笑了笑："别担心，我们四个人，她只有一个人。"

米小蕾好整以暇地看着对面的四个人，居然叹了口气说："我知道，你们心里一定有很多疑问，没关系，时间我有的是，你们尽管问好了。"

"我们没什么好问的！"谢凌菲冷冷地说道。

"要问，也要先从这个鬼地方出去再问吧，白痴！"骆烨立刻附和。

米小蕾并没有生气，她摇了摇头："想问问题的话，我会一个个慢慢回答，不过你们别想从这个地方出去了。"她说着，看了看牧焱和谢凌菲："你们两个本来是进不来的，是我故意放你们进来的，你们应该感谢我啊。"

牧焱向后退了两步，站到谢凌菲身边，神色极其严肃地低声说道："她的力量非常强大，我对现在的情况不乐观。"

"喂！你也太没用了吧？！"骆烨耳朵尖听到了，立刻不屑地朝牧焱丢了个白眼，"还吹什么自己是未来的精英战士，现在怕了吧？"

"骆烨！"骆捷急忙拦住了骆烨，"这种时候你居然还有心情抬杠？现在我们大家可能都会没命啊！"

"有这么夸张吗？"骆烨显然还不相信米小蕾真的要把他们怎么样。

"没这么夸张……"尽管他们说话的声音不高，可是米小蕾就好像长了顺风耳一样每个字都听得一清二楚，她摊了摊手，"我刚才就说过了，我要的是你们身上的异能……"

她的目光仿佛刀子一样落在每个人的身上。

"牧焱，你的精神控制力和催眠术。"

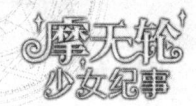

"谢凌菲,你的操纵金属分子的能力。"

"骆烨,你隐形的能力。"

米小蕾的声音越来越兴奋,尤其当她看到骆捷的时候:"当然,骆捷,你才是我最想要的,让时间倒流,扭转时空的能力……"

什么!

所有人都惊讶地看向骆捷。

除了谢凌菲,没人知道骆捷有这样可怕的异能。

"扭转时空……"牧焱的声音已经再也无法保持平时的冷静,他愕然看着骆捷,"那不是……夜帝独有的能力吗?"

骆烨的下巴更是已经摔得粉碎,他指着骆捷几乎说不出话来。

谢凌菲算是众人中最为冷静的一个,毕竟她亲眼见过骆捷施展这项能力,她看着米小蕾,忽然间恍然大悟。

"是你,是你'吃掉'了迟月的能力对吧?"

米小蕾笑了起来,一边笑着,一边点了点头。

"她啊,是最早怀疑我的人呢……"米小蕾的笑容看起来无比的阴森,她的笑声也仿佛是夜枭的鸣叫,"所以我只好先对她下手了,虽然她的能力其实只有那么一点点,不过很碍事就是了。"

"你……"想起迟月哭泣的样子,谢凌菲愤怒地看着米小蕾。

米小蕾的眼神渐渐变得冷厉起来:"好了,你们还有什么想问的吗?如果没有的话,就乖乖把你们的异能交出来吧!"

"你要我们的异能干什么?"骆捷问道,他知道现在必须拖延时间,虽然不知道究竟有什么办法可以制住米小蕾,但多拖一刻也是好的。

米小蕾没有马上回答骆捷,她抬起头来,看着远处的天空,声音忽然变得悠远:"你们的异能?哈哈哈哈哈……"她开始疯狂地大笑,随着她的笑声,一个巨大的黑色影子骤然出现在米小蕾身后。

"那本来就是属于我的能力!"巨大的黑色影子咆哮着,粗重沙哑的声音仿佛滚滚的雷声般轰鸣着。

四维空间中的空气仿佛一下子变得稀薄起来,谢凌菲他们都感到了呼吸困难,巨大的黑色影子犹如死神的翅膀一般不断地扩展着,越来越大。

"你们无法毁灭我的!"影子疯狂地笑着,在影子之下的米小蕾也疯狂地笑着,她原本秀美的容貌已经扭曲得不成样子,眼角几乎要绽开来,额头上青筋暴起,手臂上的

第十章
绝望·走投无路

血管一条条凸了起来。

"OMG！"骆烨死死抓着骆捷的手,"老哥,我这辈子是喜欢看冒险片,但是我从来没想过有一天我要当冒险片的主角啊！"

如此危急的情势下,骆烨居然还是不改他的油腔滑调,谢凌菲看了一眼哭丧着脸的骆烨,还是忍不住微笑了。

似乎只要有骆烨这样一句玩笑话,她就完全不怕了。

米小蕾抬起手指着他们,声音尖厉得仿佛要撕破人的耳膜。

"我会拿走你们的所有能力,让他复活！"

谢凌菲死死咬紧牙关,缓缓地抬起了双手。

牧焱惊异地看着她:"谢凌菲？"

在这种时候使用异能,那不是刚好会被米小蕾吸走吗？

"必须试一试,牧焱！"谢凌菲的声音仍旧平缓而镇静,"周教官不是说过,任何情况下都不能轻易放弃吗？如果我们什么都不做,那才真的会被她吸走我们的异能！"

"说得对！"骆烨自然也不甘落后,他挥了挥拳头,拉起骆捷,"老哥,四个打一个再输掉的话,我以后还怎么出去混啊！"

骆捷微笑,却还是用力握紧了骆烨的手。

牧焱看着他们三个人,神色也渐渐安定下来。

没错,到了这种时候,无论如何,总是要试一次！

1

那个巨大的黑色身影还在不停地扭曲着，谢凌菲刚刚抬起手臂，就觉得碰到一股无形的阻力，她发出的能够轻易粉碎一块铁板的力量也全部被挡了回来。

"谢凌菲，不能硬拼！"牧焱拦住了谢凌菲，"如果这个女孩子真是夜帝的继承者的话，那么，如果她已经开始觉醒，不管我们做什么都拦不住她的。"

骆烨一听就炸毛了，他一把把谢凌菲拉到自己身边，不满地盯着牧焱，撇了撇嘴："我说你啊，说这些泄气的话干吗？如果你要是怕了，就躲到一边去！"他一边说，一边看了看谢凌菲，"我会保护你的！"

牧焱冷冷地"哼"了一声："别不自量力了！不管怎么说，我和她都是经过训练的战士，而你们虽然身怀异能，但不过是普通人类罢了，让你们和夜帝对抗，那是自寻死路。"

"好了好了，你们别吵了！"谢凌菲无奈地叹了口气，"牧焱，我倒不觉得她已经完全觉醒了。"

谢凌菲说着，朝米小蕾指了指："她应该还有她自己的记忆，而且她不是说要吸收我们身上的异能吗？我想，在吸收掉所有她需要的异能之前，夜帝是不会复活的。"

骆捷点了点头，他按住骆烨的肩膀，让他不要太冲动，随后看着牧焱和谢凌菲说道："我也这么想，所以只要我们能从这个空间里逃出去，也许一切就会不一样了。"

"废话！"牧焱看了看四周，"四维空间如果那么容易出去就好了！"

"我想应该有办法！"谢凌菲转了转眼珠，想起了上一次自己和骆烨在游乐园被袭击的事情，"牧焱，你还记得上一次吗？我和骆烨同样被四维空间困住，但是你和骆捷赶到之后，空间的束缚不知为什么就被解开了！"

牧焱也一愣："你是说，外力的作用可以打破这个四维空间？但是我们现在都在空间里边……"

"总要试一下吧！"谢凌菲紧皱眉头，"我总觉得，这个空间出现得很奇怪。"

"哎呀，你们几个啰哩啰唆到底要说到什么时候啊？"骆烨早就忍不住了，"我说你们啊，有没有人玩过电脑游戏？"

电脑游戏？

这句话让谢凌菲、牧焱和骆捷都呆了一下，骆烨看着他们有些不知所措的表情，不耐烦地挥了挥手，说："电脑游戏电子游戏……不管什么游戏都好，反正都是一样要打怪的！"他指着米小蕾："其实很简单嘛，那个就是怪物，打倒她我们就能通关……啊，不对，是出去！这么简单的事情你们有什么好研究的啊！"

第十一章
真相·夜帝降临

谢凌菲看着骆烨，她脸上的表情让骆烨觉得自己刚刚好像说了什么很了不得的话，骆烨被看得有些发毛，他伸手到谢凌菲面前挥了两下："说话啊，你看着我发呆干吗？"

"骆烨……"谢凌菲眼睛里猛地跳出一缕惊喜，她脸上随即露出一个微笑，"有的时候啊，你说的话还真的有点儿道理！"

的确，虽然骆烨刚才那番话听起来很离谱，不过认真想想好像也没有错。这个四维空间肯定是米小蕾制造出来的，就算米小蕾真的是夜帝，那么至少也有了一个突破口，不会像刚才一样完全没有头绪了。

牧焱却仍旧不甚乐观，他看了看谢凌菲说道："我现在最担心的是一旦我们使用了自己的异能，就刚好会被这个家伙吸收掉，那样的话不但无法逃出去，反而会让夜帝觉醒得更快。"

"我倒不这么想……"一直没怎么说话的骆捷忽然开口了，"刚才你们到来之前，我和骆烨是有一种身上的力量在被吸走的感觉，可是自从你们来了之后就没有了。我怀疑，可能是因为有你们的存在，所以她现在不能吸收异能了。"

谢凌菲听得眼前一亮，立刻接口道："牧焱，别再犹豫了！"

牧焱想了想，点了点头："这样的话，谢凌菲，你和我一起想办法吸引她的注意力，骆捷……扭转时空的能力极其可怕，所以请你不要轻易动用，我记得你还有一种异能是可以看到对方的过去，如果你能够从米小蕾身上找到弱点的话，或许我的精神控制力可以起作用。"

骆捷点了点头，骆烨忍不住叫了起来："喂，那我做什么啊？"

牧焱根本就没打算理他，谢凌菲安慰地朝骆烨笑了笑："骆烨，你先保护好自己，这是最重要的！"

就在他们商量对策的时候，米小蕾身后那个巨大的黑色影子不知何时消失了，米小蕾静静地站在原处，整个人仿佛一下子失去了生气一样，呆呆地不动了。

"咦，你们看！"骆烨率先发现了这个情况，他立刻叫了起来。

牧焱和谢凌菲对视了一眼，两人一左一右慢慢地朝米小蕾走了过去。

骆烨也想跟过去，却被骆捷一把拉住，骆捷的眼神极其坚定地看着他说道："骆烨，现在不是你逞英雄的时候，你最好不要轻举妄动，我来！"

骆烨扁了扁嘴，却还是听话没有往前走，骆捷跟在谢凌菲身后，一步步地朝米小蕾靠近。

忽然之间，米小蕾暗淡的目光猛地变得冷厉起来，她半垂下的头倏地仰了起来，两手霍然张开，细长的手指间绽放出强烈刺目的光芒，朝牧焱和谢凌菲狠狠地射过去。

"小心!"牧焱一边高叫一声,一边飞速地转身避开了光束,"这是高压电!"

谢凌菲也闪身躲开了米小蕾的电流攻击,她看了看身后的骆捷,一脸的担心,骆捷朝她轻轻一笑摇摇头,示意自己没事。

米小蕾第一次攻击落空之后,居然没有马上追击,反而侧过头,像是在寻找什么东西一样。

谢凌菲觉得有些说不出来的怪异,米小蕾的行为总是出乎她的意料,看上去仿佛一下子有自己的意识,一下子又彷徨无助一样。

而牧焱却在此刻凝聚起所有的精神控制力,他的眼睛中异彩流动,大喝一声米小蕾的名字,米小蕾全身一震,下意识地朝牧焱看了过来。

成功了!

谢凌菲看到米小蕾目光与牧焱相对的一刹那,表情忽然变得平和下来,她知道,牧焱的精神控制力发挥了作用,虽然只有片刻的时间,但是这个机会已经非常珍贵了!

"骆捷!"谢凌菲回头叫了一声,骆捷心领神会,他大踏步走上前去,伸出手轻轻搭上了米小蕾的肩头……

骆捷猛地睁大了眼睛,面上露出了不可置信般的神情。

随即,他的手仿佛被电到了一样,猛地从米小蕾身上弹开!

"不好!"几乎是同时,牧焱已经察觉到了米小蕾已经从自己的精神控制下挣脱出来,他只来得及惊呼出口,却来不及阻止,米小蕾手掌间爆出一道白光,仿佛利剑般刺向骆捷!

谢凌菲奋不顾身地朝骆捷扑了过去,猛地将骆捷推开了。

"谢凌菲!"眼看那道白光就要打在谢凌菲身上,骆捷和牧焱齐声惊呼起来。

谢凌菲咬了咬牙,凝聚起全身的异能,双臂交叉挡在胸前,准备和米小蕾的高压电流硬拼了。

可就在千钧一发的时候,米小蕾的身子忽然猛地一斜,仿佛是被人用力推了一把,她的手臂也随之一歪,那道白光擦着谢凌菲的头发射了过去,带出一股焦煳的味道。

与此同时,随着一声闷哼,骆烨跌倒在米小蕾的身边,他的手臂向前伸着,如同被电击的木头一样僵直发黑。

谢凌菲觉得自己的心好像被什么东西重重击中了一样,猛然间痛得无法呼吸。

她看到骆烨在倒下的刹那仍旧向她露出一个调皮的笑容,仿佛在说:"看,最后还是要看我的吧!"

愤怒让她刚刚积聚的全部力量都仿佛火山爆发一样喷射出去,谢凌菲猛然挥出的双臂,带起风声,从她双手上发出的无形的力量重重击打在米小蕾身上。

第十一章
真相·夜帝降临

米小蕾纤细的身体摇晃了两下,发出了一声低沉的呻吟,然后她整个人就失去了意识,一头栽倒在地上!

一切结束得太快了!

骆捷、牧焱和谢凌菲面面相觑,他们都能够感觉到随着米小蕾的倒下,原本的四维空间迅速消失了。他们再一次感觉到了夜风的清凉,也听到了不远的地方传来的汽车的声音和人的声音。

这到底是怎么回事?

骆捷首先冲过去,抱起了昏迷着的骆烨。

骆烨是趁米小蕾的注意力集中在另外三个人身上时,用了自己隐形的异能,神不知鬼不觉地溜到了她身边,他原本就想找机会打晕米小蕾,谁知刚巧救了谢凌菲。但是,米小蕾全身都布满了电流,因此骆烨也被电流击中,所以晕倒了。

牧焱则飞快地冲到米小蕾身边,从怀里取出一个发亮的项圈套在米小蕾的脖子上。

"这是……"别说骆捷有些意外,就连谢凌菲都不知道牧焱在做些什么。

牧焱把项圈扣好之后,终于松了一口气,他抬头看了看疑惑的谢凌菲,说道:"这是我带来的最新的磁力锁,能够改变人体的生物磁场,戴上它之后,二十四小时之内,所有异能都无法发挥。"

谢凌菲点了点头:"原来如此,不过现在我要先送骆烨去医院,你带米小蕾回你住的地方,千万要小心!"

牧焱"嗯"了一声,抱起米小蕾,转身朝自己的摩托车走去。

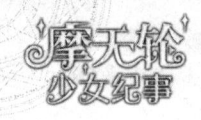

　　骆烨睁开眼睛，当他看到白色的天花板，同时闻到一股刺鼻的消毒水味道的时候，真想哀号一声——他最近要不要倒霉倒得这么厉害啊，简直都快要搬到医院里来住了！

　　等一下……

　　脑海中还残留着自己昏倒之前的记忆，米小蕾狂妄的笑，昏沉沉暗紫色的天空，还有谢凌菲……

　　骆烨猛地一挺身想坐起来，谢凌菲呢？她怎么样了？

　　大概是用力太猛，他刚刚坐起来就跟一个人重重地撞在一起，骆烨被撞得眼前一阵发黑，鼻梁似乎磕上了什么硬硬的东西，又酸又疼，他的眼泪差点儿掉下来。

　　这还不算，那个人手上本来端着的东西也被撞翻了，骆烨只觉得什么冰凉刺骨的东西顺着自己的脖子一直淌到了胸口上，而且还黏糊糊的，要多难受有多难受。

　　他还没来得及抱怨，已经被人啪的一下拍在脑门上，谢凌菲清亮的声音带着些惊喜和一丝小小的害羞在他头顶上响起来：

　　"骆烨，你诈尸吗？"

　　随即，他也听到了骆捷强忍着的笑声。

　　骆烨咬牙切齿地想要抬手擦掉眼睛里的泪水，这让他什么都看不清，可他试图抬动手臂的时候，才发现自己的两条胳膊好像都灌满了铅，怎么都不听使唤。

　　骆捷走了过来，轻轻帮骆烨擦掉眼睛里溢出来的泪水，忍不住笑着说道："骆烨，你刚才还睡得死死的，怎么说醒就醒。"

　　骆烨总算能够看清面前的两个人了，谢凌菲站在病床旁边，眼睛一眨也不眨地盯着骆烨，脸上满是喜悦，眼睛却有些红红的。

　　她的手上还拿着一个纸杯，纸杯的边缘还沾着奶昔的痕迹，骆烨总算知道刚才顺着脖子流下来的是啥东西了，他鬼叫起来："喂！老哥！帮我擦一下脖子！好难受啊，啊，啊！"

　　"知道了……"骆捷温柔地笑了笑，拿过一旁的毛巾帮骆烨擦拭着。

　　骆烨一边享受着自己老哥的服务，一边笑嘻嘻地看着谢凌菲："哎，你没事吧？对了，米小蕾呢？她被你们打败了？现在人去哪儿了？"

　　谢凌菲没有马上回答骆烨的问题，她只是静静地看着骆烨，仿佛从来没有见过他。

　　骆捷帮骆烨擦干净身上的奶昔之后，看着他和谢凌菲，轻轻笑了下，随即拿起毛巾走出了病房。

第十一章
真相·夜帝降临

骆烨的心一下子跳得飞快,刚才骆捷走出去的时候似乎回头看着他别有深意地笑笑,那个笑容让他立刻觉得全身发麻。

真是奇怪了……骆烨有点儿不自然地扭扭脖子,以前巴不得跟谢凌菲多待一会儿,现在房间里就剩下他们俩,他倒觉得全身上下都不自在起来。

谢凌菲看着骆烨,刚刚和骆烨撞到一起的时候,谢凌菲真的被吓了一跳。

不是因为害怕,而是因为高兴。

她不想再看到骆烨沉沉睡着的样子,那样的骆烨好安静,跟平时那只顽皮的猴子一点儿都不像。

"你干吗啊……"骆烨终于忍不住打破了沉默,他朝谢凌菲呲牙,"光看着我一句话都不说,我刚才问那么多问题都白问了,好歹回答一个嘛!"

"骆烨……"谢凌菲轻声说道,"谢谢你当时救了我。"

"喊……"骆烨翻了个白眼,就知道她会这么说。他嘿嘿一笑,故意眨眨眼睛,挑挑眉毛说道:"就光一句谢谢啊?"

谢凌菲看到骆烨那个表情,就知道他一定又在想什么新的花样了,可是她却没有发火,而是有些腼腆地笑了笑,在骆烨的身边坐了下来。

"那你还想要什么?"谢凌菲看着骆烨,问道。

骆烨第一次见到谢凌菲有些害羞的笑容,他愕然了一下,其实骆烨只不过是想逗逗谢凌菲而已,没想到谢凌菲居然这么认真,倒让他不知道说什么好了。

谢凌菲看着骆烨难得地竟然回避了她的目光,她咬了咬唇,伸出手去,轻轻地拍了拍骆烨的头。

骆烨吓了一大跳,明明他的两条手臂都打了石膏根本一动不能动,可是当谢凌菲柔软修长的手指触到骆烨头发那一刹那,一种奇怪的感觉顺着贴合的肌肤飞快地蔓延上来,骆烨觉得自己的呼吸都有点儿困难了。

"骆烨……"谢凌菲看着骆烨,她那双平时神采飞扬的眸子里漾着一层水雾,但其中又包含了欣喜,她开口叫了骆烨的名字,却没有继续说话。

她有很多话想说,但是又全都说不出口,毕竟过去的十几年里,谢凌菲从来不知道要怎样对一个男孩子表达感谢。

那不是她的必修课。

所以,她只能以这样笨拙的方式来表达内心的想法。

骆烨愣愣地看着谢凌菲,他见过她冷静自信的样子,也见过她焦急生气的样子,却是第一次看到她露出这样的表情。

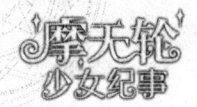

很久很久，骆烨唇边也挂上一个淡淡的笑容。他明白，谢凌菲已经接受了自己的好意，两个人可以像无话不谈的朋友一样，分享喜悦和悲伤，用尽全力保护彼此。

"咳咳咳咳……"骆捷在门外拼命地清嗓子，然后推门走进了病房。

骆烨撇了撇嘴："老哥，你有事？"

骆捷看了看谢凌菲："牧焱来找你了，似乎是有急事，他就在楼下等你。"

牧焱？

骆烨如果还能自由行动现在一定会一下子跳起来，他可还没忘记他昏迷之前发生的一切，到底是怎么回事他现在还被蒙在鼓里呢！

"喂！"叫住了放开他准备离开的谢凌菲，骆烨直盯盯地望着谢凌菲说道，"我知道那家伙来找你肯定是有正经事，不过你还没回答我的问题呢！"

谢凌菲看了看骆烨，无奈地摊了摊手："不是我不想回答你的问题，而是我和骆捷一直都在医院陪你，米小蕾是牧焱带走的，我也不知道她现在到底怎么样，我想牧焱来找我也是因为这件事吧。"

"既然是这样……"骆烨才不甘心让谢凌菲和牧焱单独在一起，他转了转眼睛说道，"你不如把牧焱叫上来，反正这件事我们都有参与，大家一起把话说清楚。如果万一有什么说不明白的地方，多两个人也多点儿主意啊！"

谢凌菲想了想骆烨说得确实有道理，事情发展到这个地步，骆捷和骆烨都已经置身其中，没必要再隐瞒他们什么了。

"那好，我现在就叫他上来。"谢凌菲说着，走了出去。

骆捷好笑地看着松了一口气的骆烨，调侃地说道："虽然你一直看牧焱不顺眼，不过你现在可不是人家的对手哦！"

骆烨甩了甩头，一副很是不屑的口吻答道："他算老几啊！"

骆捷看着骆烨，摇摇头，轻轻叹口气，可是眼睛中的笑意却怎样也隐藏不住。

牧焱带来了一个好消息和一个坏消息。

"你们打算先听哪一个?"牧焱的目光从病房里的其他三个人身上一一看过去:坐在病床上呲牙咧嘴的骆烨,站在床头皱着眉的骆捷,以及坐在一旁的椅子上,目光沉静的谢凌菲。

"拜托别玩这么老套的把戏啦……"骆烨看到牧焱觉得更加不顺眼了,他艰难地动了动身子示意自己是"病患","有话赶紧说清楚吧。"

牧焱仍旧无视骆烨,从鼻子里冷冷"哼"了一声说:"本来这件事跟你们两个无关,不过既然你们被卷了进来,也就不再瞒着你们了。"

一听这好像是施舍一样的口气,骆烨的火气又一次高涨起来,他立刻一个眼刀丢了过去,大嚷道:"什么叫跟我们无关啊?要不是我和我哥,就凭你能打得过米小蕾吗?真是忘恩负义,过河拆桥!"

"你……"牧焱还从来没有被这样当面指责过,他脸一沉,也想发作。

谢凌菲一看他们又要吵起来,急忙站了起来:"好了,还是说正经事吧。牧焱,别管什么好消息坏消息,你一次都说出来吧?米小蕾醒了没?她到底是不是夜帝的继承者?"

牧焱叹了口气:"好消息就是她还没有醒,我一直担心磁力锁无法完全控制住她,但是从现在的情况来看,她的所有能力似乎都已经被封住了,所以不用担心了。"

谢凌菲疑惑地看着牧焱:"这么容易就封住了她的能力?"

如果米小蕾真的像她自己说的那样,是夜帝的继承者的话,那么只凭一个磁力锁就可以封住她吗?这也太简单了吧?

"这正是我说的坏消息。"牧焱的眉头不知不觉已经皱了起来,"我用磁力锁封住米小蕾之后才发现,她……"牧焱似乎有些不知道如何形容,他顿了一下,才接着说道,"她整个人变成了'空'的。"

空的?

这是什么意思?

病房里其余三个人都惊讶地看着牧焱。

牧焱想了想,解释道:"就是,当时的情况,是米小蕾想'吃'掉你们的异能,也就是说,她身上除了她原本具有的能力之外,应该还蓄有从你们身上吸收到的部分能量,但是从磁力锁的检测报告看,米小蕾身上的所有异能在被封住的那一刻就已经不见了。"

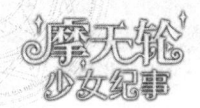

"什么?"

谢凌菲、骆捷和骆烨异口同声地叫了出来。

"怎么会这样?"谢凌菲无比惊讶地看着牧焱,"你肯定吗?"

牧焱点了点头:"我刚意识到这一点的时候也非常吃惊,你知道的,我这一次过来携带了其他设备,我马上为了米小蕾做了全身的检测,但是得出的结果更让人吃惊。"

"怎么说?"谢凌菲盯着牧焱。

牧焱揉了揉额角,叹了口气:"打个比方吧,米小蕾就好像是一个容器,原本这个容器里是满的,但现在它空了。"

"这是什么见鬼的比喻啊!"骆烨不满地叫起来,"到底是什么意思?"

"骆烨你别急……"谢凌菲却有些明白了,她的眉头也皱紧了,"我想牧焱的意思是,米小蕾的异能也不见了,包括她从别人身上吸收的异能,就好像被倒空了的麻袋一样。"

牧焱用力点了点头:"我不知道这是因为她受到我们的攻击造成的,还是有别的什么原因。也不知道她会不会恢复,老实说这种情况我从来没有遇到过。"

谢凌菲目光一转,看到了一旁一直没出声的骆捷。骆捷微侧着头,似乎正在努力回想着什么,谢凌菲疑惑地问道:"骆捷,骆捷,你在想什么?"

骆捷被谢凌菲叫了一声才回过神来,他看了看谢凌菲,抱歉地笑了笑说:"我在想我从米小蕾身上看到的一些东西……"

"你从她身上看到了东西?"这可是意外的收获,谢凌菲和牧焱都惊喜地看着骆捷。

骆捷回忆着当时的一幕:"就是在牧焱刚刚控制住她的那一刻,我曾经短暂地碰触到她,虽然她身上带有高压电,但还是让我有机会看到她的过去。"

骆捷看到的,与他之前凭借接触物体而窥探到物体的过去的情形有着很大的不同,也许是接触的时间太短,也许是那一刻大家都在竭力发挥自己的异能,也许是因为身处四维空间,骆捷看到的米小蕾的"过去"很扭曲,也很不合逻辑,甚至让骆捷以为自己的异能出了问题。

因为他看到的不是米小蕾,而明显是一个男生的身影。

他看到那个人的身体被一层层好像雾气似的东西包裹着,根本看不清楚面目,而那些"雾气"又不时会发出奇异的光芒,似乎有生命一样在那个人周围流动着。

而同时,骆捷又能感觉到,"那个人"和米小蕾之间有着一种奇特的联系……

"等……等一下,老哥……"骆烨不得不打断了骆捷,"你的能力不是从一个物体上看到它的过去吗?如果是这样的话,你看到的应该就是米小蕾的过去,可是怎么会是一个男人?难道米小蕾以前是男人?"

第十一章
真相·夜帝降临

骆捷苦恼地摇摇头:"这个我也想不通,但是我看到的就是如此。"

病房里陷入了死一样的沉默中。

米小蕾的突兀出现实在是一个谜,她为什么会夺走其他人的异能,又为什么会在被打倒之后失去所有的能力?

谢凌菲忽然一抬头,她盯着骆捷说道:"骆捷,那么现在呢?如果现在再让你去看一次,或许你就能找到答案了吧?"

真是一语惊醒梦中人,牧焱霍地站了起来:"对啊!现在米小蕾已经在我们的掌握之中,骆捷,你再试一试。"

"喂喂喂!"这一来骆烨可急了,他可不想一个人被丢下,"你们别想扔下我一个人去找答案!"

在骆烨的坚持之下,谢凌菲他们不得不瞒着医生和护士,把骆烨"偷运"到医院外面,再一起去了牧焱的住处。

一走进牧焱那套高级公寓,就能够看到米小蕾静静地躺在床上,现在的她看上去就像一个睡着的洋娃娃,根本无法想象就在不久之前这个娇小的身体里竟然能够迸发出那么强的力量。

谢凌菲扶着骆烨站在一边,牧焱检查了一下米小蕾脖子上的项圈,确认磁力锁仍旧在发挥作用,这才示意骆捷可以过来了。

骆捷走到米小蕾身边,伸出手,握住了米小蕾柔如无骨的小手。

一阵强烈的冲击让骆捷的身体猛然摇了一下,就在接触米小蕾的那一刻,骆捷感受到了一种可怕的强大的力量,但转眼之间,那股力量又不见了。

"骆捷!"其他三个人发现了骆捷的异样,惊呼起来。

骆捷摇摇头示意自己没事,随即他便闭上了眼睛,放任自己去感受米小蕾的过去。

谢凌菲、骆烨和牧焱大气都不敢出地等在一边,直到骆捷终于长长地呼了一口气,放开了米小蕾。

"老哥?有发现没?"骆烨迫不及待地问道。

骆捷脸上的表情极其复杂,犹豫了一阵,他才抬起头看着大家说道:"她不是你们要找的夜帝。"

牧焱呼地一下子站了起来,谢凌菲也惊讶地瞪大眼睛看着骆捷。

骆捷转头看了看米小蕾,目光中流露出一丝悲悯的神情。

"她……也不过是一枚棋子而已……"

转过头,骆捷将他从米小蕾身上所看到的过去一一说了出来。

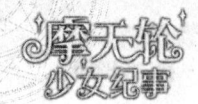

一切都来自于游戏厅的那场意外，在那之前，米小蕾还只是米小蕾，而从那之后，米小蕾的身上就多了一个影子。

"影子是什么意思？"骆烨努力回想着当时的情形，但记忆中完全是一片空白。

"我也不知道那个影子是什么。"骆捷说道，"骆烨，关于那次意外，我从你身上竟然得不到任何信息，那时候我已经觉得奇怪，现在看来一切都跟那个影子有关。"

牧焱没有说话，谢凌菲双臂抱在胸前沉思片刻，问道："你的意思是，从那以后，米小蕾就变成那个影子控制的傀儡了吗？"

骆捷点了点头："可以这样说。"

"你怎么会有这种判断？"牧焱问道，"你的能力应该只能看到在她身上发生的事情，而探测不到她的心理吧？"

"你什么意思啊？怀疑我老哥说谎吗？"骆烨扫了牧焱一眼，很是不满。

"骆烨。"骆捷朝骆烨摆摆手，他看了看谢凌菲和牧焱，继续说道，"我没办法跟你们详细解释，我只能说，在那个影子出现以后，它是一点点侵蚀了米小蕾的。"

牧焱还想说什么，谢凌菲却冲他摇了摇头。

她想，她已经明白了骆捷的意思。

第十一章
真相·夜帝降临

虽然谢凌菲并不想对骆捷和骆烨再有任何隐瞒，但她和他们毕竟不是同一个世界的人，有些事情，是无法当着他们的面来做决定的。

"你想方设法把那兄弟俩赶走，是不是有什么话要跟我说？"当房间里终于只剩下他们两个人时，牧焱看着谢凌菲问道。

谢凌菲舒了一口气，在沙发上坐了下来，说道："我也想这样问你，牧焱，其实是你有话想跟我说吧？"

牧焱笑了笑，点了点头。

谢凌菲做了个"请说"的手势。

牧焱没有马上开口，而是低着头思索了片刻，这才郑重地开口："谢凌菲，虽然我不能百分之一百相信骆捷的话，但是目前来看，也许他说的是真的。米小蕾现在已经不再构成威胁了……可是，真正的夜帝究竟是谁？你能肯定我们阻止了米小蕾，就成功阻止了夜帝的复活吗？"

谢凌菲抬头看了看牧焱，从对方那仿佛剑一样的目光中读到了什么，她笑了笑："牧焱，我知道你想说什么，你觉得现在我们遇到的所有异能者，仍旧都有可能是夜帝的继承者对不对？"

牧焱没说话，但神情却显示他正是这个意思。

谢凌菲摇了摇头："我并不这么想。你也看到了，异能者并不都是邪恶的，即使像米小蕾，也是被控制了才会做出那些可怕的举动，我一直想查清这幕后的真相，我觉得，骆捷看到的那个'影子'才是真正可怕的对手。"

牧焱笑了起来，谢凌菲有些惊讶地看着他。

"我就知道无法说服你……"牧焱轻轻叹了口气，"在我来之前，周教官曾经对我说你的情绪有些不稳，他担心你会因为你母亲的事情，而对可能是夜帝的异能者产生过分的仇恨，他希望我能让你保持冷静。呵呵……"自嘲地笑笑，牧焱摇摇头，"可是现在呢，我觉得不冷静的人倒成了我。"

谢凌菲只是笑笑，牧焱说得没错，她刚刚来到这个世界时，唯一的念头就是找到夜帝并且消灭他。

但是她现在懂得了什么是包容和原谅，也明白了有些事情不可以用那么极端的态度去对待。

因为和骆捷、骆烨两兄弟的相处，让她懂得怎样关爱别人，如何用宽容化解心中

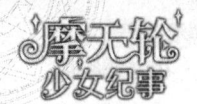

的怨恨。

"你打算怎么办呢?"谢凌菲看着牧焱。

牧焱的目光转向躺在床上的米小蕾:"带她回去吧。不管如何,我想,如果能够唤醒她,或许她会告诉我们真正的夜帝在什么地方。而你……"牧焱看着谢凌菲,"你会继续留下来是吗?"

谢凌菲点了点头。

"如果教官允许的话,继续追踪夜帝的线索。"谢凌菲笑笑,"而且我想,这一次我不会是孤军奋战了,会有人帮我的。"

牧焱知道她说的是谁,他会心地笑了笑。

"好吧,既然这样决定了,我们就马上和教官联系吧。"

"没问题。"谢凌菲也笑了起来。

第十一章
真相·夜帝降临

一个月后。

"各位,走过路过不要错过啊!"

一个清朗高亢的声音从大喇叭里扩散出来。

"本学年最新社团灵异现象研究会热情欢迎你加入!现在报名还可以获得帅哥亲笔签名照一份!快来快来啊!"

热闹的学园祭上,正是各个社团八仙过海各显神通徕新社员的好时机,而在"灵异现象研究会欢迎你"的大条幅下面,某位"帅哥"正一边挥舞着手里的大喇叭对着人群狂轰滥炸,一边不时低头对着来报名的小女生们露出一个迷人的微笑,同时龙飞凤舞地在她们的报名表上签下自己的大名。

"骆烨……"

和他有着一模一样容貌的人显然是这里的另一个焦点,但与骆烨那种兴奋截然不同的是骆捷有些无奈的苦笑——他同样被一群小女生包围着,弄得几乎手足无措。

他就不应该听信骆烨的鬼话来帮他的忙!

"老哥你就牺牲一下吧,别那么不好意思了,你看小妹妹的热情多么高涨啊!"骆烨一边把签好的报名表唰啦啦地往一旁负责登记的社团成员那里推,一边嬉皮笑脸地看着骆捷。

"帮帮忙啦!"

骆捷已经快晕倒了,他现在真恨不得会隐形的人不是骆烨而是自己,让他一下子消失算了!

总算老天爷实在看不过去骆捷的窘迫,一位高挑的短发美女杀进人群,一声大吼:

"骆烨!你以为这是超市大减价吗?"

哇……原来这就是传说中灵异现象研究会的美女社长啊?

一众刚刚被骆烨诱拐的小妹妹们崇拜地看着一把揪住骆烨拖到一边训话的谢凌菲,简直要对她五体投地了。

谢凌菲恨得牙根都痒痒,她咬牙切齿地瞪着骆烨:"我有让你这样招来社员吗?"

啧啧,乖乖不得了,骆烨胆子再大,也不敢在谢凌菲的面前耍花样。

他立刻垂下脑袋做悔恨万分状:"我错了我错了,我只是想多争取一些人入社而已……原谅我吧……"

"那也不必用美男计吧……"好不容易得到解脱的骆捷看着自家老弟,很无良地落井下石。

于是谢凌菲的眉头果然皱得更紧，骆烨嘴角抽搐两下，一边腹诽自家老哥，一边继续小心翼翼地赔不是。

看来，灵异现象研究会的社长大人和宣传部长的纠缠，那是来日方长啊。

——全文终——